Sweden

王晔 著

看得见的湖声

瑞典故事之一

生活·讀書·新知 三联书店

图书在版编目（CIP）数据

看得见的湖声：瑞典故事之一／王晔著.——北京：生活·读书·新知三联书店，2012.5
ISBN 978-7-108-04060-2

Ⅰ.①看… Ⅱ.①王… Ⅲ.①散文集－中国－当代②随笔－作品集－中国－当代 Ⅳ.①I267

中国版本图书馆CIP数据核字(2012)第043583号

责任编辑 吴 彬
装帧设计 罗 洪
责任印制 郝德华
出版发行 生活·讀書·新知 三联书店
（北京市东城区美术馆东街22号）
邮 编 100010
经 销 新华书店
印 刷 北京隆昌伟业印刷有限公司
版 次 2012年5月北京第1版
2012年5月北京第1次印刷
开 本 880毫米×1230毫米 1/32 印张10.375
字 数 266千字
印 数 0,001-6,000册
定 价 35.00元

目录 Contents

序

李皖

王晔写得很静，很慢，那良好的心。

初认识王晔，是十六岁的小姑娘。复旦园里同学四年，心思纯净，人情世故比别人知道的少，偏偏又是交游广阔的。后来我总结，王晔是那种很慢的小姑娘，我也是很慢的，所以我能理解王晔的慢，但王晔比我还要慢得多。她最惯常的状态，是不懂，左想右想就是想不明白，偏偏又是想弄明白的。别人都习以为常的东西，觉得就是如此嘛，但她左看右看，怎么都没看出“就是如此”的道理。

我想，这是一种童年的异常状态。童年的理解力，其实是很幼稚的，尤其是为人处世，人世、生死、爱憎、善恶、时空……每个人都对此动过念，但其实是想不清楚的，但许多人也就长大了，囫囵着过去，因为人会模仿、从众，不明白的事也就不想了——看看，周围的人、前面的人，都是这样，那么就是这样。到了某个年龄，整个世界都像在催促你，你自己都觉得，哦，是该明白了，瞧，周围的人都明白了。

但王晔直呼：不懂，不懂不懂！她把还是童年的状态一直带着，带进了青春，带进了成年，她还在看，不明白。

再见到王晔，二十年后，我非常惊讶。我以为王晔是缺乏洞察力的，但是，她好像比我们都洞察的清晰。人情冷暖，世间见闻，往事近事，一件一件，清清楚楚讲出来。其间各人的言行举止、表情样貌，纤毫毕现，不含糊，像一台摄影机。

慢，不懂，静，干净，似不起波澜的镜子，却具有那些懂的眼睛所没有的还原能力。

她还是说不明白，常挂在嘴边的词，还是“不懂”。但我们看不见的，她看见。一丝一扣，每一个细节，真切透亮。从王晔身上我明白，我们的聪明和理解力，是假的，许多时候我们看明白的，只是自己的理解力，一种无比强大的、我们自己也对抗不了的心影，对事物内外予以透射、覆盖、抽取，含糊过去，“就是如此”。心若不妄动，那一颗心也便不知道该放在哪里。

在王晔笔下，那难以说清的、那不能言说的事，一次次现形，每每令我惊心。它们的结局总是很意外，让我在阅读的过程中，一再想猜测结尾，但是，猜不到，因为这不是王晔设计的，而是世事的本来——多样而无常。有时猝然结束，那么突然。有时拖得很长，没完没了。有时不结束，但也还是结束了，断裂在那儿。无一例外，它们都让我震动，半天回不过神来。

说到底，这都是些太细琐的事，一般人，眼睛照一下，也就忘了，习惯性地忽略。自然的响动，生活的微小变化，心念中偶尔泛起的涟漪，是日复一日、年复一年、一代一代重复，本无什么稀奇。但王晔不，总还觉得它不可思议，无比古老，却时时醒觉。轻微地触动，绝对不会像地震，却从地心隐隐传来，让你知道它深邃、持续、恒久的牵扯。它们产生出一系列微妙而美丽的波影，每每让我在心里惊叫起来。如果这世界所有的东西都注定消亡，这一切，我还是喜欢。

这样很慢的人，还附带地成了具有原创性的文体家。我时常在心里犯嘀咕，这些无法讲述的讲述，这些难以成文的成文，她怎么就讲成了、写成了呢？好像全不费力，本来如此？那真是些不能讲的东西，意思都在里面，但就是说不出。不信你试试，读完了，看能不能复述。它们是无法复述的，并且终究，也不能够真正地讲明白意思。

这一次，王晔写的是瑞典，思而肯，她现在久居的地方。在我眼里，它与扬州、上海、日本——王晔以前待过的地方，没什么两样。太阳照常升起，人世作息依然，一些事不过平平常常。平平常常里，却有一种神秘，本体的神秘。最终，有些事，基本的东西，是我们难以说清楚的，更别说懂。我们懂得什么呢？

二〇一一年十二月五日，武昌东湖边

故乡遍地苹果花

如果问思而肯人，世界的中心是什么，如果他们的心会说话，那颗心一定会说：奥斯南湖。奥斯南湖不能出现在世界地图上，即便是在瑞典地图里，奥斯南也小得难以辨认，但对思而肯人来说，奥斯南可能就是一切。

比如思而肯东北角有块地方叫波阳，那里的居民文森特，一辈子在波阳这地方成长、结婚、工作。他觉得他是地道的当地人。文森特不愿意和曾周游他国、如今落叶归根的老邻居多说话，他觉得那样的人不务正业。正业是什么，就是安分地守着祖上传下的农庄，种地植林。文森特过五十岁生日时，从儿女那里得到一份礼物。从此以后，他时常把它穿在身上，一件普通的T恤，却让文森特喜不自禁。那T恤的胸前是有一行字的："旅行真快活，最好是波阳。"这话从一句瑞典谚语化出来，是说出门旅行真开心，但回家的感觉更好。文森特觉得，金融危机也好，全球化呀，农村人口过疏也罢，思而肯是有奥斯南的，不怕，总会有办法！办法在哪里？兴许叫奥斯南的这片湖比谁都聪明呢。几代思而肯人，几百年了，不也都靠着这片湖活过来了。"我总觉得，我们有奥斯南。跟别处到底是不一样的。"文森特说。

文森特有些保守，但细细想来，他说的不是一点道理没有。

斯莫兰是曾经贫穷的国家瑞典的一个贫穷的省份。这里森林茂密，耕地稀少，即使有，地里也布满了石头，很难在传统的农耕上有大的发展。加之十九世纪教会传统势力的压迫，很多农民到美国的新大陆去谋求生存。同处斯莫兰省的科诺北地区，是距离思而肯只有半小时车程的地方，就有过很多人移民新大陆。思而肯的历史上却总共只有两个男子加入了这个行列。思而肯也没有像同省同地区的另一些地方那样，折腾出自己的企业，做大生意。比如在上海都开展了业务的玻璃制造业考斯塔博达，和全球家具业大王宜家。说起思而肯，人们都点头说，哦，那里都是些隐居的小地主。

瑞典南部斯莫兰省的徽章

思而肯是有些不思进取的，是有些小乐惠的。思而肯的小地主有一点傲气，觉得自己和城里的工人到底不同，是有些薄产的，因为做点小生意，也和各色人等有接触，不是一点不见世面的。思而肯能小乐惠，有一个原因，就是奥斯南。

奥斯南湖里有很多的鱼，打鱼自己可以吃，也可以换来些钱。因为有这个湖，思而肯的温度比其他周边地区要温暖潮湿，适宜森林，也适宜苹果和草莓生长，思而肯就成了苹果和草莓之乡。思而肯的每个农庄都有果园，有草莓田。男人们去湖里打鱼，去森林狩猎，去种树；女人们看护孩子和牛羊，烧饭做家务。十七世纪就有苹果生长，十九世纪末，苹果园开始在这里蔓延，奥斯南湖区苹果生长带甚至延伸到乌索特镇的其他一些区域。

在行政上，很久以前，思而肯有过直属维克萧市大教堂的历史，后来划归乌索特教区。从思而肯和奥斯南蔓延开来的苹果生产带，在二十世纪五十年代，给乌索特诞生过苹果节。那时，瑞典全国的人慕名来到乌索特。乌索特镇中心的一些地名至今残留着苹果的味道。比如，做老人院的那幢房子，还被冠名为“苹果园”，本来那块地盘是人们交易苹果的地方。那附近过去有过几家店面，专卖苹果酱、苹果汁。这里曾停留过多少车马呀，乌索特苹果很快就被外地人一车车地拉走了，拉到其他省市。见过那场景的思而肯人都说，那可真是个黄金时代！在城里的集市上，卖苹果的人在摊位前竖一块“乌索特苹果”的牌子，是可以保证销得快的。

乌索特镇《地方大事记》上的思而肯岛图案

不过，那样的日子一去不回头了。这种地方性的果酱生产、苹果收购越来越竞争不过大公司，何况还有来自外国的竞争。苹果生产的投入与得到的产出之间，比例太不协调，现在种苹果的人所剩无几了。

但是，从不同的方向驶进乌索特界内，路边的指示牌不是像别处通常所做的那样，画一个有尖顶的教堂，而是画着一个圆圆的大苹果，上面写着“乌索特”。乌索特人把苹果看做这里的文化风景，拿它当做了地方的标志。

在思而肯和奥斯南苹果带，果农虽说屈指可数，苹果树还在。春天，苹果树底下开始有小花冒出来，三月里是白色的雪点，四月里有黄色的水仙，五月里出现蓝色的勿忘我。苹果的枝干也透出紫红，然后泛绿。枝干上开始冒出红色的尖头。小小的叶芽儿，小小的花骨朵儿。苹果树旁边的石头也开始绿和湿润了。

五月中旬的花季，最适宜在思而肯或乌索特乡间的奥斯南沿湖带开车兜风。到处都有石头围栏，到处都有红色或黄色的乡间房子，在石头和房子之间，到处都有苹果树和苹果花。房子两边的田里，一排排的苹果树连成果园。粉色的苹果花在路的两边荡漾，车是穿行在花的粉白的湖水里的。天是蓝色的，知更鸟和燕雀在高处鸣叫，蜂和蝶在低处回旋。路边的苹果花，沿着土坡，一排一排，有的一直开到低处的湖水边。

不过，依我看，所有美丽的园子都比不上一家依山傍湖的苹果园生的俏。这园子说来有了年头。在十七世纪就有了最早的野苹果。人与动物都帮助苹果播种，然后，农人们利用嫁接，让这里的苹果树越生越多。这园子不像其他苹果园那样，果树整齐划一地排开。它是自然的，苹果树大多不是种下去的，而是野生，然后才被嫁接的。它们是自己生长在自己的家里。每棵树姿态相似又各异，不是排着队的，而是按最舒畅的姿势各自立在最适合自己的地方，高高低低，前前后后，不中规中矩，却错落有致。苹果树下有小小的花朵，先是白色的银莲花，浅蓝的獐耳细草，然后有黄色的黄花九轮草，蓝中泛紫的勿忘我，还有蕨叶长得绿油油的。野草莓星星点点地在，有的地方飞来一棵樱桃花。大大小小的岩石，仿佛是特意被人堆在这里的，正好可以供人拾阶而上，或让人小坐观景。有些石头光滑透明，有些则布满青苔。青苔，厚薄不同，长短不一；长的似须，呈鹅黄色；短的如针，是青绿色的。青苔有的很干，如织毯一样，有的则微微润湿。人跑到这里，稍稍有些不安，觉得自己是惊扰了一个自然的花园，这是植物自己的王国，而王国的名字就是苹果，因为这里有成千的苹果树。

不，这自然的园子其实也还是人工的，它是人工保护下的自然。春天嫁接，夏天除草，秋天收获，冬天剪枝都是人工干的。住在这里的人家姓埃尔曼，在此地已劳作了四代。爷爷尤斯塔七十八岁了，他教会了儿子安德斯。安德斯四十岁，孙子西蒙七岁。他们家堪称乌索特和奥斯南最后的苹果家族。小西蒙开始流露出被祖父辈们培养出的兴趣，学习苹果园的农活儿。将来的他究竟走什么路，是否一定能承接果园，当然是很难说的。

埃尔曼家的果园是高低起伏的，最高处好比一个小山头。在起伏中看见波动的湖水，奥斯南湖在园子的两边，也在园子的脚下。在苹果花中走，明明看不见其他的人，却听见人的笑语，那声音似近还远，悠悠的，脆脆的，有些回音的神秘，不由得回头四望，以为遇到了苹果仙子呢。仔细辨别，才明白那声音是从湖上顺着水和风飘过来的。

五月的苹果花开在每家的果园里、院子里，也开在每家的花瓶里。每次从树枝上用钳子剪下几枝最漂亮的花枝来，总有点下不了手。有城里朋友来，要带几枝走，她们仰着脖子指手画脚，说，那一枝，那一枝。她们选择有着红红的鼓鼓的花骨朵、充满了热情、呼之欲出的。她们抱了个满怀，“再拿几枝，反正这里多着呢。”当然，多着呢，我家虽不是果农，院子里也有几十树的苹果花呢。

每一朵开花处，本来是可以生出苹果来，被剪下来，就断送了生长结果的机会。不过，结了果，终究也难免会烂在地里，或只给三心二意的鸟儿啄两口就抛弃掉。而最美的花，往往最先遭到折枝的命运。我有这样发呆的时候，觉得花还是在开在树上最合适。

不过，原先住在思而肯，如今搬到了城里的老妇人，都喜欢得到一两枝思而肯的苹果花。这些老妇人们都在八九十岁，住在老人公寓。春天里，在花瓶里看思而肯，是她们的一个念想。护士来问安，说，“呵，你有苹果花呢！”老妇人腼腆地、故作谦虚地微笑，但还是开了口：“是思而肯的苹果花，是从老家院子里来的！”思而肯好比金字招牌，护士不由得把花赞一遍：“怪不得这么漂亮！”一半是哄老太太开心，一半也是实情。这样的老妇人中，有已经失明的九十二岁的乌拉。她喜欢有几枝这样的花插在房间里，早晚叫护士拿给她，闻一闻。偶然，空气里飘来一阵香，乌拉平静的脸突然就有了反应，她坐在并不需要电灯的房子的阴影里，一个人扑哧一声，调皮地笑了。“苹果香，”她自言自语。至于视力好，身子骨也好的八十五岁的玛格雷塔，她要自己动手把苹果花的树皮削掉一层，她做的比谁都熟练，是在思而肯的岁月里做惯了的。然后她找出一个大肚皮、中口的铁罐，放进所有的花枝也不乱。铁罐的体积、颜色把粉色的花枝配得古雅、沉稳。唯其削掉一层树皮，才可以让树枝吸到足够的水。这是玛格雷塔的经验。不过，就算如此小心，花瓶里的水，当晚就不透明，而是有些生锈了的；到了第二天，花瓶底下的亚麻桌布上就有洒落的花粉；再接着，就开始有花瓣也落在桌布上。

苹果树开花的时候，几乎看不见什么人来树下赏花。不像日本，一到梅花或樱花的开放时节，人们习惯于呼朋唤友，结伴看花，称为“花见”。那时，一定是人比花多。去得太早，花还没开，花开时节，只有看人。人流推着人流走，想多停留一刻都难。这里，没有人来打扰花。二十世纪五十年代的苹果节里，据说是有很多观花者的。但即便如此，也不可能造成人比花多的现象，瑞典全国的总人口数到如今也不过和东京一个城市的一般多。

一亩亩的花田里，有几头黄牛躺在石头边的草地上。看得见一辆红色的拖拉机停在附近农场的院子里。人，看不见，但还能感觉到。因为院子清清爽爽，草割得齐整。院门口的石礅上搁着迎客的新鲜的盆花。二层楼房的窗口里，都飘着蕾丝的白色窗帘。没有人，尤其没有孩子们在园子里奔跑，没有他们朗朗的笑声，而这些在六十年代可都是有过的。那时，每个农庄都有一对当家的青年夫妇住主房子，他们一般有三个孩子。一对老年夫妇，是男方的父母，退居二线在小房子里赋闲。另外，还有些季节帮工。现在，每个农庄通常只住了一两个中年或老年人，或干脆空无一人。只有苹果花，一如既往地，怒放，怒放，怒放。

苹果花虽说开得热闹，花期并不长。五月中旬，苹果树的枝干上打起骨朵儿。这个时候，就要密切关注了，苹果花会在一两天内突然地开放。花骨朵一点点突出的时候，早晨推开门，推开窗，踮起脚尖，深深地呼吸，不由得叫出声来："能嗅到苹果的味道呢！"苹果花以粉色为多。粉红的苹果花初时明明是艳红的花骨朵，渐渐开放中，褪成粉色，一天一天的日子后，竟越来越白多粉少。也美，到底有掉了颜色的可惜。当那份白也开始不那么新鲜时，苹果花就随风飘落了。苹果的花期也就是一两周呢。

白色的花瓣，被风卷下枝头，落在树下的石头上，那些斯莫兰省地里常见的青灰色石头。石头高出地面一两米，积着绿色的青苔。白色的花瓣洒在绿色的青苔里，青灰色的石头是个古朴的画框，装饰出最后一幅苹果花的图画。花，留不住的。当奥斯南湖水的上空开始划出一道闪电，在大地的某处打开一声响雷，整个奥斯南在灰暗的静寂中摇曳，湖中小岛上的鸟儿早躲起来了，湖边吃草的牛也一声不吭地挺直了腰，挤在一棵橡树底下站着。湖上一片烟雨蒙蒙。在一夜的雨后，苹果花说走就走了。

人们并没有太伤心，或许是因为这对他们来说是司空见惯的，或许是因为他们要接受的并不是虚空。在花开过的地方，不久，小小的青苹果结出来了。小苹果越长越大，有些都能把树枝压弯下来，花可是从来没那么沉的。

到了六月，果农开始磨刀霍霍。在奥斯南湖区的很多地方，果农还是不厌其烦地采用手工割草，这是来自旧文化的一种习惯。有时，相识的乌索特奶农会牵几头牛从奥斯南湖上涉水而来。小船装不下笨重的牛，牛鼻子被船上的人牵着，牛就自己泅水，一路跟着。一抵达果园，它们一边蹦跳着上岸，一边发出兴奋的哞哞声。一片花的波浪，上千株苹果树，五六只吃草的牛在树底下。牛通常是静静地，但它们偶尔也奔跑起来。身体重，一脚能踩下一个深陷的大脚印。牛蹄子上拖泥带草，很不利落。

牛吃草是辅助性的。主要还靠果农割草。割草用的镰刀有长长的钩，好比拉长了的月牙儿。看果农用镰刀，一挥手，就倒下一片草，煞是风光。我去试过，不行，我用足了力气也只能将草按倒在地，又按倒在地，一根也没有割下来。割草，也要技术。“磨镰刀更需要技术呢。”八十五岁的果农赫伯特很自傲，说他八岁上就开始学习磨镰刀了，“这是艺术，我敢说我是全瑞典还活着的人中磨镰刀最长久的。还活着的，嘿嘿。”

到了八月，就是一树一树的火红，或者青绿。但整个果园一般还是被红色主导着。我在后院的那棵老苹果树和一棵白桦之间，系上吊床，躺在苹果的树冠里面看书，美滋滋的，不想突然被什么重重地击了头。不及防备的生疼。不过，我随即转怒为喜，那是苹果。生平第一次，苹果打在了我头上。到了九月的中旬，苹果就次第丰收了。

在当地的集会地夏拉桑德，每年的十月有个节日叫“摘苹果之后”。一棵苹果树展开巨大的树冠，五个穿白色连衣裙的姑娘，有着长长的金色头发，她们仰头在摘红彤彤的苹果。这样一幅画，每年的这个日子都挂在夏拉桑德的大厅里。入口处，放着一个硕大的苹果，是当年收获的苹果中个头最大的。所有的人都可以猜测其分量。某年，有着一张苹果脸的小姑娘爱玛成了得奖人，她写的分量最接近真实。

在这样的集会上，人们见面招呼说：“你家的苹果摘了吗？”

玛吉特和她的丈夫汉斯都是退休小学教师，如今八十二岁。他们的儿子拉斯承继了玛吉特祖上的园子。拉斯是国家的林业干部。苹果园的农场活计完全是他私人的副业，他自己喜欢。农忙时，拉斯雇用一对波兰父子来帮工，但三个人管理数百株苹果树，哪里忙得过来。玛吉特夫妻也帮助儿子摘苹果。在玛吉特看来，既然自己的腿脚还可以开车、走路，那就是可以摘苹果的。

说家里的苹果还没摘，让人很难为情。那几乎是偷懒和不爱惜地产的表现，是不够土著、不够热爱这片土地。可苹果摘了，放哪里呢？存起来，家里人少，怎么吃得了？附近有收购苹果的，如果家里不是果农，苹果树不是成百成千的，卖苹果的钱，还不够拿来支付摘苹果的人工费。

我每年都为我家院子里的几十棵苹果树发愁，叫了所有没有苹果树的朋友熟人来，高兴摘多少就摘多少。他们毫不犹豫地往袋子里装，往汽车里放，客人来了一批又一批，还是有一挂挂的苹果留在树上。大家看看苹果树，说：算了，其余的就留给鸟儿吧。它们也需要吃的。而每一棵树下，也还都有落下的一大堆苹果。

这时候，在思而肯路上，立着三四个小亭子，是卖苹果的。说是卖苹果，根本没人在里面吆喝。进去能看见有一排排装了苹果的篓子，面前都有牌子，写着，“外婆的圣诞苹果”，“阿尔伯特王子”，等等，都是苹果名，有的亭子多到五十多种。一般桌子上有电子秤，供人自己称足分量，钱就放在存钱罐一般的钱箱里。这种钱箱是用过去的旧家什改制的，比如一个铁的牛奶桶。主人不看管人们称苹果，但把钱罐子弄得和保险柜一般沉而结实，还用一个铁链条和小亭子拴在一起。每个亭子里的苹果有多大差别，叫路过的人来说，是搞不清的。完全是过路人愿意在哪里停，就在哪里提一点苹果上路。亭子的主人也不是为了赚钱，钱是赚不到多少的，不如说是继续一个苹果之乡的习惯，也可惜了苹果烂在地里。其实，依我的邻居尼森的理论，给人吃不如给鸟吃，烂在地里也是营养归根，比喂了坏人要好。

深秋或者冬天，要给苹果树剪枝。斯蒂方是园艺工，也帮我们家的苹果树剪枝。他在园子里举一个长柄的剪刀，对着树枝，咔嚓嚓、咔嚓嚓。斯蒂方时不时地停手，退后几步，对着树左顾右盼：“这听起来很傻，不过，这是艺术，好比艺术家画画，理发师理发。我把这刀磨得快点，可以帮你理发呢。”他对我炫耀，自个儿先笑了，嘴巴却使劲闭着，弯弯的小红胡子笑得直颤。

苹果的红色到了初冬也没有完全消失，那些没有被摘掉的红苹果，被霜冻在枝干上，后来又被雪裹着挂在树枝里，迟迟地，却没有掉下去。白雪里的红色，那是每一年里苹果最后的红颜。

几场雪之后，苹果消失得差不多了，越来越明显地看到苹果的枝干了。越是中年、老年的苹果树，枝干的形状越古拙、雅致。

红颜，本来要在年轻时才好，但就苹果树的枝干而言，太年轻的似乎还没有发育好筋骨，谈不上懂得举手投足。中年开始有些韵味，又难免做作。再年长些，再也不在乎别人的眼光，终于自由和自信了。那枝干是褐色的，一枝一枝，伸展开来，在黑土地的上方，在苍蓝的天幕下面，银色的月在枝干和枝干间悄悄地移动。移动的月光下，静止又移动着苹果枝。一头鹿，只有它，还顾恋旧情，来到它自己的那棵苹果树下，徘徊，徘徊，这就是思而肯苹果园的冬夜。

城里人常常慕名来思而肯买苹果苗，栽到城里他们的花园里。城里的花园，说是园子，实在是几步之内的寸土。一株苹果花，好虽好，哪里开得出思而肯的气派。到城里人家做客，对方炫耀门前的苹果花，思而肯人微笑着，说不出更多的恭维话。

可是，从来就没有天生一片苹果树的。即使奥斯南的气候适合苹果生长，即使野生的苹果的确飞到思而肯，但成片成片的苹果树和一家家果园的出现，那是栽培的结果。

思而肯人喜欢苹果。这里的人家，在客厅或厨房的墙上也许挂着一两个镜框，是老式的奖状，也许写着这么行字：一九六〇年，哈罗德·拉森在全省苹果大赛上获得冠军，奖状的周边描着的是苹果花。仔细看农家的客厅，苹果无处不在。

果农的水果种植奖状

比如椅子靠背的中间雕刻着一朵苹果花，或者椅子的把手是雕刻成苹果般弧形的，是多年前乡间手工者的作品。他们从日常生活中取材，在他们的眼里，苹果显然是重大的和美丽的素材，苹果花就永远地开在木头的椅子上了。

思而肯人家一般都有几副木头的蜡烛台，形状好比苹果树的枝丫。在插上蜡烛之外，还可以在圣诞节时，挂上红红的苹果。烛台多半被漆成青色或绿色，和红苹果一起，特别配。思而肯附近的艺术画廊里，最多能够看见的是粉色的苹果花开图。比如木匠尤斯塔，就特别喜欢收藏油画。这也是当地人储存钱财的一种方法。苹果花，开放在园子里还不够，还要开在自家的墙上。当地人家多少都有大大小小这样的一幅油画。

有一种叫奥科如的苹果，某年被人运到外省，赚了不少钱。果农赫伯特也学着栽下了二十棵奥科如。赫伯特等了十五年，才等到第一批果实。“你必须等的。必需的。当然，现在的人谁愿意等呢。现在谁愿意做这样的活计呢？”赫伯特说。

现在的果农除了安德斯四十岁，拉斯五十二岁，其余都在七八十岁。除了安德斯的父亲和赫伯特，还有一个埃里克。他因为苹果，成了名人。他总开辆红色的工作车，穿红色工作服，戴顶红帽子。七十五了，割起青草来，跟他跳民族舞一样轻快。但他的脸上堆满了风吹日晒的褶子。他被称为全瑞典苹果知识最丰富的人。常在报纸上看见思而肯的埃里克，拉着条苹果枝，或摸着一个红红的大苹果。他的脸上没有笑，相反严肃认真。他的腰板挺直。去年，埃里克在床上躺了三个月，他爬苹果树给人做示范时，摔下来了。三个月后，他又变成了那个穿红衣服、腰板直直的埃里克，虽说常常抱怨腰痛、脖子痛。他许诺过从我家后院一棵快七十岁的苹果树上嫁接出新苗。都说那是棵好看的树。不过埃里克太忙，一直没兑现。

我一定要说说这棵树，它有个名字，叫乌索特君王。这是乌索特独有的苹果树种。结出的果子大，泛深红色。仿佛是打了一层蜡的。它跟大多数苹果一样，在秋天结果，结出的果子看上去特别诱人，叫人恨不得咬上一口。但那时的果子硬邦邦的，重如石头，摸得了，吃不到嘴里。要摆，摆放到圣诞节就软下来，点缀圣诞树最好；吃起来，酥酥的，甜甜的。

早晨的这棵苹果树，在映红了天的朝霞里，整树的枝头沐浴着霞色。是快乐的十六七岁，羞涩地挥霍着随风飘来荡去的隐约爱慕。中午的苹果树，有一览无余的自信。有鸟儿来枝头跳跃，也有蝴蝶、蜜蜂围着转悠，却缺少悬念。到了夜晚，苹果花还在，仿佛是蜡做的，真的有假的韵味，倒有些永恒的意思出来。相比于花，枝干的肢体语言开始让人无法忽视。当落日的余晖散尽，那些在白天里并没有充分表达的语言，就自由地、再也无所顾忌地伸展和吐露出来。这时候跑来的，是一头鹿。它悄悄地，扭头、甩腰。有时，在深夜，我在睡梦中还被一声尖尖的鹿鸣惊醒。呵，小鹿又来找乌索特君王了，我翻个身，继续回到闻得出苹果香的梦里去。至于硕果累累的乌索特君王，我告诉你，那是苹果树中的苹果树，它有红苹果中的红苹果。它是乌索特君王。

本来在思而肯，在奥斯南湖区，是有很多其他的果树的，比如梨树、梅树、樱桃树，它们和苹果树在很接近的时节开花。那些树也美，却没有成为这里的标志。花的美不好去比，总还是苹果树更成片。毫不夸张地说，这里遍地苹果花。苹果花开满了大地，然后又一直延伸到天上。

花儿必须死亡
如果秋天将赠与我们
它金色的果实在沉重的枝干上
蝴蝶必须放弃
它的虫体
以环绕林地的水湾
呼吸春的气味

在玫瑰花间和异性交配
是的，锁链必须砸碎
外形必须解放
若内在的天性可以展现
仿佛云朵从金色的光线中逃遁
符号也可以如此，从理念中逃遁

想起思而肯的苹果园，我喜欢吟诵这几句瑞典诗。我不像文森特那么乐观，我担心乌索特路牌上的苹果，有一天要消失，当这里最后一个果农挺直的身躯也倒下的时候。当有一天，这一切不得不发生，即使伤感，即使无能为力，我希望，也还有一丝积极的意义留住，让人感觉到某些特质的沉淀或升华，仿佛苹果花在果实中逃遁，仿佛云朵从金色的光线中逃遁。

提尔达的木屋

那幢房子在正式文件上的名称是“斯万隆德的木屋”。整个思而肯岛，叫斯万隆德的地方就那么一处，它就坐落在我家松斯莱特六号的北面。思而肯人闲聊起来，提起“提尔达的木屋”，见我没反应，才恍然大悟，“哦，就是你家斯万隆德的房子。早先有个

老照片：“松斯莱特六号”在二十世纪二十年代的样子

叫提尔达的女人住那儿，就这么叫惯了”。原来如此。那座房子是被我家买下来的，它正好立在我家地盘上，而旧房主的远房亲戚们不再想要房子，愿意卖了，大家分点钱去。提尔达在很多年前就死了，她唯一的、从没出嫁的女儿艾琳在六十岁时也死了，那是一九八〇年左右的事。

我在斯万隆德木屋的储藏室里看到了纺线和织布用的木头架子、制作奶酪的木头长桶、雕花的木头箱子，正面有红色的颜料写着“1840”几个数字，那该是制作的年份了。一个木头盆，有了些裂纹，白色的面粉深深嵌在木头缝里，我把头埋进盆里，居然嗅出一股面粉香。该有不少年了，也许是这里天气干燥的缘故，才保存了面粉的味道吧，是提尔达或她的女儿和过面，留下的吗？还有几只小书桌一样的木头柜子。一摆弄，桌面原来是可以打开的，是旧式的脸盆架子呢。

我学邻居的做法，让旧物能尽其用。按这里的习惯，奶酪桶变成了门口可以放长柄雨伞的架子。那笨重的木头箱子被德国人弗兰斯看见了，他跟我打听，要多少钱可以卖给他，说那在德国很吃香呢。我没接他的话茬，姑且把箱子放在二楼当做摆设，也让留宿的人放放杂物。和面的木盆让我摆在一楼走道的桌子上，猛一看，还有那么点戏仿仰韶文化的效果。

老照片：提尔达和女儿

我甚至翻出了几张旧照片，其中有一张，是个老年妇女坐在纺车旁纺纱的侧影，一个中年女人在纺车的另一边坐着，却正对着镜头。那纺车不就是堆在储藏室角落里的木头架子嘛。看来，照片上的老妇人就是提尔达了。正如邻居达格尼告诉我的，提尔达有张坚毅的脸。中年女人，想必是提尔达的女儿艾琳。看不出艾琳是传说中有智力障碍的人，她看来不快活，但眉眼儿清秀，腰身是细细的。

如今已六十五岁的达格尼是思而肯现有居民中唯一一个见过提尔达的。那时，达格尼还只是个五六岁的小姑娘。母亲总在圣诞节前，叫小达格尼提着篮子送肉肠到提尔达的木屋去。圣诞节，家家总要有些肉吃。提尔达母女，除了一幢木屋，没有自己的农场，这就是说，她们没有自家的猪。达格尼的妈妈通常把自己灌的肉肠送一点儿给她们。妈妈在圣诞前夕的家里忙得团团转，只有支派唯一的女儿达格尼去。达格尼不喜欢干这活儿。她从大路上拐进林子里，要走六七分钟。林中小道上只有冻着的草，覆盖着淡红色的山毛榉的落叶，或者就是白色的积雪。四处静悄悄的，看不见五月的铃兰花，也看不见八月的野草莓。以为笔直的路原来并不直，明明记得那里是有座房子等着，走了许久却还是不见。回头想看看来时的大路，大路已被林子里的枝枝杈杈遮断，人在半途，大路上的动静也听不见了。达格尼有些害怕，以为小路的尽头大概什么也不会有了，突然间天地开阔，冒出一幢红色的房子，这红色的二层小楼在静静的白桦林里陡然现出，几乎有震天的巨响。提尔达和她的女儿看上去面孔严肃，常常是穿着暗色的衣服。虽说看得出腰身，但那些衣裙，从脖子到脚都罩得严严实实。通常达格尼放下篮子里的东西就走，也得不到一点提尔达烘烤的糖果或饼干。提尔达会立在门口追着达格尼的背影喊："向你妈妈问好。"达格尼总有意无意地忘了带信给妈妈。他们这些大人，光记得这没用的，问好，问好。提尔达光记得向妈妈问好，达格尼不觉得那有多么重要。

到了夏天，妈妈不如圣诞节前那么忙了，偶尔拉着达格尼来斯万隆德串门。有妈妈护着，达格尼以为这下可以大大地透口气了。达格尼被安置在大人们坐的凳子旁边，高高的凳子，木头的，硬得扎背，她的脚长时间悬着，很快就发麻了。达格尼不由得看看窗外，窗外阳光灿烂。她想到草地上去看看花儿，新开的“白色牧师的领子”，蓝色的勿忘我，还有草丛里跳跃的小青蛙——那要比听大人们说话有趣多了。她悄悄地滑下椅子，一扭一扭地往门外去。妈妈没有制止。提尔达奔出来吼道：“不行，回来，不能把新割的草坪踩坏了。”提尔达有粗大的嗓门。这回，达格尼被安置在门口的凉台上坐着。她明白了，斯万隆德的草坪是用来看的，她不能奔跑，要规规矩矩地坐着，这样才合提尔达的心意。这对天生好动的达格尼来说，太难受了。要知道，达格尼后来成了位体育老师，在她六十五岁的今天，每周都要长跑两次，一跑就有七千米呢。

我在小屋的杂物里，还翻出了另一些相片。有一幅是三个人的，除了母女俩，多了一个老年的男子。难道是提尔达的男人？

我把这相片拿给从岛上搬到城里老人公寓的埃里克看，八十五岁的埃里克只瞄了一眼，就毫不犹豫地说：“哦，那是提尔达唯一的哥哥。你可知道，那房子就是她哥哥帮她盖的。”

这可都是传说。有一年的夏天，就是通常的瑞典的夏天，夏天绝对是美的，即使是最谦逊害羞的思而肯老人，也会微笑着告诉你：“当然，夏天是美的。”意思是说，冬天的北国的美也许不是人人能够欣赏，但是思而肯的夏天，那是没有瑕疵，无懈可击的。阳光那么充裕，但并不炎热。思而肯从不需要扇子和空调，相反是微风和煦的。天空总那么蓝，湖水也蓝，湖边的芦苇虽说在早春被割掉过一茬，如今还是长成了一个幸福的大家族。宽广的湖面上人和船都很少见，那时还没有如今这样多的夏季旅游者。湖心的岩石上，立着一两只水鸟。当你以为这奥斯南湖过于寂静的时候，一只水鸟从芦苇丛里飞出来，又俯冲向水面，只和水皮微微地亲个小嘴儿，就又飞高，飞向更远的水域去了。而有经验的人知道，更多的鸟儿，各种各样的鸟儿，就窝在湖心的一个个小岛上。你看不见它们，它们兴许看得见你呢。那里是它们自己的王国。奥斯南湖是属于它们的。在这样的夏天里，早晨四点天就完全亮了，到晚上十点，月亮已挂在天幕半个时辰，天还亮着。能感觉到这是夜了，因为空气凉了，草有些湿，在湖边谈情说爱的鹬已停止鸣叫，鸟儿都睡了。人，要拉上厚厚的遮光窗帘才能睡着。虽说日照时间长，但一天的光线各有不同。不同时间的光线仿佛是有味道的，能让人闻出来，也能被水反射出来。湖上的日光，在早晨、中午或黄昏，都美，却是各有各的味道和反射的。早晨清新，透着粉色；中午热情，是洒向一切的橘红；如果是傍晚，是坦然的，即使还有橘红，红色里有着黑色的厚底子。然后，红色消退，黑色却没有立即就来，却把白色留下了，白，却是混沌和苍白，那就是夜了。这样日照长久的假日，最适合狂欢，夏天是跳舞的季节。夏天尤其适合瑞典的民族舞，乡间人人爱跳，小提琴、手风琴加上口琴，合奏出大家熟悉的旋律。岛上总有几个无师自通的人可以拉出来。“第一次我看见你，那是一个夏日的白天，在上午，阳光明媚，成百的花儿开放，一对对。”做爸爸的把娃娃背在身上，拉着妈妈一起跳，小伙子和姑娘搂着腰跳。八十岁的婆婆，自己跟着大家转圈子，跳她跳了一辈子的曲子，她的脸褶皱着，她是在笑呢：“夏天是美的。”

那时，从奥斯南湖中最大的岛思而肯到湖中一个叫野汀的小岛上还没有桥。但两边有来往，来往都要划船。野汀岛上的男孩，六七岁就能自己划船去上学呢。在思而肯做佃农的一个小伙儿，他的家就在野汀岛。在一个深夜，水鸟已经睡了，湖光虽然可以看见，却暗淡冷峻，湖水看起来比白日里深。湖水还是温温的，晒了一天、一周、大半个夏天的奥斯南湖，即使是在深夜，也不可能冰凉呢。不知为什么，小伙子在深夜里游了湖。他一向水性好，那一晚正是月圆，他却溺了水。他淹死在奥斯南湖里了。

不久，一个住在思而肯中南部露塔霍特农庄附近的少女被家人发现，她的肚子已经很大了。而她和那不久前淹死的小伙子曾一起在一家农庄做过帮工。

女孩的父母老了，腼腆，穷，也没自己的土地。女孩的哥哥想到去求一个远房的亲戚。本来，思而肯这地方，大家都可以攀得上表兄弟。他去的地方是松斯莱特，要求借一块地，造一幢小房子。哥哥得到了许可，他离开大路，从松斯莱特往南走，一直走到森林的里面，隔开一排白桦树的枝叶，已看得见闪闪烁烁的湖水，他停住了，就是这里了。他站立过的那块地方，就有了一幢红色的木头房子，是一帮邻居和熟人一起帮着盖的。现今的人都知道靠湖水的房子价值更高，觉得那才是雅致的夏天别墅，但很多年前，尤其是冬天住在临湖的房子里，风雪是大的。哥哥把怀孕的妹妹安置在木屋里，这妹妹就是提尔达。

八十五岁的埃里克说："那不就是这么回事。"还说，那个佃农，泅水过湖，就是为了在夜里和提尔达相会。那一年的夏天，那佃农没少在奥斯南湖里泅水。

在保守的斯莫兰省做个单身母亲，在一九二〇年左右，是遭人歧视的，从此不敢见人了吧？"没有，提尔达她可厉害了。有一回，一屋子的女人唧唧喳喳，提尔达一拍桌子：'现在都给我闭嘴，该听我说了！'她一吼，大人小孩都有些怕呢。"达格尼想了想又说："倒是她的女儿艾琳，脑子不太灵光，是提尔达怀孕的时候受了刺激造成的吧。"即使是知道些根底的达格尼也无法知道提尔达当时受到了多大的刺激。但提尔达和她肚子里的孩子都还活下来了。如果真是湖水夺走了提尔达的情人，要有怎样的心情，她才可以继续在看得见湖水的地方度过年华？虽说，她从露塔霍特的湖水边搬到了斯万隆德的湖水边，但那一样都是奥斯南湖的水。

提尔达的房子有上下两层，楼下有厨房，一间起居室和大卧室，都看得见湖面，北面的一间小屋，虽说没有湖景，但看得见花和树，楼上一间大屋子正对着湖，一间小屋是提尔达纺线的地方。主要的屋子里装了壁炉，总共三个。可见是要劈柴取火的。草坪上有旧的井栏。多年前，她们用过井里的水。一九二〇年没电视可看，屋子里留下了一个小小的书架，一本比砖头还厚的

《圣经》。《圣经》的纸面泛黄，书脊都有些脱落了，第一眼看过去，还以为古旧到是拉丁文，一翻，还是瑞典文。也是，提尔达和艾琳这样的农妇怎么可能费心去学拉丁文呢。

一些浆洗得发硬的亚麻桌布留在壁橱里。虽说是亚麻，却是劣质的，粗糙，还有些发黄。还有厚厚的用旧衣服编织出的地毯。提尔达很擅长编织吧，她留下的为数不多的照片里，有一张就是她坐在二楼北面屋子的窗口编织。

我没有看到任何纸片或日记。听说，那一代的农妇没几个会看书写字。提尔达呢？大概也不会吧。关于她的信息实在是不多了。

一个很大的旧式烤炉主导了厨房的韵味。白色的炉体，黑色的宽大而深长的肚子，黑色的台面，很是气派。至今还可以用它烤出面包来。烤炉的上部本来吊着些水壶，铜的，我还见过。某年的冬天，小屋遭了小偷夜袭，铜壶被偷走了。

可是小偷偷不走这里的花，它们是在土里有了根的。春天，

老照片：提尔达在厨房

依次开放出绿里透白的雪滴、黄色的水仙。开头，我以为是野生的，邻居说，那总是要有人先种下去一次，然后才一年年冒出来。那么，那一定是提尔达母女种下的了。一丛铃儿草，就在正门口，衬着湖蓝色油漆的木头门，总在六月开出玫瑰红心形的花。

如今的草坪，很少有空去整理，因为很少有人住那儿，除了夏天。人迹罕至的冬日，那里甚至有了野猪放肆的脚印，它们大踏步地走过，用嘴巴把草地拱出一个一个的坑来。据说是饿得慌，出来找食的。如果提尔达还在，她大概会冲出去，吼一声："草地可是不能乱踩的！"那样，野猪总可以被她吼跑了吧。

某年夏天，几个柏林的朋友来住。是两对夫妻，丈夫们结伴钓鱼，妻子们在林子里采蘑菇，在屋子里做手工活儿。湖边好好的白桦树上，被挂上两个硕大的梭子鱼头。时间久了，鱼头发干、发黑、变硬，猛一看，还以为是吊了人头，尺寸当然不对，但总是怪吓人的。柏林人舍不得把它们从树枝上拿下来，要炫耀自己钓的鱼最大。我不喜欢这些鱼头，碍于面子，话到嘴边，没好意思说。若是提尔达在，一定也不喜欢这些个鱼头吧。

两个柏林女人，指着窗台上提尔达的照片问："是你家的亲戚？""不是，没有关系呢。""那就好了"，其中一个女人把提尔达的照片放倒，在那位置上换上了她们新做好的玩具小熊。作为柏林象征的小熊，脖子上系着蕾丝的丝带。她笑吟吟的："看，这样可爱多了吧？每天看着这老妇人的照片，好比走进十八世纪，怪闷人的。"

她们不喜欢提尔达的地毯，说现在宜家卖的地毯花色新，也容易打理，以有经验的主妇的姿态，建议我把这些老掉牙的旧东西全扔了。我觉得提尔达的东西扔一件少一件。宜家的地毯，新得俗气，破坏了小木屋的整体氛围。我从心里看不惯德国主妇的自说自话。

城里人来这里要的是浪漫的瑞典的夏。其他的，比如，这里的掌故，跟他们的假日有什么相关呢，跟这里高高的天，金色的太阳和蓝色的湖水，温暖的清风有什么相关呢。

屋子的西侧，本来有棵老梨树。森林公司的人来看林子，建议把它给砍了，说是梨树太老了，刚种下时，也许离房子是恰好的距离，如今它的根部已到了对房子构成危害的程度。况且，花一年只开几朵，果子已结不出，留它有什么用呢。屋子的南面，在一片白桦林中突如其来地有一东一西对称的两棵云杉。我觉得，那是恰好的两棵圣诞树呢。可他们建议把那也砍了，说留着很不协调。

家里人也同意，只有我犹豫不决。毕竟一砍，就再也没有了。男人们都哈哈大笑，说，林子里的事情，我们还不比你更懂。还是动了手。说这完全是为林子好，为房子好。

提尔达的气息被惊扰得越来越少，这里越来越成多为和许多其他散落在湖边的别墅大同小异的红色木屋。说实在的，我有些厌倦那些来访的自作主张的人。我觉得那房子还是没人住时看来最美。那时，从它身边的草地上悄悄走过，从湖边，透过白桦树叶看它，从东边那棵山毛榉上荡着的秋千里转眼看它，都很好。如果走进屋子，走到二楼的白色阳台上，湖上的颜色就在眼底，我觉得不是我站在阳台上，是这房子自己如同一个玉人站在这里，我只顺着她的视线偷看一眼罢了。我于是就默默地下了楼，用那木头旧锁，闩上门，退回到大路上去。

达格尼的父亲和斯莫兰省出生的文豪、小说《移民》四部曲的作者莫贝里曾是好友，因为达格尼的母亲是思而肯人，大作家莫贝里在某个夏日来思而肯跳过舞呢。父亲和作家总有说不完的话。在达格尼的父亲病逝前，作家来探病，两人最后长谈了一次，一如既往，是各谈各的，有时几乎同时在说话。这不太像两个男人的交谈方式，却像是两个女人的。两个男人对此却很满足。在类似这样的无所不谈的交流中，达格尼的父亲看来是跟作家提起过提尔达的。作家写了一篇文章，据达格尼父亲说，那写的是提尔达，不过，作家没用提尔达的真名。

我曾央求达格尼帮我翻出那篇文章来，达格尼不清楚究竟是哪一篇，我自己查了一些书也不了了之，何况我即使找到，怕也不能当做提尔达的传记来读的。现在人们除了知道有个女人叫提尔达，就连她的全名，也没有人提起了。

她是葬在本地教区的墓园吗？瑞典的墓碑，一般在姓名之外，也会写地名，写农庄名或居住村落名，以此说明一个人的来龙去脉。如果在本教区的乌索特教堂墓园散步，不经意间，是否能看见一个写着名字提尔达、地点是斯万隆德的墓碑呢？或者提尔达会选择她娘家思而肯岛的露塔霍特作地名吗？一个墓碑若几十年没有人给栽花浇水，是要被清理掉的。乌索特教堂的墓园里，零零星星看得见教堂立的木牌，在三两个颓废的墓碑边上——“某日前，若此碑石的亲属不能前来认领，本堂要按有关规定予以清除。”像提尔达那样断了香火的人，她的《圣经》和相片也都落在了跟她毫不相干的我的手上，她的墓碑是否还在，还真难说。至于她的女儿艾琳，除了听说她脑子有些问题，关于这个人的一生，就好像什么也没发生过一般。她也许和某个夏日的奥斯南湖有关，她生命的起落，是奥斯南里的一点水沫，消失时，也没有冒出一点声响。我在乌索特碰到过一些也叫艾琳的女孩或年轻女人，她们都有一张快乐的脸，我听说了她们的名字，不由得诧异，住得这么近，同名原来也不一定同命运的。我常常不由得多念两遍：“呵，原来，你是叫艾琳。”说来也怪，我在瑞典这些年，还没有碰到过一个也叫提尔达的。

松斯莱特的静和动

有一年的夏天，我住在瑞典南部斯莫兰省一个叫思而肯的岛上。被浓郁的绿覆盖的奥斯南湖上最大的小岛，大约十平方公里的土地上，只有三十个常住居民。深蓝的天，深蓝的湖，虽然有不少游客从德国、丹麦等处来思而肯度假，但游人们，还有他们的车、

思而肯岛与周边岛屿图

船，在主干道上喧闹着稍作亮相后，就和那些鸟儿、花儿和小鹿儿一样散失在绿色的某一处了。来我家做客的城里朋友说，“在思而肯要消失很容易呢。”也许是因为这个，很长一段时间，我一直不敢独自在林子里散步。土生土长的卡琳娜很意外：“你怕呀，有什么可怕的。如果我到上海的摩天楼群里，也许反而害怕呢，森林里的动物并不比人危险。”当地人喜欢林子！那一年夏天，在斯德哥尔摩当化学教授的佩尔回这里度假，思而肯是他的老家。佩尔是个爱做甜饼的奶油小生。他摘了蓝莓，来我家一起做蓝莓派，蓝莓派进了烤箱，细心的佩尔收拾好他带来的面粉、糖放回他的车里，还剩下一大盒蓝莓。“蓝莓就送给你了。”他对我说。“你确定给我这么多？”“没问题，我还有很多呢，我在林子里摘了四个小时。”“一个人，你不害怕？”“害怕？才不会，一个人在林子里正适合遐想。”佩尔说。森林里总有那么多值得发现的东西，除了蓝莓，还有野草莓，蚂蚁堆的窝，叫卡六安的又香又大的蘑菇，等等。这个我知道，不过，我不是个好动的人，更多的场合，我还是喜欢坐在我的书房里，懒懒地瞥一眼窗外的风景。

偶尔有自行车队或摩托车队穿过。车座上的车手坐在稍稍高起的位置上，经过门口，会齐刷刷地扭头看我家的园子。这叫松斯莱特的园子里，先是郁金香闹了，梨花白了，然后苹果花会粉，茉莉花会香，我猜是这些花和开花的树招惹了他们的视线。每一次他们经过，我总能事先听到一点若有若无的动静，抢先跟风飘来的一点动静。我从书桌上抬头，也看看他们。他们是这里晃动着的物象中的一个。他们特异，是岛上风光的一部分，却又是外来的。他们有活力、摩登、年轻，又和思而肯这沉寂、传统、古老的小岛彼此需要。

晃动的物象在这表面静止的地方格外醒目。我坐在自己的世界里，感觉那些四周的晃动。一片叶子落地，两只燕子在园内的石子路上踱步，刺猬拖儿带女地搬家，一步一步要挪到石子路西边的丁香树下去。我开窗，想给它们拍照，它们惊得缩成一团，就停在路中间了。如果是傍晚，最可能的是有一头鹿或一只野兔，从这一棵苹果树蹦到另一棵苹果树下，然后撒开腿跳到林子的深处。所有的这些晃动着的，即使是在数十米之外，也总会被我的视线搜索住。我也知道，我不该这么注意力分散，但那些晃动着的就是那么留在视线里了。

晃动的很少有人，真要有什么人来，总归是先见到车子。若是工作车，周三来的是绿色的垃圾车；平日的中午十二点左右，总有黄色的邮车开过来；白色的通烟囱的车隔几个月来一次；此外还有电工、水管工、木匠的车等等。若是小客车，我看见红色的沃尔沃，就会脱口而出："啊，卡琳娜来了"；而蓝色福特蒙代尔则是托莎托普的马格纽斯；绿色的萨巴是莫纳，她住在附近的城里，每隔一阵儿，就来会她在岛上的男友，每每这时，莫纳也会来看看我。

是的，我总是要张望，好像有一个天线老工作着，随时准备接收一点信号。

乐园般的绿岛。它提醒我很久以前大学英语课本里的一篇文章，说天堂里不需要工作，人们都慵懒困顿。没有人从天堂回来告诉我天堂的感觉，我猜想思而肯夏天的下午就有那么种乐园般的寂寞悠长。就是在这样一个寂寞悠长的夏天的下午，在没有摩托，没有自行车，也没有一片晃动的叶片跳进我视线的时候，一串音乐声突然响起。我抬头，去看窗外，一辆白色的车，一个司机坐在半高的车座上。这车就停在我们园子的篱笆外边，正对着大门口。这是魔术！

乐曲短促而欢快。欢快和短促的乐曲重复着。我意识到那是叫卖的车。对了，卖冰激凌的！人有时候会在瞬间，电闪雷鸣般地辨认出他从来没有见过也许也不曾真切听说过的东西。我辨认出了冰激凌车，这车让我有一种重做孩子的兴奋。是买还是不买？我距离喜欢冰激凌的年代很远了。这些年来，自己很少想过要吃，家里也还没有孩子。音乐又重复了一遍，我拿上钱包，决定奔出去，这时候，那辆白色的底子里透着花花绿绿的车却发动了。我来不及奔到百米外的园子门口。心里想，下一次吧。

我在那个岛上看见那辆车，就只这么一次。那时候，家里只有我一个人。以至于现在回想起这些我还有些不确定，那到底是我的梦还是真实。它真的开到这个并非居民聚集地的小岛上，停留在我家园子的门口的吗？我从心里感谢这样的停留，仿佛它知道，有园子就有家，有家就有孩子，那些可以在新割的草坪上，在那棵巨大的橡树的枝干下面，和这世上最该做爸爸的人中的一个，一起踢足球的孩子们。朋友们都说，没有人和孩子玩耍时能比他更和谐。我的爱人，他喜欢所有的孩子。这冰激凌车的停留，它成全了我的，一个童话般的关于我在思而肯的家的想象。

突如其来的踪迹

如果人在乡下有房子要伺候，不管是长年定居还是偶尔才去，人是迟早会疯的，像我这样的人。

某年夏天，离开乡下数周，再返回，阳光依然灿烂，花香依然满园。计划好了去湖边划船，蓦然回首，二楼工作间一面墙从房顶到地板洒下一条两尺宽的褐色。找了木匠尤斯塔来鉴定，尤斯塔很负责，爬上墙头看了又看，摇着头，没见什么鸟窝。他原本是怀疑鸟拉屎。“哪有拉下那么多屎呢，”我说，“没准是一窝鸟。”“一窝鸟拉屎也不至于拉成一条直线的吧。”我和尤斯塔这么叽咕着。后来我们在木头地板上发现了褐色的圆圈状图案。谜——对我而言。可尤斯塔出生在乡下，又是快六十岁的人了，见得多，想了想又说，那也可能是蝙蝠群进来过。

一两只的蝙蝠在森林小屋的门口靠屋檐的地方飞，这情形我在某个黄昏见过。当时，因为怕，没敢走近。我想尤斯塔八成说对了，这一带确实有蝙蝠。

地板上的褐色没觉着有异味，好不容易洗淡了，地板跟橡皮擦过的作业本一样，到底不是原装的颜色。墙重新油漆过，新刷的整个一面墙，清清爽爽，已经看不出破绽。

墙刚刷好的那阵，每天早晨起来，我都首先去那间屋检查，真有些提心吊胆，怕蝙蝠群在夜里又来过了，或是屋子里还残留着几只。尤斯塔说，应该没事。他是猜，凭他快六十岁的老木匠的直觉。我问，怎么上次突然就来，怎么以后就肯定不会来呢？尤斯塔露出不耐烦的神情。外子也朝他笑笑。男人们常有那表情，意思是，女人爱装懂，爱唠叨。难道这些事，她还能比我们老爷们儿懂得多吗？我就没再追问，我猜，其实尤斯塔也说不出个道道。

还好，真没谁再作案。因为没有谁再作案，这也就成了悬案。若真是蝙蝠群来过，怎么只侵犯了一间房呢。二十平方米的房间，弄脏了一片墙角和地板，却没弄脏屋里其他物件，特别是地图和书。多懂事的蝙蝠呵。

某年夏天很热，阁楼上的一个老蜜蜂窝，突然活跃起来。弄得二楼的屋檐缝隙里，蜜蜂钻进的有，钻出的也有。钻进来就嗡嗡飞。请了有关部门的人来。那个部门那年特别忙，因为那个夏天特别干燥，出了不少蜂窝等着他们清除。一辆白色的车开来，下来个戴了面罩的男人，全身裹得严严实实。他一个人爬上阁楼，喷一种特别的药物，忙了有半小时，下来时，提着两个塑料袋，圆圆鼓鼓的，塞进了他的车。他说："是一新一旧，一个旧窝旁边，新窝筑起来了。"是我不好。我见过旧窝，编织得无懈可击，我只道那是不再活跃的蜂窝，就当它艺术品来收藏，哪里想到，旧窝还能引来新窝。

某个暮春，有让人开心的艳阳。多好的一天哪！我们决定悠闲地打发时间。

我去尼森借住过的屋子瞧瞧。

蚂蚁！地板上围着房间的墙线排队游行的蚂蚁！楼下的三间屋和洗手间都爬进了。门厅却没有。几天前，我查点房子时还是好好的呀。

我急急地给有关部门电话报警，一个女人接电话，她可一点不急："哦，蚂蚁吗，别慌，慢慢说，什么颜色，黑的、黄的还是白的、红的？"

呵，颜色！我一听更慌了，这我可说不清楚，反正绝对不是白色，就是通常的小蚂蚁，好像黄里有黑，黑里有红，啊，我不知道！

女人告诉我："呵，这个，放上药片就好了。裹了蜂蜜的带毒药片。"

"有别人家出这事吗？"

"哦太多了，太多了，现在天突然这么暖和，是蚂蚁出动的时候了。"

"我家以前没有过的呀，它们为什么现在出现？

"谁知道，也许饿了，也许渴了，也许某种原因，它们觉得找到了合适的地方，它们喜欢你家那房子，哈哈哈"。女人可乐着呢。

"只有毒药，就没别的办法了吗"

"只能是这样，都是这么办的。"女人说。

那房子原来的租户尼森刚搬到老人公寓，他在墙角里藏了蜂蜜和糖果不成？屋子是在尼森走时请帮工打扫得干干净净的。没有家具、没有食物的空房子，尼森走了，蚂蚁进去，不知道蚂蚁是看中哪一点。

上网搜索，查到蚂蚁也有"中介"。通常不举众贸然搬迁，先由"中介"打探房屋状况。中介通常提供两个住处供蚁族选择。一个好而远，一个近而逊。我家这屋算哪一种呢？

我又走进屋去，脚下多少是踩到几只蚂蚁。小心地拿笤帚将它们扫进簸箕，再倒到屋外的草地上。不，这不是个办法，刚倒出去的蚂蚁，扭头就还是朝屋里的方向爬。并且我发现新蚂蚁从后门外的草地上，爬上五层的石阶，钻进门缝，源源不断地往里爬，在后门口的卫生间聚集，再分散到别的房间去。我没办法用蚂蚁的方式给蚂蚁们任何信号，而它们显然是得到了可以搬迁的指令的。况且，那有关部门的女士老早说过：除了毒药，别无办法。

鸟一有动静就飞，蚊蝇也没有等着挨打的，有关部门的人马上就会带了药片来下手，蚂蚁还是忙不迭地只顾了朝前爬。我关上门，退出那间屋，说："对不起了，蚂蚁，不是我逼你们的，能跑还是趁早跑吧。"

用了药，关门闭户三天，蚂蚁才全部停止了动弹，密密麻麻倒在三间房间地板的墙线上。

和邻居谈起蚂蚁的事，邻居反说，咦，你们家没闹过蚂蚁的吗？说头一年雪多，地潮，蚂蚁这才多了也不一定。又说自己家在林地的屋子无论雪多雪少，每年开春必定闹蚂蚁，都是用带蜂蜜的毒药才能止住。

在邻居看来，蚂蚁就是蚂蚁，没啥不能用药的。事情就是事情，这是日子，日子就是这样的呵，至少在我们这样的乡下。

Two minutes（两分钟）

六月的下午，我在后院给新发芽的秋樱除草，碰巧邻居尼森和他的狗伊波从我家车库边冒出来。我朝他们摆摆手，算是打个招呼。尼森看见我，停下了脚步，然后做了决定似的，朝我这边走来。他走得慢，到底七十二岁了，他说伊波若按人类的年龄换算，和他是同龄。这条同龄的伊波一个大步就跳到我面前，仰起它的头等待抚摸。

“你让你的手指沾满了泥土”，在伊波之后跟过来的尼森微微喘着气。尼森做过英文教师，喜欢说英文，喜欢咬文嚼字。“手指沾土”，说的是做园艺活儿。从尼森那儿还真可以学到不少知识，比如，他说他女儿的猫快有小猫了，他当然不会说小“cat”，而是要说“kitten”。吃好了饭，他不说“finished(结束)”，而要说“satisfied(满足)”，他不说雨大，他说的是“天下着猫和狗”。

伊波是条有教养的好狗，我每次看见它，都忍不住夸两句。说起狗，尼森开了话匣子：“狗是好教育的，教育狗并不难，甚至教育一只猫也不难。”

“真的吗？”我可听说，猫和狗相比，是无法管束的。

“我这方面特在行。有一次，我的猫走近来，我可正忙着，我就说了一句。”他神秘地眨眨眼，叫我猜。

“你说，走开？停止？ No？ ”

“我说two minutes ，并且竖起两根手指头，你看，就像这样。”尼森竖起手指头给我看。

“那么，怎么样了呢？”

“还能怎么样，从此后，只要猫走近我，而我竖两手指，猫就乖乖地跑开了！”

后来，我才知道，“two minutes”是瑞典人都特别喜欢的冰上曲棍球里的一个常用词汇，当某球员多次犯规，就可以罚他下场两分钟，这就是two minutes 。

我能想象，尼森坐在他的沙发上，举着雪茄或品着威士忌，然后朝猫儿、狗儿竖两根手指的样子。尼森是个独居的老人，平时连访问他的人都少见。天大地大，可就是没多少人理会他，但只要他稍稍竖两根手指头，调遣着他的“人马”的感觉就在指间流出来了。

一个人，三只猫

尼森年纪不小了，随着他的腰一点点佝偻，佝偻成七十四岁了。人常说叶落归根，尼森却是个没归根的人。他远离自己的家乡，没有属于自己的房子可住，也没和亲人住一起。说起来，他的根在瑞典最大的海岛哥特兰德。那里有独特的文化，尼森每说起这一事实，都一脸矜持，仿佛那文化就是他家造的。每到夏天，尼森的姐姐、姐夫从瑞典第三大城市马尔莫去哥特兰德租屋度假。老家的房子还在，只是几易其主。某年，姐姐忍不住和新女主人套近乎，问："可以到房里看一眼吗？"对方很热情，一来二去的，姐姐跟那家倒像成了走动的亲戚，每去哥特兰德，都要一起在尼森姐弟出生的房里喝杯咖啡，其乐也融融。所以尼森的根的确有，只是在哥特兰德和瑞典本土间的海里漂着。

据尼森本人说，他小学毕业时因父亲的工作，一家迁到马尔莫。尼森不觉得自己是马尔莫人，他的哥特兰德方言引起过同学的哄笑和模仿。亏得姐姐护着他，他和大他一岁的姐姐在一个班，这也是家里给尼森的一个庇护，这庇护帮了他。姐姐总扮着这样呵护的角色，直至今天，她还时不时给他打电话。姐姐在电话的那一头说："尼森，你可不能酗酒呵。"姐姐能听出来，他又醉了，醉得舌头不大听使唤，姐姐给地段医院的医生打电话，医生说，尼森这样的，怕是戒不了酒了。姐姐只好对尼森放出狠话：

“你说，我们的父母是不是世上最好的，他们要是看见你现在这样子，该多难过！”这么着，能消停个几天，但不解决问题。姐姐时常央我这做邻居的去检查尼森是否喝酒，但她也说：“尼森可是成人，他怎么过，他得为自己负责。”我有时想起尼森，不由得猜测，也许尼森一辈子也没成为成年人。这可能使他遭罪，但也不见得不是尼森的好处。

七十四岁的尼森，常念叨他的父亲，“我和我父亲一到夏天就去宿营，我们跑过瑞典大多数省份”。这话我信。某年冬季，思而肯遭遇百年不遇的大风暴，断电、断水、断热两个月。大家都向城市逃去。尼森并不打算离开。他用雪水烧出热水，在壁炉里煮鸡蛋，用酒精炉煎红肠。我偶尔到岛上来拿些衣物，不放心尼森的生活，就过去看看，尼森看去是惬意的，壁炉里火很旺，暖和了一屋子。“我们会宿营的人，什么都不怕。”他说。在野外，尼森跟父亲学会宿营，还学会识鸟。某个春天的下午，我路过尼森门前，他正在阳台上坐着，我寒暄了一句，“鸟儿叫得多欢哪”，“可不是吗，那是柳莺和知更鸟。”尼森走近几步，鸟儿呼啦一下飞到了更高更远的枝头。我只听见叫声，看不清它们的形状。“我可以给你看的，”尼森坚决地邀请我去他的二楼看看。他带头走上木头楼梯，走过桌边的烛台，走过一排靠东墙的书架，二楼的起居室开始在我眼前展开。尼森停了脚步，举起手，朝西面墙的方向一指，嘿嘿一笑。那里是一张图片，几乎把大半面墙填满，画着各式各样的鸟。我对鸟并不特别感兴趣，来瑞典前可以说很少亲眼见到飞鸟，尼森告诉我的那些个名字，让我摸不着头脑。我敷衍道：“你知道的可真多。”“都是我父亲教的。”这么说话的尼森是垂垂老矣的男孩。他年轻时身高估计也不过一米七左右，小体格，如今因为蜷曲着，在男人们大多高高大大的瑞典，就十足是个孩子了。

我注意到尼森家一楼靠沙发的墙上挂着几幅画像。“我的父亲。”他说，一张跟尼森确有几分相像的老人的脸。那张脸的下方，是三个妙龄女子芬芳的肖像，三张黑白照放在三个椭圆镜框里：“夏娃、奥萨和兰娜，你知道，我的女儿。”

原来尼森是有三个女儿的。我还以为他只有兰娜，而兰娜是尼森来到思而肯的一个缘由。

兰娜如今四十七岁左右，年轻时嫁给德国人。兰娜家在思而肯附近买了间小别墅，只在夏天才来住上一周。那时，兰娜和尼森接上了中断几十年的联系。兰娜四岁时，兰娜的母亲坚决要离婚，尼森从此就很少见女儿们。离婚后的尼森有过几个同居女友，最后的一个和他情投意合。她比尼森大了几岁，对他温柔体贴，还帮尼森解决了对酒精的依赖，她总说：“尼森，只要你再喝一口，我就马上离开你。”这一招可真管用。可她却病了，死了，尼森又沾上了酒。尼森不想继续住他们同居过的屋子，何况那屋子也是租来的。兰娜有了叫尼森帮助看护夏天小屋的主意。尼森看守兰娜的屋子不到一年，兰娜的计划变了，举家从德国迁到瑞典。尼森怎么办呢？兰娜把尼森领到思而肯租下我家闲置的一幢红房子，那一年尼森六十八岁。

我还没说清尼森的模样呢，他有一头淡黄带灰白的头发，戴眼镜，脸盘并不瘦，肤色常是苍白的。要到什么人家做客时，他能梳洗好，穿上兰娜送他的生日礼物，一件白色红色条格纹路的衬衣。他似乎喜欢这衣服，一到重要场合，就能看见这件衣服上场了。也可能他没多少其他的衣服。兰娜没少跟我抱怨尼森不修边幅。“尼森是退休教师，有足够的退休金的，”她说，“你看，他就知道喝酒，门牙缺了也不补。真羞死人了。”门牙的事说了也有三年了。本来，在兰娜抱怨之前，我还没在意，尼森有颗门牙是缺了半截的。兰娜说，她的小儿子阿隆，就是尼森的外孙，在市里看见外公，穿件旧夹克，戴了顶邻居斯万送的写着森林公司广告的小红帽，背佝偻着，前胸挂着一个沉甸甸的包，露出葡萄酒瓶的盖子，背部还有一只包重重地垂着。十六岁的时髦小伙儿正和同学一起从一家影像店逛出来，他别过脸去，生怕尼森看见他，来打招呼。兰娜希望尼森别醉着，希望他看起来体面。尼森在兰娜的生日里醉过一次，“那是我平生最倒霉的一次生日。”她说。可尼森终究是她父亲。“尼森并没对我尽过什么义务。”她把这话摆在嘴上，说她的无奈，说谁愿意有个酗酒的父亲呢。但她到底也是孩子中唯一和尼森有联系的。每年他们在一起的时间加在一起不超过四十八小时，但到底也是她烤了生日蛋糕带孩子们来看尼森的。他们来，尼森也高兴，尤其当他有了重外孙女之后。但那时尼森也不愿跟大家多说什么，情愿撇下一桌的人，自己在阳台上抽烟。

我可能做过不该做的事，我给尼森送过酒。我琢磨，总要送一个人他真正喜欢的东西吧，何况那酒只三十八度，何况尼森醉了，也就是脸红，躺在沙发上，舌头不听使唤，何况他一个人闷在房子里，不喝酒能有多少乐子呢。“谢谢。”尼森说。他回赠我一本关于圣诞风俗的书。我从不知道他觉得那酒到底如何，他说谢谢，就收下了，没提滋味怎样。

我也烤些糕点，请尼森和我们一起来喝下午茶。

“你再来一点吗？”

“不，点心，都太甜。我已厌倦它们了，我要去看我的猫。”这么说着，尼森就起身走了。

“他不喜欢我吗，为什么呢。”我不由得这么想。

“这不是你的错，”家人压低了嗓子说，“爱喝酒的人是有些怪的。”

我还是有理由认为尼森是不喜欢我的，在认识我之前就不喜欢了。我的家人、邻居也看出来了，有人说，这或许和尼森的年纪有关，那一辈的瑞典人，特别是老头儿，会很传统，对移民有不安感。有那么一回，我和卡琳娜，卡琳娜的狗，一只黑色的拉布拉多一起去找尼森，尼森立在门口，微微一笑：“所有黑头发的都不受欢迎，不准入内。”卡琳娜打起哈哈：“尼森开玩笑呢。”我能说什么呢，一怒之下，让他搬出我家的房子吗，跟尼森能计较出什么呢。

除了我们这些邻居，没多少人拜访尼森。只一个例外，那是基督教的一个组织，叫“耶和华的证人”，其中的成员，一个中年女人和一个中年男人，定期来看尼森，不知他们是从哪儿冒出来的。尼森似乎是喜欢的，没有把他们挡在门口，是请进去，又送出来，临走还要幅度很大地握握手。尼森跟我们邻居可不这样。我看不出尼森喜欢宗教话题，我猜他是喜欢和人说说话吧。

尼森兴致好的时候喜欢说话，想要尼森开口，提到苏格兰是个百试不爽的办法。

“苏格兰，我旅行了好多回，你知道，我有过一个英国女朋友。我和我的最后一个女友，她叫艾米，我们也常去。我们用帐篷，我俩都是教师，有假期。那时候，我们这样旅行花不了多少钱，那才是真正的黄金时代——现在哪里好和那时比。”只要一提起苏格兰这字眼，尼森会滔滔不绝。尤其在春末，大家寒暄起来，都讨论夏天到哪里度假。尼森会给你一点旅行小贴士，他借给你书，虽说都是七十年代的。他把他的那些记忆说完，也不由得露出倦容，仿佛炉膛的火狂烧了一阵，突然只看见黑炭上微弱的红星星，“我在我的一生中旅行了那么多，我是不需要更多了，不需要休假，现在我是可以留在思而肯了。”

和尼森说作家，也危险，尼森也会拉呱个没完。还真没尼森不知道的纯文学作家。终于拉扯完了，各自掉头回家。不一会儿，石子路上却又传来声响，是尼森走过来了，尼森来敲门。“我在我的书架上找到的。”尼森只随便拨拉一下，就能从他的书架上拨拉出同一主题的五六本书来。每年的诺贝尔文学奖颁发，对尼森是件不小的事。文学奖一揭晓，我问，“尼森，你读过此人的书吗？”尼森总会说出些道道，并扯出几本书来给我看，都是从前的版本。如果碰巧只找到一本，尼森便羞愧难当，“我本来有更多的，搬家的时候，处理掉了。”就这样，尼森借给我许多书，让我招架不住。“我还是一本本借吧。”尼森不同意，“反正没有别人看。我有三千册文学书。我不需要去别的图书馆。”可他喜欢逛书店的。每年二月底的书店打折，尼森总到城里去，背一包重重的书回来。我曾出于好奇，跑去参观过他买的新书，有本小巧的镶金边的《呼啸山庄》，“这书真漂亮呀，”我说，“那就送给你。”尼森执意要我拿下。另一年，全瑞典庆祝植物学家林耐的三百年诞辰，尼森从城里回来后，送我一本关于林耐的册子。“我在城里发现的，日文，别人都看不懂，只好买下来，叫你来看。”尼森送我的书里，最大最厚的是《维尼小熊》的故事，瑞典文的精装本。因为尼森提出教我瑞典文，“我懂得怎么教学生”，尼森的提案是一天讲一节《维尼小熊》，就是他朗读瑞典文，再用英文串讲。这对毫无瑞典文基础的我来说，是天方夜谭。但尼森很固执，说对一个十二岁的美国女孩，就采用过这办法，效果惊人的好。我带着侥幸心理，坚持着，等待一个奇迹。一段日子下来，我听完了英文故事，很喜欢，但瑞典文的学习实在毫无长进。尼森对我说：“那是因为你太老了，那个美国学生她十二岁，很聪明。”我特别沮丧，又有苦难言，十二岁的聪明呐！我以为瑞典语将是我永远无法掌握的。迟疑了一段日子，我还是开始了一段正规的课堂学习，开始说些瑞典话了。

“尼森夸你聪明呢，”兰娜说，“夸我？”我不由得叫起来，也顾不得礼貌：“他可从来都是笑话我的。”尼森笑话我的黑头发，笑话我“太老”了，笑话我用字不准。比如，我吃好了饭，用了“结束”这字眼，他会立马纠正，不是结束，得说已经很“满意”。全瑞典也就是尼森拒绝和我说瑞典语，他怎么可能夸我。“他从不当面夸人。说起来，对呀，他从来没有当面夸过我呢。”兰娜竟不由得也生起尼森的气来。

不过，那些个暮春初夏的日子，那些个阅读《维尼小熊》的日子是舒畅的。我坐在尼森屋外的阳台上。木头桌椅。阳台的木头地板的缝隙里能看见绿草，木头台阶下就是青草地，鸟儿在苹果树的枝头颤动，空气里有丁香的芬芳。尼森，把他的烟草放在桌边的窗台上。并不抽，但是要看得见。三支削得整齐的铅笔在桌子上，还有稿纸，都是尼森准备的。尼森有丁点儿事就写下来，每次总要写上三四张纸，写满了三四张纸头，一般他就会放在他准备好的塑料文件夹里交给我，“OK,”他突然尖起嗓子，“我们可以称这为一天了吗。”我就明白，今天的课结束了。

那段时间，全世界都知道，我在跟尼森学瑞典语呢。我们通常是在上午九点到十点之间读《维尼小熊》。邻居们很高兴，喜欢喝酒的尼森在做一件了不起的事情：教学。当然，尼森可不是什么农民，不是本地乡间酒鬼，人家本来是大城市来的知识分子。

有时，有人在公路上骑车，他们从东面来，爬上一段坡道，我从尼森的阳台上，可以看见骑车人的身影：一两个，隐约从绿色的篱笆外爬过去，时高时低，那是夏天的节奏。

比之于上课，尼森更爱走神儿，聊天。告诉我，麦克白，是偷东西的鸟，燕子窝就在仓库顶上。上周打折，他在城里买到一幅黄色亚麻布窗帘，“这样，即使是阴天，也以为是有阳光的呢”。他给我看一只金黄色的辣椒，放在厨房里那只蓝色的玻璃瓶口上，“这是艺术”。尼森很少谦虚，而我必须承认，那黄辣椒和蓝瓶子配在一起确实美。

尼森还领我去看他使用的小仓库，那里，他把他所有的旧家什整理在架子上，摘草莓的工具、滑雪的工具、旧的帐篷、自行车，清清爽爽。“我喜欢有良好的秩序。”尼森说。

到了二月，尼森的屋子外边，蓦然竖起一对滑雪杖，红红绿绿，很是精神。后来连续几年都如此。它们也就是从储藏室被拖出来，在雪地里一步没挪地冻几个月罢了。有一年，我看见这对工具跑出来，立在那里，不由得笑，“尼森，这是滑雪用的嘛。”“yes,”他尖着嗓子，拖长一个尾音，“我每年都要滑雪的，阿隆放体育假的时候。”瑞典通常在二月中旬放体育假，那时千里冰封，万里雪飘，孩子们玩雪、溜冰都恰恰好。今年的冬天，也下了雪，也结了冰，“雪还不够，冰也不够。要再等一等的，说不定我后天会滑滑雪呢”。尼森当然没有滑雪。他可能是老了，滑不动了。我也有段日子没见阿隆来思而肯岛，他就是那个在城里羞于和尼森招呼的男孩。不过，每年把滑雪杖拿出来，对尼森是个重要的仪式，跟老太太们每年把圣诞的灯饰和桌布拿出来是一样的。尼森在电视机前的沙发上打发时间，到下午开始喝些个酒，晚上八点多就熄灯了。天气好的时候，他会在早晚喝茶的时间，坐在阳台上，整理他的烟卷儿、抽烟、看鸟儿打架、看猫捉鸟儿。说起来，在思而肯，尼森有过两只猫呢。

尼森的第一只猫，叫图博，尼森在隆德大学修过一点拉丁文。据尼森讲，这个图博，是他自己从拉丁文里演化而来的一个字眼，有活跃多变的意思，是积极有力的。因为这是只雄性的小猫，它一定可以威猛无比。

我第一次看见图博，它大约一岁半，毛色黑白相间，瘦身，跟在尼森后面去仓库、去森林，它总在尼森的脚后跟着。图博，不能坐车，那时，尼森还保留着一辆兰娜淘汰了的旧车，尼森把图博放在副驾驶座上，车子一发动，那马达的声响就让图博惊慌不已。尼森只好停下车来，打开车门，图博跳下车，一溜烟跑到老远，才停下来，回头看着尼森，两股战战。试验了好几回都是这结果。“图博热爱环境。”尼森说，他改用自行车，把图博放在前轮的篓子里，这么着，爷儿俩在自行车道上兜过风。但更多的时候，尼森佝偻着腰走着，图博也垂着头走在他后头。

有一次，我家来了客人，客人带了条黄毛大狗。尼森和图博正在院子里走着，黄毛狗突然蹿上去，它虽说大，并不凶，也没有吠叫，黄毛狗是要和图博来耍一耍。图博飞跳着躲到路边的汽车肚子里，一双眼睛朝外瞅着。大黄狗很胖，在汽车边晃了半天尾巴，终于觉得无趣，踱到一边去了。图博慌不择路，居然跑到它最不喜欢的汽车肚子下。图博，可真是够威猛呢。

图博没有给人留下太多的事迹，连捉到老鼠那样的事迹也没有，如果尼森女儿的狗叫尼森看一天，图博连自己盘里的食都保不住。但是图博还是闹出动静来了，大动静，它失踪了。

大约在图博失踪三个月后，我看见了一只猫，一只黑白相间的猫在下午三点左右，立在院子的大门口，就跟一个正儿八经的访客似的，它是从大路上来的，到松斯莱特的大门，就停住了，不进不退。我赶紧打电话叫尼森出来，也顺手通知了邻居卡琳娜。

尼森的门一开，那只猫，顺着西面的草地奔跑，跳上半高的石头围墙，三下两下，继续跑到北面大仓库的木头堆子里。尼森嘴里叫着“图博，图博”很坚定地朝仓库走过去。我们不知道图博在哪里，正四处探看，在东面的木头堆子里，突然弹出一个黑球，那猫奋力一跃，冲出了仓库，它跑了，它从大门口飞跑着消失了。

尼森走出仓库，立在那里，望望大路，半天没有话，然后，他缓过神来：“我还是回去准备点吃的，图博一定饿了。它饿了就要回来的。”尼森觉得我不该也跑出来，更不该多嘴叫了卡琳娜。不该有这么多人围观。光是尼森，就不会把猫惊跑了。

隔了几天，我提起图博。不，没回来，虽说尼森给它留着后门和一扇窗，没见图博回来。尼森摆下的猫食，也没动过的迹象。

过了一个月，还是没看到图博回来。尼森对我说：“不，我想了想，你错了，那只猫不是图博，如果是，它怎么可能不听我的话呢。它只是长得有点像图博而已。黑白相间的猫多了去了。我推测图博是在路上遇到汽车，被吓得滚进轮子里，压死了。你知道，它总是怕汽车。”

我跟卡琳娜谈起图博，我们都觉得我们看到的，那应该就是图博，因为那猫完全有图博的眼神，怯怯的，敏感的。图博停在院门口的姿势让我难以忘怀。它似乎是认出了这地方。但它没说，它是要归来还是要告别。当然我也无法证明那一定是图博，如果那确实是图博，它应该是野了，不再只是钻汽车肚子了，它至少学会了在岩石和草地上飞跃，最终有那么点它名字的意思，变得“图博”了。但尼森很固执，他不愿意我们再提图博。

也是黑白相间的小玛雅来到尼森这里的时候，才一周大。可以立在手掌里。尼森总让玛雅在桌子上玩，他自己在一边看书。阳光透过金黄的窗帘照在樱桃树木质的书桌上，那是五月底。时间过得快，玛雅可以玩球了。尼森踢给玛雅一只球，玛雅扑上去接，他俩忙得很。渐渐地，玛雅开始对爬树有了兴趣。它居然爬上了一棵年轻的苹果树，开始还小心翼翼，步履缓慢，后来就哧溜一下上了顶。本来蛮好的事情，它却不敢下树来。尼森个头矮，在树底下拿着竹竿子捣鼓了半天，想让玛雅顺着竿子下来，但不顶用。还是找了邻居中个头高的来把玛雅接下树来。玛雅应该是只欢快的猫，这从它行走的风格能看出来。它也会走在尼森的后面，不是图博那种亦步亦趋，却是东张西望、左顾右盼的。它一会儿摸摸这里，一会儿嗅嗅那里，抬眼一看，尼森已在几米之外，这怎么可以！玛雅一个猛扑，这一扑腾，又扑腾大了，扑腾到尼森前头去了。玛雅也是喜欢在窗口看鸟的，为了玛雅，尼森特意在窗前的白桦树上放了只鸟笼。但是这些似乎都玩够了，逐渐长大的玛雅玩得不得劲，它在院子里，在太阳底下，休息，休息了半个小时，居然也一动不动。所有的事物是那么宁静，静止。当然能听见白桦树叶的沙沙声，不是完全的静止，但有一种异样的气氛，烘托出一种异样的时空。

当我注视着玛雅的时候，尼森正好走来。我当然要和我的好邻居交谈两句，谈谈他的孩子玛雅。

“你不觉得玛雅有点寂寞吗，你看玛雅，都有半小时了，它一动不动。”

“不，这是正常的，玛雅是在思考。”

尼森顿了顿，若有所思，“不过，我已经重新给它受洗了，它有了新名字，拉塞·玛雅。”

“什么？”

“对，拉塞·玛雅，”尼森和平时一样慢悠悠地，“我以为它是个女孩，可是最近我发现它其实是个男孩。”这么着，尼森就把拉塞这个男孩的名字加在玛雅这女孩的名字前面。

十一月的一个清晨。我正准备出门，路上来了拉塞·玛雅，它走着，显得疲惫、饥饿。看来，它在外边荡了一夜。

"拉塞·玛雅，小家伙，你好吗？"我刚跟它打好招呼，路上突然起了一阵风，卷起一堆落叶。叶子在风中飞舞。拉塞·玛雅被卷在风里，它趔趄了，一等风停，脚刚点地，它以迅猛的姿态飞进了室内。尼森正守在门口。

"拉塞·玛雅不大勇敢呢。"

"没有的事情，它只是在跟树叶玩呢。"尼森慢悠悠地说，好比在课堂上纠正一个句子的语法错误。

再后来就是有一天，尼森跑到我家，神色严峻，他问，"你看见拉塞·玛雅了吗？"这么一说，我倒是想起，确实，有好些日子没看到拉塞·玛雅了。

"它出去是有过的，它出去会女朋友，可这一次，有两星期了。这还是头一回。"

这可怎么办呢。

"不，我要去问其他所有的邻居。我习惯和它说话，我们一起听古典音乐，晚上有时也并排睡呢。"

这是真的，在尼森的房子里，他有并排的两张小床。墙上是他最后的女友艾米手绣的工艺品。绣的是几个瑞典文字，连成一句话"家庭需要爱"。尼森睡其中的一张，拉塞·玛雅睡另一张，尼森教会过它以人的姿势四仰八叉地睡觉呢。

深秋转冬，先是有了霜冻，接着有了细细的小雪。尼森厨房的一扇窗户始终开着，他是个固执己见的人，成天成夜地不肯关窗，我作为房东，不免小气，觉得开窗换气可以，长久开着，既消耗热量，也不见得安全。尼森不听我的："也许拉塞·玛雅饿了，累了，什么时候，就冷不丁地回来了。"

拉塞·玛雅没回来。这期间，尼森的酒喝得更多。他自己叫急救车，也已叫了三四次。都是夜里发病，在城里的医院住上一天，再由医院派了出租车，把他送回来。起初我不知道发生了什么，只感觉尼森那里有些异样。怕他在屋里有了意外，斗胆跑过去，发现后门虚掩，进屋，一楼没见人，二楼也没有。给他女儿兰娜电话，她倒并不急，她猜总是去了医院。

医生对尼森说："你的心脏的问题，完全是饮酒过量的结果。假如还想活，就不能喝。"但是要叫尼森不喝，怎么可能呢。为了让尼森不觉得孤单，姐姐替他物色了另一只猫，一等春天出生就抱来。猫来了之后，尼森把它抱在手上，看得很清楚，是个女孩，起名叫做替娜。

我都没太在意替娜是如何成长的，只觉得没过多少日子，尼森就说他有喜事。他真是眉开眼笑，他的替娜怀孕了。

替娜很快生了四只小猫。尼森说，他要去《斯莫兰邮报》登条售猫广告，说不定能有千把块收入。

尼森还是在喝酒。如果推开他虚掩的门，能看见他在上午就喝得嘴唇发紫，躺在沙发上。沙发茶几上有一排杯子，还是有秩序的：威士忌杯子，葡萄酒杯子，啤酒杯子，外加一杆烟斗。他的冰箱里除了点肉丸子和牛油，就是啤酒。已经很久没看他在外头梨树和枫树间拉开绳子晒洗好的衣服了。更是很久没见他把地毯拿出来拍打。他屋内的摆设，还是从前的秩序，但布满污垢。屋里有时发出臭味儿，搜索一遍，是猫在二楼一张椅子坐垫上拉了屎，有日子了。

替娜不知怎么了，开始把它的小猫往外叼，它叼了一只，又来叼另一只。全叼走了。尼森从沙发上直起身，透过窗户，他大概看见，替娜是去了仓房的方向。

又过了几天。尼森给姐姐电话，在电话里哭了："出了灾难！"姐姐吓了一跳，以为爱点蜡烛又酗酒的尼森，把房子烧着了。尼森说，不是房子，是猫。替娜不见了。姐姐倒放下心来，说，哎呀，不就是猫跑了嘛。

但尼森的女儿很恼火。她对养猫有经验。说刚养下的猫，没妈妈绝对不行，喂奶也没用。替娜有着宝宝却不见了，一定是遇到了意外。替娜把猫从尼森身边叼走，是不喜欢尼森。尼森的女儿觉得尼森没关心到猫，连猫也感觉到了。而且，替娜叼小猫的时候，尼森都没出去看看，还赖在沙发上！大家在仓房里外找了三遍，才在一个角落看见死掉的小猫。

尼森打这之后，偶尔出门露个脸，都说自己情绪不好，夜里睡不踏实，说可能是因为猫死了。他不再去看邮箱，邮件把邮箱挤得咧开了嘴，露出催款公司的账单。我们给他女儿打电话，兰娜表示，尼森是成年人，她不能管。我们给政府部门电话，主管问，有子女和亲戚吗？有的话得家属管。问他姐姐该怎么办，姐姐说，她比尼森还长一岁，住得也远，管不了。照我的意思，尼森因为是老退休教师，有算得上不错的年金，哪怕只是先确定一个替他管钱管账的人，不让他糊里糊涂地把钱全花在酒水上，至少他不会背债，不会怕拆催款信。不然，债越积越多，更加抑郁起来，岂不更难收拾。但邻居里有人说，尼森要是死了，债自然就清了。

尼森不取信，给他打电话也不接。他还从城里背酒回来，还是前头挂了个包，露出酒瓶的盖子，后头背了个包，沉甸甸的样子。他的脸很久不刮了，看起来像一只胡子拉碴的老猫。

马太太和狗太太

朋友从邻省来看我。我自然把他介绍给我家附近的那些矮马、奶牛，混了一只墨黑的小黑羊的白羊群，因为我们自然是要散散步的。

瑞典南方的田野景观，多年来变化不大，但还是有变化。比如说，据这位朋友讲，二十年前田里看得见的就只是黑白相间的牛，如今却有很多颜色，黄牛、白牛、黑牛、花牛。这我听得懂，就是说，有了移民牛，牛很全球化。

关于马、牛、羊，朋友有很多话，来不及一气说出的样子。他是七十岁的人了，每开口说事，总停下脚步，我也只好停步。这使得通常半小时能走完的路，磨磨蹭蹭，没完没了，我们走了很久，都还只是站在田边，前不巴村，后不着店。

他说，你知道黑白相间的牛，耳朵是什么颜色？

我实地检查了草地上黑白牛的耳朵，还真和他说的一样——全是黑色。不由得夸他懂得多。

朋友又说：我小时候，很小很小的时候，真是什么也不懂，总之，我一直以为，马的太太是牛，狗的太太是猫。

蜜雪柳丝外传

我们这儿乡间的人说，猫对“S”这音符最敏感，给猫起名字，多少喜欢带上个“S”音。做文学梦的，养只母猫，不如叫萨福；喜欢哲学，可以有只公猫斯宾诺莎。“斯宾”儿可模拟猫的鼻音；全名又赋予猫的神秘以哲人的幽深。

我们岛上有得是猫。有了猫，就不担心冬天闹老鼠。岛上单身汉也多，不能完全没个伴。养猫比养狗容易，猫不用老有人陪。不需上保险，便宜。老单身鲁尔夫据说就养了九只猫，那实在养得也太多了。

养猫的人，都喜欢夸自家的猫。比如说，尼森老头儿的猫，据尼森讲，它能像人那样四仰八叉地躺在与尼森床并排的另一张小床上，能在凌晨和尼森一起欣赏收音机里播放的音乐——一定要古典的，最喜欢的是莫扎特。比如农妇瑞塔的猫，喜欢把冰箱的门拉开来，慢慢地朝里头看。退休体育教师达格尼有只猫在岛上的房子里，达格尼自己冬天却是住城里公寓，她耐不住岛上冬天的寂寞。达格尼特别设计了猫用食品箱。猫独守空房，除了努力捉老鼠，也会自己去食品箱捣鼓，捣鼓一下，就滚出一天定量的猫食。就这样，等到春天。不过，在所有思而肯的猫中，一只叫蜜雪柳丝的猫还是更有特别之处。

蜜雪柳丝来到退休小学女教师玛吉特家院子里的时候，才两岁。它本来是邻居家的猫，它的主人是个六十岁的单身汉。单身汉新养了一只狗，惹得蜜雪柳丝很不高兴，在一个六月的上午，索性荡到邻居玛吉特家。玛吉特家院子西边的地上，趴着棵大黄。玛吉特老是去掰两根粉色的茎来做甜点。小猫看中了大黄的绿叶子，躺在两片大叶子之间睡大觉。玛吉特的孙女詹尼五岁，外孙女爱米七岁。这两个女孩发现了这只灰白色的小猫，央求玛吉特说："一定，一定，我们可一定要养这只猫。"

玛吉特就去和邻居打招呼，反正这猫是自己离开了原来主人的家了呀。单身汉不高兴，觉得玛吉特不该给别人家的猫喂食。可是这只猫不喜欢原来的家，更喜欢这新家，总赖着不走。拖了几周，詹尼和爱米终于给猫受洗了，一个女孩的名字：蜜雪柳丝。

蜜雪柳丝是个很乖的猫，从不对人吹胡子瞪眼睛。在它的青春期，开始处男朋友时，夜里回来晚，还真让玛吉特的丈夫汉斯担心过几夜。特别是汉斯爸爸在夜里听见一种奇怪的叫声，赶紧出了卧室，跑到阳台上。一只狐狸在月光下匆匆地退出了院子。汉斯爸爸想，狐狸怕人，但狐狸会吃小猫，叫狐狸遇到幽会回家的蜜雪柳丝，那可不好。

好在，蜜雪柳丝长大了，没遇到什么真正的麻烦。它长大到已经不用怕狐狸的程度，而且，当它成了个大姑娘，愈发沉稳起来，喜欢在家里陪伴玛吉特妈妈。

在夏秋天气晴好的日子，上午十一点，和下午的两点半，玛吉特妈妈和汉斯爸爸要吃些茶点。玛吉特妈妈把茶点放在花园或阳台的桌上。蜜雪柳丝总是跟在旁边看。它看出一个规律，妈妈除了放茶点，还喜欢在桌上搁一个金色的小铃铛。等一切就绪，妈妈就用手去摇铃铛。铃声响过之后，汉斯爸爸就拄着拐棍来了。

过了大约两个月。有一天，妈妈摆茶点的时候，蜜雪柳丝不再一会儿进厨房，一会儿到院子，老跟在妈妈脚后。它对偷吃糕点没兴趣，它是只乖猫，从不偷桌上的东西。它全神贯注地盯着金色的小铃铛。它看桌子摆得差不多满了，不等玛吉特妈妈来，抢先一步，踮起脚尖，伸出前爪，对着铃铛一阵扑腾，铃铛被扑出了声响，汉斯爸爸果真出现了。所以，从此后，摇铃铛的事就由蜜雪柳丝来包办。

玛吉特妈妈和汉斯爸爸没有给蜜雪柳丝开什么特别的猫门、猫窗。蜜雪柳丝回家，是自己敲门。玛吉特家的木头门，上半截有透明的玻璃，里外看得见。如果是初次在晚间拜访玛吉特家的女客人，就很可能有机会听到门的撞击声。玛吉特妈妈会朝门口走过去，一边神秘地朝客人摆摆手说："你也过来看。"客人跟到门口，玛吉特说："注意看门。"只听见又一阵撞击，门上方的玻璃处悬着一张猫脸。女客人大叫起来，玛吉特却是一脸得意，那是她家的蜜雪柳丝在敲门。

如果门关着，而蜜雪柳丝要出门，它就会到处找汉斯爸爸。如果是在深夜或凌晨，它就到汉斯爸爸的床边，轻轻地推他。蜜雪柳丝从来不找玛吉特，玛吉特认为，那是因为自己一般睡得死，不大好叫醒。蜜雪柳丝出门，有时不是为了闲逛，可能就是尿急，它可从不在屋子里乱来。

蜜雪柳丝后来越来越喜欢去邻居家转悠，也就是它旧主人的屋子。那老单身汉，那时就更老了。老房子缺少维修，老鼠格外多。邻居自己没有猫，下了药治老鼠。

蜜雪柳丝十一岁那年的一天，玛吉特看见它在早晨从单身汉家的方向晃回来，不到半个时辰，就倒在门边死了。玛吉特觉得蜜雪柳丝死得蹊跷。猜，是邻居下的老鼠药。是蜜雪柳丝误吃了老鼠药呢？还是蜜雪柳丝吃了含有毒药的老鼠？这成了一个不解之谜。不过蜜雪柳丝的生和死都牵连着它的新家和旧宅。

哦，菟娃，我的菟娃

跟汉娜和玛雅喝茶，抬眼看见墙上一幅画：一个美妇人，怀里抱一只眼神媚媚的猫。汉娜问："你们喜欢狗还是猫？"竟跟日本人似的，日本人习惯这么问："你是猫派，还是狗派？"和问血型一样，根据答案能将人的性格分析出道道来。汉娜和玛雅都说喜欢猫。"你呢。"她们看着我。我吗，我还没回答，自己先万分地踌躇起来，我这算什么性格呢，老实说，我对于猫和狗都不太喜欢呢。我敢说我这辈子是不打算自己弄一只来放在家里啦，管它是猫是狗。但非要两者取其一，我倒是喜欢狗呢，我不太能接受猫那张暧昧的脸，狗看起来要干脆许多。"哦，不，狗，不喜欢狗那种奴相。"玛雅说。"不喜欢狗朝人身上扑过来，而且，满屋子都是狗毛。"汉娜紧跟着说。

她们说的大致没错，我给邻居安娜带她的小狗辛蒂就够遭罪的。一次是辛蒂得了肠胃炎，楼上楼下满屋子拉屎；一次居然是它来了月经。毛发乱飞那就小得不值一提了。辛蒂是不能在屋子里待上十分钟的，待多了就唧唧地叫，声音越来越大，它开始一步步地往门口挪。我说："不，辛蒂，不。"我喊一回，它就扭半张脸回头瞅着我，只退小半步，然后继续作案，慢慢地就到了门口啦。我拗不过它。可一出房门，它就撒野往园子外头的大路上跑，大路上可有汽车呢。人家的小孩让我领着，这是多大的责任。

你们可以想象要把辛蒂挡在没有围墙，只有篱笆的园子里，我的神经有多紧张，跟守门员差不多呢。就算辛蒂在后院子里，它要对着刺猬怒吼，或者停下脚步，对着泥土入神，然后扑上前去，一扒拉就叼出一只地老鼠，波斯献宝地朝我吧嗒吧嗒奔过来。我看见它嘴上有东西终于恍然大悟，大叫着退回屋子，“辛蒂，求你了，千万别过来，千万别过来”，一面这么喊着，一面赶紧把房门关上。辛蒂真够恶心人的。

我跟安娜委婉地告过状。我总是跟狗的主人告状，还有一回是个休假的丹麦人来跟我寒暄，本来挺好的事儿，他家肥胖的拉布拉多狗过来就往我身上重重地一扑。“它这是喜欢你。”丹麦人说。我打量着那只狗，忍了忍还是忍不住：“它有点胖呢。”那狗其实是巨无霸，就这么委婉，丹麦人还是对我拉下脸来，此后看见我，也都是淡淡的。对于辛蒂，我实在不喜欢，就算别人拉脸，我也不愿帮安娜这样的忙了。安娜说：“哦，辛蒂是能干的，它是帮你家园子清除地老鼠呢。每次它在家里这么做了，我都表扬它，能干的辛蒂，能干的小姑娘。”安娜一面这么说，一面摩挲着辛蒂的小脑袋。都是安娜惯的。所以，我对汉娜和玛雅说，我太知道了，狗，大概真不是什么好东西。

“不过，”我扬头对汉娜和玛雅说，“狗和狗是不一样的。”我想起菟娃，我必须跟她们说说菟娃。“是你养过的狗吗？”“不是，不过，在感觉里，我觉得她是我自己的，我真的很想菟娃，就像想起一个最亲密的人。”

一个六月的午后，我和几个朋友躺在奥斯南湖边的林子里休息。一串刷刷的脚步声坚定地踏过林中的落叶。不是两个人的动静，但也不像是一个人的。我满腹疑惑，直起身扭头一看，是邻居奥斯卡，带着条黄色的毛茸茸的狗。奥斯卡停在湖边，狗也停下了。奥斯卡说：“出去，出去。”那狗就开始奔到湖水里，游开了。游了一会，小狗开始往岸边靠近。奥斯卡把手拢成一个筒状，喊道：“远点，远点。”小狗就掉转头往湖的更远处游去。我和我的朋友们面面相觑。没见过这么听话的狗！奥斯卡认识我们，却也不过来打招呼。他的眼睛眯缝着，不看人，只定神瞄着远处的水面。小狗上了岸，就止步不动，低头顺耳，看似局促难安。奥斯卡说："过来过来"，他把小狗指点到离我们人群远点的地方，说，"好啦，你随意吧"。那狗于是曲了前腿，把身子狠狠地甩了几甩，抛出一片水的弧线。随后，他们扬长而去。我在心里说：这是什么样的人，什么样的狗呀。

奥斯卡大约六十岁了。他是这里唯一一个修理水管的工匠，一个单身的猎人。听说还擅长跳舞，得过交谊舞赛的大奖。

先是我家厨房的水管管道出了问题。后来洗手间的水里又发现了一些个黑点儿。我居然和这个奥斯卡打起交道来。

他在我家修水管时，也还是话不多，眼睛眯缝着不太爱看人，但是有问必答。他工作的时候，他的小狗就等在工作车的副驾驶座上。

我按这里的规矩给完工的奥斯卡备了点咖啡，想到大夏天的，小狗也该渴了吧。奥斯卡说："太谢谢了，你真好心。"就一把接过我准备的水盆，大步走出去，搁在园子里的樱桃树底下："菟娃，来吧！"奥斯卡对汽车一吆喝，小狗就屁颠屁颠地跳出来了。原来它叫菟娃。一个女孩的名字，但不是现在常见的女孩名，玛雅、爱玛之类。

奥斯卡自己先回到屋里，喝起他的咖啡来。"菟娃不会跑到大路上去吗？""不会，她很听话。她必须在室外喝水，否则，水盆打翻了要弄脏你家屋里的地毯的。"奥斯卡说。

我的印象里，这里人人爱狗，宠着都还来不及的。比如尤塔，总把她的狗当做人家的座上客，让小狗昂首阔步地踏进去。尤塔自己不进门也许还可以，谁不让她的狗进门，她准保生谁的气。相比之下，奥斯卡的狗真是可怜多了。

我怯怯地，但还是忍不住，说："你对你的狗挺凶的呢。"

奥斯卡将杯子喝了个底朝天。"谢谢"，他往门口走，到了门边，停了脚步，也不转头，背对着我说："你知道，菟娃是条猎狗，我必须给她短促清晰的命令，打猎的时候，叫她停，她就不可以乱跑，否则，她会有危险的。这看来残酷，其实是对她的爱。"奥斯卡走了，也不说再见，就跟他来时，不跟我说"嗨"一样。他真是个怪人。

从此在镇上的公园等公共场所见到奥斯卡，我就朝他点个头。我的眼睛不由得注意到菟娃。集会的场所，人和人聊天，狗即便被链条拉着，扯断了脖子也要和擦肩而过的另一只狗套套近乎，它们不一起汪汪两声，誓不罢休。我注意到，奥斯卡大多自己眯着眼喝点什么，也不和人说话，别的狗来跟菟娃套近乎，菟娃是统统不吃那一套，全然视而不见。显然奥斯卡不允许菟娃有通常狗的举动，可怜的菟娃。如果我再去问奥斯卡，他一定又要搬出那套"猎狗安全守则"来，奥斯卡或许是对的，但我还是觉得他对菟娃太严厉了。

奥斯卡发现了我对菟娃的兴趣，以为没有养狗经验的我开始动了养狗的心思。我当时也以为如此。毕竟安娜成天跟我说："我们瑞典人常说，狗是人类最好的朋友，最好的，你懂吗？"好像我没有狗，就没有最好的朋友似的。在这样的乡村，几乎家家都有些什么，不是狗，就是猫，要不就是牛、羊和马，而我太不瑞典了。我和家里人也开始谈论养狗的事情。我以为我是开始喜欢小狗了。后来我明白，不，我喜欢狗大概仅仅是因为菟娃。对于是否真能应付家里有条小狗的生活，我简直无从想象和判断。奥斯卡似乎是个养狗高手，我跟他说了心里的担忧，他说："先借一条体验一下嘛。""跟谁借呀，你吗？"奥斯卡迟疑了一下，说，也许还真可以。

过了些日子，他径直来了。是个周末，他这就要去参加一个舞蹈集会，两天之后回来。说也许我可以帮他照顾菟娃，不然，菟娃就会待在他的车里。我是既喜也惊，当然不好反对。奥斯卡只关照我，晚上临睡前最好遛一次狗，出门一定注意车，这就走了。菟娃仿佛明白一切，并不追赶奥斯卡，倒是我追了出去，慌张地问：我可从没碰过狗呢，菟娃她吃什么呀，她要是突然乱咬乱叫的，我可怎么治她呀，她，不至于咬我吧。“没事。”奥斯卡一边发动引擎一边说，实在不行，可以打他的手机跟他讨主意。

当菟娃的眼睛里照出我的影子，我不敢相信这是真的，我想，这都是我自找的麻烦。真不该受了安娜“狗是朋友”的蛊惑。如今，反悔来不及了。我翻出一条旧毯子，铺在后门口的地上，菟娃朝我看看，然后就自己跑上去，躺下了。我到楼上的卧室去，她站起来，跟着我，跟到楼梯口，朝我看着，自己又退回到毯子上去了。

那一夜，我听见一两声菟娃的叫，当有汽车开过，她就弱弱地叽咕两声，惊醒她自己也惊醒我。老实说，那一夜，我睡得很不踏实，不知道第二天早上楼下会是什么景象等待我。菟娃不会弄脏了什么吧，不会咬坏了什么吧。

早晨醒来，感觉屋外有那么点动静。刚开了卧室门，下面楼梯口有双眼睛朝上看着我。那是菟娃。她看见了我，轻轻在原地跳起来，并不敢上楼。我走下楼，她在我的腿边跳，并且把我朝大门口带。大门一打开，菟娃纵身一跃，躲到西边紫丁香树底下，提起一条腿，撒了泡长长的尿。我不由哈哈大笑。这小姑娘在撒尿呀。菟娃看看我，不知道自己做错了什么引我如此爆笑，一脸的无辜，继续撒尿。

屋子里的一切还是整洁有序。我在室内忙乎的时候，菟娃开始在外边的草地上奔走，这里跑跑，那里嗅嗅，她跑起来的时候，深度近视一般，把脸贴在草皮上，聚精会神开始地毯式的搜索。我转到另一扇窗下，她也跑进我的视野，已经在另一片草地上打起滚来，左一个，右一个，然后，立起来，一耸肩，抖擞毛发。我跑到门边，叫了声菟娃，她就晃悠悠地朝我奔来。

我说，菟娃，我们出去逛逛吧。我把链条拿在手上，有些心虚，我其实吃不准该怎么个套狗，菟娃自己凑过来，把头往链条的某一处钻。她帮了我的忙，她真愿意出去转转呢。

这是一个完美的早晨，天那么蓝，微风扑面。阳光好比魔术，把一切都点染得明媚。我从没想到跟一条狗一起散步可以这么神清气爽。此后，我也和辛蒂一起散步过，但辛蒂急躁而专横，要我听她的节奏。菟娃不慌不忙，轻轻盈盈，她的心在我的旁边，是个用心体会别人的好姑娘。我们走过一片梅树林、一座红色的房子，一座黄色的房子映入眼帘，也看得见黄房子门口的两株老橡树。突然从某处爆出一阵狗吠，我不由东张西望，想看这条狗是在哪幢房里监视我们呢？直到房子已经被我们甩在背后，我还能听到那不甘心的狗叫。菟娃却跟什么也没听到似的，头丝毫没有摇摆。她的节奏没变，她什么也没变，她的轻盈的节奏里，只弹出和煦的阳光和沁人的空气。你们说，你们有谁见过这样的狗吗？

这一天的晚上，我把菟娃的毯子铺在了二楼卧室的门口。第二天一早，我刚从床上坐起来，菟娃就在门外对我轻轻地叫了一声。我一开门，她迎上一步，跟着我下楼去，楼梯上是一片热闹欢快的嗒嗒声。她走几步就朝我看看，跟昨天一样，还是要到门口去，她在紫丁香树下羞答答地可也理所当然地撒了泡尿。我还是忍不住狂笑，菟娃一面撒尿，一面不解地看着我，她那表情是说："我还能怎么样做才更好呢？"

那天下午，我突然有些情绪低落，开始要躺在厨房的沙发上休息。菟娃朝我跑过来，嘤嘤地叫。在伤感的时候，越被人疼，我越容易落泪，菟娃这么对我，我就索性哇哇地大哭了，反正又不是在人跟前。菟娃把身子轻轻地贴在我身边，她的声音简直伤心透了，是压抑的悲鸣。我哭了大约有两分钟，也就好了。我有时会没来由地哭泣，眼泪没干，又可以笑出声来，为自己宠自己感到难为情。我开始整顿精神做一些事情。菟娃总跟着我，兴高采烈。只一件事，让菟娃很为难。只要我的吸尘器一工作，菟娃就如临大敌，高度紧张，围着吸尘器的长柄迅疾地左蹦右跳，又不得要领。我干脆把吸尘器给关了。

我读了会儿书，突然心血来潮，说，菟娃，过来，菟娃就跃上了书桌前的凳子。我把自己的眼镜给她一戴上，她已经把一只小手搭在摊开的书页里。然后，很配合地等待我的镜头。呵，菟娃不识字，何必乱翻书。事后，我把那张照片连同其他的发给朋友，对方来信了，写了一行字：菟娃读书——爆笑。菟娃也在我的桌子底下睡觉。她用爪子来拉我的脚，先是轻轻的，试探性的，看我没有反对，就很明确地拉起来，拉得靠她近些，她要抱着我的小腿睡觉。我明白了她的意思，也就配合她，尽量保持腿部不动。起初还不错，偏偏要查一查字典，我小心翼翼地直起半个身子去够字典，不由得动了一下，菟娃猛然就醒了，很无辜地从桌肚子底下抬眼看看我。

那天，我们当然又散步了。我们这回一直散步到了思而肯岛入口处的桥边。我们一起趴在桥的栏杆上，看栏杆下面的湖水，

在秋天湖水边想心事的菟娃

湖水之上，桥和水面间一块块的岩石，岩石缝里，生长着黄色的花，红色的果子，一丛丛的，说不出名字，却真是鲜活。菟娃把身子一缩，就从桥栏下钻进去，拴她的链条一头在她脖子上，一头在我手里，我尽链条的长度，放她进去，她就舒舒服服地趴在岩石上，在黄花和红果子的旁边，看着湖水。她的黄色的毛发，在阳光下有很好的光泽。每一根毛发似乎都在放松地呼吸、思考。那一刻，她把我忘了，想她自己的心事。

菟娃，我们走吧。我等了片刻，终于发了话。她就从栏杆底下，一缩身子，钻出来，钻回桥面上，重新立在我的身旁。我们在桥的西岸看了看思而肯岛一九三〇年竖立的思而肯桥纪念石碑，石碑的背后，是高大的橡树，橡树的枝叶后面，水波荡漾，远处水中央的那块石头，黑灰色的，总让我以为是一条船的剪影在水里，等着鱼儿上钩。

到了傍晚，奥斯卡从舞会上回来了。他红光满面的，说，很开心的周末，一直在跳。我问："跳到女朋友没有？"他居然不生气，第一次笑了，也第一次健谈起来："好几次还真是差点以为她们爱上我了呢。可是曲子停了，就是这样的，"他吹了个口哨，"她们就飞到别的男人那里，跟他们搂着脖子又跳开了。飞了。"他又笑了，突然收住了话头，眼睛又眯缝起来，仿佛这么一眯缝，就能重新看到那个舞场。"嗯，跳舞就只是跳舞，就只是开心。"他走向菟娃，"好了，菟娃，我们回家。"菟娃看看我，又看看奥斯卡。我在菟娃跟着奥斯卡走了几步后，叫了声："菟娃！"她停住了，回头看着我。她就停在那里，两头看着。奥斯卡说："怎么，难道你想留在别人家了吗？走了走了。"

奥斯卡说过，以后还有机会的，还可以让我跟菟娃玩玩。我也曾试探地问，是否可以把菟娃卖给我。"当然不行，我需要菟娃打猎的。"他说。"那么，我买一只狗，你帮我训练成菟娃吧。""那不行，狗是要靠主人自己训练的。"

我后来看到过不少别人家的狗，都没有菟娃那么恰到好处。

我还去看过几家新生的狗娃，可是，不，我想要个跟菟娃神似的，这不容易，那养狗的心思也就淡下来。

再后来，听说菟娃居然病了，是不好的病，突然就不行了。那也是一个夏天，天气还是那么好。我看见菟娃瘫在草坪上，安娜和别的主妇七手八脚地想让她舒服些，用水给菟娃冲洗身子。但是菟娃眼睛里水汪汪的，她哼不出声音，衰弱得没法挪动一步，只看得出身体的微微起伏。奥斯卡走过来，说，他已经决定了。安娜建议我们女人离开。我们的车开在半路，听见一声枪响在风里，在湖上。

我每每想起我和菟娃不到四十八小时的同一屋檐下的生活，也许平常，那许多的画面，共同的行走，都还在我给她拍的录像上，只要我一按播放键，她就在那里奔跑起来。我无法让心确信，菟娃是死了。有几次看见一两个毛茸茸的黄色背影，瞬间还以为，世上还存在着一个菟娃，或者还有另一个菟娃。不，世上并没有这样的奇迹。菟娃死后，第一次走到我和她一起眺望过的湖水边，我的眼泪竟然夺眶而出，这次我是真的伤心，但是，再没有那软软的毛茸茸的小身子靠近我，试图抚慰我的心了。

汉娜和玛雅认真地听了我的叙述，她们用认真表达对我的理解。可是我知道，她们，是无法真的理解的，因为她们从没和菟娃在一起过。

斯万的苔丝

斯万以前有过一只猎狗，他觉得那是他有过的狗当中最好的一只。那狗是个女孩，所以有个女孩的名字叫苔丝。那是二十年前的事了。斯万清楚地记得她的生日：七月三日，他也记得，苔丝才十一个月大的时候，她就开始帮助斯万去打猎了。

苔丝的本能是喜欢狩猎的吧，斯万常这么想，他这么想时，就不由自主地看着东面。仿佛他这么一看，还能看见苔丝就在那里。

斯万家的东面是废弃了的思而肯小学校。校舍还在。学校对门有一条小路伸展到密林深处。有一次，斯万爸爸在旧学校门口修理桌椅，苔丝自己在附近溜达，她突然站住了，然后迅即地往林中小路上跑了起来。她嗅到了动物的气味！可是斯万爸爸喊了："不，苔丝，不！"一个小小的身影就从林子深处慢慢地退回来，苔丝耷拉着脑袋退回来了。苔斯喜欢打猎，她能通过斯万穿的鞋知道今天是否会打猎。若是斯万有几天没打猎了，苔丝会叼出一只打猎的鞋放在斯万面前，自己对那只鞋嗅了又嗅。然后抬头巴巴地看着斯万爸爸。

苔丝稍大一点，斯万给自己的太太卡琳娜买了条通常的小狗。卖狗的人说它的兄弟姐妹都有了E字打头的名字了。斯万把这男孩狗在车里安顿好，往家的方向开。拧开收音机，猫王埃尔维斯的歌飘了出来："It's now or never!"对呀，斯万想，为什么不呢，埃尔维斯，可不就个好名字！

埃尔维斯进了家门，苔丝不拿正眼瞧猫王，或者干脆就装作根本没看见猫王。她突然连路也不大会走了，开始抵着厨房的墙蹭呀蹭的，一点一点蹭到楼梯口，这才慢吞吞地爬到二楼去。大概有一个星期，苔丝坚持待在二楼，不肯和大家伙儿在一起社交社交。

不过慢慢地，苔丝不无尴尬地慢吞吞下楼来了。她开始慢慢地走近猫王，然后，过了一阵子，开始用嘴巴给小猫王盖起被子来，举手投足简直就是个小妈妈。斯万想，还好，添的是个弟弟，如果是妹妹，还不知苔丝如何打翻醋瓶子呢。

不管怎么说，打猎的事，猫王虽说是个男孩，却插不上手，这和年龄无关，因为苔丝才是猎狗。打猎时斯万需要的总是苔丝。猎狗是那样一个好帮手，走在森林里，让猎人更踏实，不孤独，而且她懂得如何给猎人帮助。

苔丝固然喜欢打猎，但有时碰上天气不好，天色又早，苔丝会要些娇气，不是很情愿呢。不过斯万从来都不担心。苔丝也就是垂头低迷个十分钟，然后，她准保一抖脖子，抖擞出精神上路。

苔丝是在十一岁上去的。病了，心脏不好。最后的那一天，她倒在家里。只有猫王在她身边。猫王似乎什么都明白，有一个星期没吃东西，也不愿意跑到屋外去。

有一天，斯万跟人说起他二十年前的猎狗苔丝，是因为，来客看到了一张照片。三十出头的斯万，比如今瘦，整个人还没有松弛，有年轻的披头士味道。天就要大亮了。前方有一头鹿在朝霞里，斯万背着一支来复长枪，在照片的后半部半蹲着，那里还有着林中的暗影。倒在晨光中的鹿，闭着眼，以一种美妙的身姿睡着了。白桦林中的叶子，是秋天的叶子，厚厚的铺出一片纯净的金黄。斯万怀里抱着一只黄色的狗，体形不大，毛顺溜溜，看上去安然而宁静，没有张狂和冲动，她放松在斯万的怀里。“那就是苔丝。”斯万说。

“好漂亮的照片！”来人不由赞道。斯万兴奋起来：“喜欢就送给你！”不过斯万把镜框拿到半途，又缩回去了，重新把它搁在书架上。他舍不得。

自打苔丝以后，斯万还有过一两只猎狗，但都不如苔丝那么如斯万的意。他后来就干脆断了再养猎狗的心思，自己独自去打猎了。走在许多和苔丝一起活动过的林地，许多的往事还会浮现出来。“某年某月，我们在露塔霍特打过一只野猪，某年某月，在松斯莱特打过一头鹿。”如果斯万说到打猎，说到“我们”，那指的不是他的老婆，也不是别的什么人，说的是他和苔丝。

斯万每年都要在打猎的季节里背着枪在思而肯的林子里走走的，在每年的秋冬。一个个秋冬过去，斯万的家里，特别是门厅和工作间的墙上已挂满了大大小小的鹿的头骨。岁月也走着，走得比想象的还要快。

有一天，他躲在林子里，前方出现了一头鹿。它扭着头，却可以长时间保持着静止，随时可奔跑的静止，在一片静止的森林中，在树木和岩石之间，似乎随便一个欠身，一阵风，一个鸟鸣，就会使它立即运动起来，然而，谁也说不准，它自己愿意选择什么原因来打破这静止的站立。

斯万躲在林子里向它瞄准。要照往年，他早已扳动了枪机。但是，这一回，他看着，瞄着，仿佛他是平生第一次看见一头鹿，他等着，直到那头鹿慢慢地离开他的射程——他让它跑了！为什么呢，他说不清。他在它跑了以后，才长长地舒了口气，仿佛受到了威胁的是他而不是它。那天他在林子里一棵桦树下坐了很久，任初秋的阳光透过树叶洒在他的脸上，差点就睡过去。他可是个猎人哪。哪有猎人对着猎物下不了手的。打那以后，这样的事情居然越来越多。有一次是集体狩猎，斯万放了空枪。其他猎人知道猎物是跑到了斯万埋伏的位置里，事后都笑着说，斯万，你这枪法可不如从前了！斯万也没有辩解。

跟往年比，斯万打下的猎物越来越少了。但他还是喜欢背着枪在林子里走走动动。林子里有无数的声响，如果仔细听，就能听见那寂静中的复杂。那并不是空无一物的寂静，寂静原来也是可以分出许多种的，就跟黑色也可以有许多种一样。而森林里，大概从来就没有什么万籁俱寂吧。

“让我跟你去打猎吧，一次就行。”来人央求说，她想见识见识。斯万吃惊地看着她，面露难色。他的老婆说，几十年了，斯万也从不让她跟着：“我们女人如果跟着去打猎，除了添乱，那是远不如一只猎狗的。”“那倒也是，更不要说苔丝。”客人知道这不好勉强。斯万不说话，嘴角浮起温存的笑意。

巫女爱娃

森林工程师拉塞这些天在我家后头的林子里测量。早上路过我家院子，准备穿到林地时，我正火冒三丈。拉塞看出来了，问："到底怎么了？"还能怎么呢，说好了电工汉斯今早来修灯。都十二点了，人影没有，电话不来。他总这样，说话不算话。我可是候了一上午呢，这乡下是没法住啦！所有这些干手工活的人，电工、木工、水工，你要找他们时，他们保管比谁都忙。木匠尤斯塔的老婆不是早嚷嚷了，她男人的工作表已排到二〇一二年了！价格还是起码上千元的。就是说，你跟他们讲，求你了，求你来赚我的钱吧。人家还不一定愿意。我曾讨好地问汉斯说："金融危机看来对你可是没什么影响啊。""那是一点没有。"他毫不含糊地回答。

"工匠们就是这样的，你也不是不知道。"拉塞说："你得接受，接受！全瑞典的人都要等他们。全瑞典的人都得接受。"

不过拉塞并不急着走，嘿嘿笑了："你知道吗，你不能光是急，我姐姐爱娃就有本事让所有的人和动物都听她的。"拉塞不但不走，干脆在我家门口的台阶上顺势歇下了。

"我们有过一只猫，刚来的时候，可凶了，谁想摸它一把也不成。谁要是想摸，它就尖叫着，咦，抓谁一把。然后就是被抓的人叫了。爱娃不怕。她爱猫。她把猫抱到自己怀里，抚摸它，"拉塞停顿了一会儿，似乎要卖个关子。

“照你的意思，是说猫偏偏听她的话了。”我性急地说。心里纳闷，吹吧你，就你姐能！果真如此，难不成爱娃是个巫女？

拉塞把眼睛睁得圆圆的，起劲地看着我：“猫迅即地尖叫一声，在爱娃的手臂上一抓，几道深深的印子，血马上出来了。我们都啊哟啊哟地叫起来，要伸手帮她。爱娃好像根本不觉得疼，也看不见滴血。她继续用手摸那猫的头，梳它的毛发，点它的玫瑰小鼻子，说：‘哦，小朋友，小朋友，你不好这么凶的，你不用这么凶的。哦，别怕，别怕。我可喜欢你呢，放松，放松。’猫可没停，继续叫，继续踢，特别是继续地抓！爱娃的手臂上尽是血。我们都看呆了。爱娃，她还是若无其事，继续地搂着那猫，说着：‘哦，小朋友，小朋友！’”

我扑哧笑出来，瑞典人就爱称呼亲密的人、可爱的人为“小朋友”，对密友，对自己老婆、老公也可以这么叫来着。

“这么几个回合，你猜怎么着？”拉塞好像在问我，话音刚落，他自己把两只大手响亮地一拍，敲惊堂木似的，把我的睫毛都惊动了：“猫在爱娃的怀里乖乖地躺下了！”

说完，拉塞自己嘿嘿地笑起来，嘴角的胡子直颤。

耳朵里的身份号

邻居夫妻俩是哥本哈根的医生，都到了快退休的年纪。一条小狗跟着，据说，不能看它身段小，其实两岁了，算成年，而且是条猎狗。

它是小伙子，对一切充满好奇。自个儿跑进我家屋子里，走哪儿，就把地毯扯开一角。

那天，夫妻俩在院子里散步，又从树上扯下两个苹果，一人一个吃起来。小狗翻够了地毯，也跑到院子里，晒太阳，头一偏，一片耳朵耷拉着，另一片耳朵却翻开来，露出内面软软嗒嗒的粉色。上边是几个蓝黑色的字码，像小伙子的刺青。

"它有号码！"我叫起来。

"是的，是登记了的。如果丢了，容易找回来。"

在瑞典，我见过不下十五条狗，从没注意到它们耳皮的背面有什么字码。

"啊，那么等于是我们人，有身份证号码了。"我明白了。

一直矜持的女医生放松地笑了，第一次开了口，还说了一连串："对呀，我五岁的孙女看见了，跟你一样吃惊，我就是这么跟她解释的。然后，你知道发生了什么，她把自己的耳朵揪起来，照镜子，说：奶奶，我的号码在哪儿呢？"

坐轮椅的一匹马

五匹矮马在围栏里吃草。它们总吃草。有一天，我看着其中一个滚圆的肚皮从眼前晃过，陡然闪过一念，这念头闪动时，肥硕的肚皮有了股被神灵眷顾的力量，打得我退后两步，像被围栏的铁丝电击一样。我是结结巴巴的，又是脱口而出的：它，它，它，别是怀孕了吧！

彼得蹲下身细看，说那只是胖。彼得还说，马和狗一样，不知饱，就得不停地嚼点什么。

“这样的矮马，有什么用呢。”

“没用。”

“和那些骏马比，丑陋、矮小还肥胖，几乎就不能称其为马。”

“可像眼前这样，任它吃草，总是维护景观的，你总不希望这块草地消失，长出片森林吧。”

我和彼得这样叽咕着的时候，小矮马头贴地吃草，朝着一个方向。幸而它们的眼睛是侧视的，有那么一匹到底看见了我，一步步朝我的方向挪过来，然后将嘴巴拼命伸出栏杆，歪头去啃栏杆外，我脚边的，那些并不更温暖、更光鲜的草。

我注视着它的眼睛，它那双侧视的、水汪汪的，但还是什么话也没能说清的眼睛。“有下辈子，我可不想做一匹这样的马。”我坚决地说。

“可是有人就想，有人这辈子就想”，彼得说，“你还记得那个荷兰女人吗?

“哪个荷兰女人？”

“人家在乡里搞诗展时还特意打出你的名字，鸣谢了呢。你倒不认识她！”

诗吗，在乡下，我认识一个原籍伦敦的女人。她参加的诗小组搞诗展，确实叫我提过建议。我没见到诗展，那阵子我碰巧回了中国。可哪有什么荷兰女人呢。

彼得又说，那女人坐轮椅。原本好好的，在一个夏天被蜱虫咬伤，感染了脊椎神经。

“坐轮椅吗，是有个坐轮椅的，什么，你说她不是先天残疾的！”

我想起了一个中年女人，坐在轮椅上由护工推进屋来。讨论时，她总要发言。她发言时头歪向一边，身子晃动，两只手也跟着动。每个字眼，停顿、扭曲、尖锐地吐出来。我要很专注、耐心地听她把字吐完，在心里把字眼儿理一遍，才懂她的意思。她不因说和听的麻烦少讲几句，或者默不作声。——我还真认识她，我还以为她是瑞典人。

“你竟以为她是瑞典人？”彼得直摇头。我哪里辨得出呢，她的声音断断续续，尖锐颤抖，哪有让我分辨口音的余地呢。

据我的朋友彼得说，她是十年前从荷兰嫁过来。四年前落了残疾。丈夫开“乌索特check in”。她一度是那里的招牌。

“乌索特check in”，去过乌索特的人都会经过。镇中心路边的一间黄色木屋，是在夏天特别热闹的地方，提供旅游信息，帮人出租别墅。我眼馋那里的工艺品，爱看德国、丹麦、挪威的游客在六十平方米的小店堂内兜来兜去、迟迟不走、两眼放光的模样。他们的脸是面镜子照出我的脸，我的两眼一定也放着光，停在那些木头手工艺品上，还有编织物，还有果酱和果汁。那是夏天，夏天在寒冬长久的北欧，就是阳光，就是幸福。乌索特check in，用蓝黄的瑞典国旗招惹夏天的过客。或者是，用蓝黄的旗帜提醒人千万别错过，夏天这过客正君临此地。

彼得似乎对check in老板娘记忆深刻，背得出她的诗：马在吃草/狗在打滚/在轮椅上看窗外的它们/我感觉到妒火中烧。

彼得还背了另一首：真想能自己挣钱/然后买粉底，买脸霜/给我自己/那样我的男人，和我共枕有年的男人/就没法喊了：/谁让你买这些个垃圾！

瑞塔的蔬菜屋

瑞塔是蔬菜屋的女主人。说起蔬菜屋，夏天你只要在思而肯路上开车经过，无论你从哪个方向开过来，就一定不会看不到。猫头鹰农庄遥遥在即的时候，能看见路边立着个白色的圆牌子，用花色的好看的书法，刷着：二百米外有自助蔬菜屋。新收割的蔬菜水果。

这时，如果你有空留意道路的两边，看得见路边不只是杂草，向阳的那一面是有一小块地的。斯莫兰的地，本来是小块土地，这里，因为路的关系，相当狭窄、瘦长，但到底还是地，是田，冒出正长在盛时的蔬菜，一排翠绿、一排紫红的，那是各种各样的色拉菜。然后，你就能看见一个红色的小木屋，总有几辆车停在那儿，还有穿得花花绿绿的游客。

瑞塔家的蔬菜店是个可拆卸可组装的小木房子，大约十平方米。在蔬菜第一次可以收割之后，被瑞塔的男人搭在了农庄脚下，思而肯路的北边。路南是窄窄的蔬菜地，路北是一片李子树林。李子树的后头，玉米叶子长得有半人高了。

瑞塔是猫头鹰农庄的女主人。一九七八年她刚嫁过来时，瑞塔确实在一些秋夜里听见过猫头鹰叫。她的丈夫是蔬菜大王，卖菜给城里的几家超市，所以才有底气开这个蔬菜屋，也才开得这么受人欢迎。起初，是夏天的游客租了附近的别墅，眼馋她家地里的菜，要买。瑞塔让客人自己去田里摘。要的人多了，就有了开蔬菜屋的主意。每年春末，就有人等不及地问他们夫妻，你家的蔬菜屋啥时推出来呢。瑞塔的丈夫乐着说，小木屋子是随时都好推出来的，可我们家的蔬菜刚撒了种，菜还在地里没长出来呢。

仲夏节之前，木房子就出现了。起先，货色比较单调，几把大葱、小葱，几棵色拉菜。到越靠近仲夏节，就越热闹起来，那时，就有了第一拨的草莓，由波兰农民一颗一颗刚采下的。还有了一盒一盒的李子，有些偏红色的，有些是暗紫的，有些酸些，硬些，有些甜些，更柔软。七月下旬，蔬菜店到了最风光的时刻，每天都有粉粉的新土豆、玫瑰色的覆盆子、紫红的樱桃。还有小瓶装的果酱：李子酱、覆盆子酱。瓶口上用米色的细麻绳打了个雅致的蝴蝶结——那是瑞塔的手艺。这些林林总总，都在小木屋的木头架子上，顺溜地摆开。

瑞塔大致是分了区域的：蔬菜区、土豆区、水果区，在水果边放的就是果酱，果酱的旁边，瑞塔还放了新采的牡丹花、玫瑰花。价格都小小不言，比超市的便宜，货色比超市的新鲜。顾客自己掏钱扔在门口的一个上了锁的铁罐里。有要找零的人，也可以上坡去看坡上黄房子里，瑞塔是否在家。更多的人基本是有零钱的，或者多拿一把葱、一盒水果的，也就基本持平，心满意足。

小木屋，到了秋天，还上几批玉米和南瓜，一直摆到万圣节。思而肯沿线的人对瑞塔的小屋都有着想头。我最想的是蓝莓、蚕豆和最嫩最鲜的土豆。玛替尔斯想玉米。还有些人，什么都想，路过了，只要还有停车位，就停下来，进去抓上一把。

小店里一直都有、数量最多的还是色拉菜。瑞塔的老公虽然种果子，但他总觉得那是顺带种的，虽然果树比蔬菜长得大，他总自称是种菜好手，自负于自己的种菜技术。近年，他还摸索些新品种，比如中国蚕豆、中国的黄芽菜。

瑞塔原本住在大城市，父亲是牧师、议员。少女时的瑞塔爱植物，到维克萧的农校学习，遇到了高大帅气的同窗莱纳德。莱纳德是猫头鹰农庄的独子，从父亲手里接手了农庄，瑞塔就成了农庄的主妇。瑞塔家有些房产、田产，还有帮工，但地主自己也和帮工一起下地干农活儿，瑞塔也不例外。

早年的农妇瑞塔，在家种菜，生下三个孩子，农闲去地方教会做义工，负责过青少年教育，一晃就已经超过二十五年。也是二十多年前，瑞塔突发奇想，为什么不组织一个音乐协会呢。有这么个想法够大胆，因为这里可是乡下。瑞塔还真把这协会办成了，这个冷僻的小地方从此有了音乐会。每年十多场，由瑞塔负责化缘，联系演出场地。她渐渐有了套志愿者的班子，帮她负责一点事务性的工作，但忙得最多的还是瑞塔。“托瑞塔的福，”地方上的人说，“在我们这小地方，竟也听得到和大城市一样的音乐会。这在全瑞典也不多见。”

起先，瑞塔要开音乐会，是在各个场所打游击。后来瑞塔筹到笔资金，参与镇上一所新式教堂的建造，设计考虑到兼作音乐厅的功能，总算让音乐会有了个固定场所。瑞塔根据音乐会的具体情况有时还会借用其他场所，只要是瑞塔出面，总能得到免费合作，人们喜欢瑞塔。

除了盛夏，人们忙于在阳光下的活动，在其他季节，隔周一次的周六就是瑞塔的音乐会时间。那天瑞塔的车是个流动工作间。瑞塔总说：“饿着肚子哪有力气弹唱呢。”她给演职员准备吃的、喝的。如果还是夏秋，蔬菜就一定是瑞塔家种的、上好的新鲜色拉菜。用来装饰大厅和会场的花从瑞塔的院子里采来。瑞塔的车子里摆了左一个右一个篮子。一篮子菜，一篮子宣传海报，一篮子节目单，还有个篮子塞了双女式高跟鞋。瑞塔这些年腿脚得了病，走路有些一瘸一拐。穿高跟鞋干活儿，更不方便。她总是在开演三小时前去场地，等摆好食物，贴好海报，摆放了花，换上高跟鞋，演职员就从刚抵达的大巴士上鱼贯而下，瑞塔负责接待。而观众一来，她是要走上台致欢迎词的。到演出结束，瑞塔通常给独奏或独唱人员送花店准备的花束。但瑞塔也喜欢别出心裁，有时，她也会捧了个大篮子上场，把一篮色拉菜和大葱送给某个拉提琴或吹萨克斯风的男人。

这一带很少有人不认识瑞塔的。到了她的蔬菜屋开张的时节，乡邻都来买菜，如果瑞塔正好在木屋子摆放蔬菜，人们见了她就要拥抱，要聊两句，都是喜喜乐乐。

瑞塔从不生气，就跟不会生气似的。她的腿病，瘸了几年了，有妇女和瑞塔同样做义工，类似的年纪，得同样的病，那人就一直抱怨，后悔是做义工累的。瑞塔不，她庆幸因为做义工，才可能遇见了那么多人。

这年七月中旬的一个星期，色拉菜几乎供应不上。瑞塔有些狼狈，她男人也愁眉不展，他家正要采割的菜田被嚼得七零八落。从田里留下的菜被咬被踩的痕迹，他们琢磨着是动物干的。瑞塔的男人会种菜但动不了枪杆子，只好请邻居猎手。七月里一般光钓鱼不打猎的猎人提起来复枪走到菜田里。这是很晚很晚的夏夜，夏夜的猫头鹰农庄要到零点之后才真有夜色。到夜里两点，瑞塔果真听到了两声枪响。

第二天，瑞塔的先生一早就下了地。瑞塔一个人在家，对着两只灰兔子发愁。真是它们吗，就两只小兔，能把一片田都咬得烂糟糟的吗？那片正好长熟的菜，那片最甜最嫩的菜。

瑞塔做主妇多年，烧鱼烧肉都拿手，可从没对付过兔子。只好打电话给猎人的老婆，那是常帮助丈夫屠宰野猪、小鹿的女人。猎人的老婆说：兔子嘛，简单，你把兔子皮一扒，像剖鱼那样剖它，把肚子里的内脏都扔了，洗干净，就可以了。

瑞塔套上塑料围裙，在厨房的台子上，地上铺满报纸，然后，一狠心，剖下刀去。

瑞塔从鼓鼓囊囊的兔子肚子里往外拉，以为是肚肠子，结果拉出色拉菜，越拉越多，都还没消化掉。从来都是温和、柔顺的瑞塔，她一边往外拉菜，一边说：我真生气，我真是生气！哼，我们的菜！辛辛苦苦种出来的，你吃就吃一点好了，吃那么多，还把菜咬得不像样子。叫你吃，叫你吃。害得大家都等不到色拉菜。你吃我们的，我们马上可就要吃你了！

老幼童

安东是个奇怪的人，用乡间的话说，有点原创，就是说独此一个。这当然褒、贬的意思都有。人独特，可能是没像通常那样在通常的年纪结婚、生子、购房。可能是没像通常那样，起码有个固定职业。独特的人不少还可能有酗酒之类的毛病。在人生中有条不紊、善于规划的人对原创的人多半不屑一顾。讲条理的人觉得，这算个什么事呢，不是父亲、丈夫，不是工人、农民，不是科长、手工小业主。人总得是点什么吧，有些人，他什么也不是。

安东，在不少人眼里也是这样一个什么也不是的人。六十五岁，从来没结婚。上过技术学校。手巧，喜欢做些专利发明，拿回家一些不相干的纸头——专利证明。人问："你那些发明有人买吗？""还没有。""那么就是赚不了钱。""是的，赚不了。但那是有意思的。"安东开始要解释专利的细节，人家不耐烦地打断他说："没有用，你忙它干什么呢？""不是没有用，我觉得很有用。"安东不但是没赚钱，相反赔钱。他有一点不固定的收入，是帮些私人企业小修小弄得来的。安东主要的时间就是窝在自己的工作间里捣鼓些卖不了钱的小发明，比如靠湖水发电的小发电机。

但安东真是不太受人欢迎，特别是年轻的太太们。亲戚呀邻居呀请客，也请到安东。安东高高兴兴地来了，眯缝着眼睛和人说话。他从不带礼物，一束花，一瓶酒，哪怕是一包给孩子的糖果，没有，他好像根本没这意识。相反，他老要打翻些东西，比如桌上放的果酱，比如他自己的酒杯、咖啡杯，安东一摆袖子，就会推倒什么。弄脏桌布，弄脏地毯，弄脏他自己的裤子。尤其是，把一个完美的聚会，弄出瑕疵。

他到别人家玩，按习惯，若是第一次，主人该让客人看看屋子。主人说："安东，你愿意看看这房子吗？""太愿意了。"安东这么说着，兴致昂扬地跟着主人楼上楼下的走走看看。到了一间关闭的房门口，主人立住了，那是主人的卧室。主人还是要把门开一开的。一般来说，人都立在门口看一眼就好。安东自己一步跨进去，一直走到窗口，回头卖力而讨好地点头对主人说："真好！卧室外还有凉台呢。"

安东还是个烂屁股，总是所有的客人走光了，他也不知道告辞回家。主人陪他再聊一小时。最后，不得不找个由头，比如说："安东，我还有点事不得不办。"安东才若有所悟，说："我也得回家了。"

所以安东被人称为原创。人们这么称呼他，时间久了，连他自己也知道，觉得大家说得对，他想自己一定是有些与众不同的。倒不是出于自傲，而是，不然的话，他生活中怎么会发生了许多连他自己也搞不懂的事呢。而且，有些事，他一辈子也忘不了。

他六岁的时候，和哥哥走在思而肯路上。迎面来了辆大卡车。思而肯路不过八公尺宽。他往路边让，没站稳，就趴下了。他看见卡车轧过了自己的大腿。卡车停了。他自己爬起来，什么事也没有，一滴血也没流。大惊失色的卡车司机这时才从高高的车座上跳下来。他朝车肚子里看，什么小孩也没看见。司机格外惶恐，他抬起头来，才发现，前头走着两个小男孩。这到底是怎么了，哥哥也不知道，哥哥也是看见弟弟安东被轧在车轮下的。

安东十岁的时候，在校园里扔雪球，碰巧扔到过路的一个女人身上。一头一身的雪，女人呀呀地叫起来。看见是他，指点给安东她家的位置，严肃地说，放学后来她家道歉。安东放了学，想着得去道歉，有点紧张，但还是紧赶慢赶地去了。那是个有蕾丝窗帘的起居室，壁炉里的火烧得红红的。女主人跟妈妈一样会烤饼干，各式各样的拿出来，有的散发奶油香，有的透着薄荷味。安东吃了半饱。临走，女主人给安东的兜里塞了钱和糖果。后来听妈妈说，那家有过一个儿子，如果没夭折，也该和安东一般大了。

安东二十四岁的时候，深秋，走在铁路站台边，没什么人。突然看到一个老婆婆，戴了帽子，从东面几米外，朝他走来。他扭过身子，放下行李，站住。突然，他看见，老婆婆又跑到了西头，也看着他，还是戴着同样的帽子。还好，列车很快就来了。安东确信那老婆婆是森林里的矮个子妖精。

安东三十二岁的时候，爷爷老了，病重，住进了医院。一天傍晚，安东在父母的家里，感觉一阵冷风吹进屋子，他脱口而出："是爷爷死了。"话音刚落，电话就响了，是医院来的，通知说，爷爷刚刚咽了气。

到了安东五十六岁那年，那时的安东在城里租了个公寓。傍晚他喜欢骑自行车，总喜欢从一个桥洞经过，人多是从桥上走，桥洞下几乎见不到什么人。这一天，他踏车又到了桥洞下，突然就倒了，昏迷不醒。倒下的地方，站了三个女护士，她们那天刚刚有过聚会，在意犹未尽地聊天。三分钟后来了救护车。

安东六十岁时，不知怎么，就醉了。他跑到镇中心，推开教堂的大门，里头是一场大弥撒。他一直走到最前头，和牧师一起大声唱歌。最后是只有他安东在唱，牧师停了下来。来了两个警察，拽走了安东。地方法院判他一个月监禁。放出来后，人问，安东，你在那里头忙什么呀。安东答道："怎么说呢，我得到了你服兵役时想得都没得到的荣誉！"

马汀的闪电

马汀有几样事很得意。父亲总说，选了湖边的大宅子安顿一家人，是因为马汀。兄弟姊妹十二个，马汀是老七，父亲可没说是因为其他孩子。父亲对大家说，你们要照顾好马汀，他跟你们不一样。父亲还说，你们都是要出去的，马汀要一辈子住在这里。父亲选了一个马汀可以住一辈子的地方，有自己的花园、自己的森林、自己的湖泊。

父亲不许人叫马汀傻瓜，父亲说，马汀脑子里想的跟别人的不一定一样。

马汀觉得父亲说得对，他知道自己确实和别人不一样。就比如说天打雷吧，他就从来不怕——这是让他得意的另一件事。

那时老宅的房顶上还没装避雷针。每到打雷，尤其在七八月间，雷阵雨密集的日子，闪电一晃，雷声一响，姐姐和妹妹就一声接一声地尖叫。兄弟们表情严肃。母亲慌慌张张地和贴身的女佣汉娜把十二个孩子一起朝室内阳

老照片：马汀和父母兄妹

台上拉，母亲总觉得那是全宅子最安全的地方。马汀却咧着嘴笑。“雷，雷，”他会说这个字眼，他想挣脱了母亲，想朝外头跑。电闪和雷鸣，让马汀全身亢奋，坐立难安。母亲把他抓着，按在长椅上，他坐不住，抓抓头皮，抬抬屁股。母亲干脆叫汉娜把门给锁上了。这让马汀有些沮丧，但这沮丧的情绪到底让又一阵新来的雷电带给他的快乐冲淡了，他能透过玻璃窗看见闪电，他也听得见雷。

闪电划开的时候，院子里剪了枝的菩提树，在昏暗的天光下有着黑色的剪影。闪电是在树的上方伸出枝干来，是白的，又好像还是黑的，和菩提树的树杈一样。马汀喜欢那张开的枝杈，他于是就伸开了手臂，手臂只有两根，是他马汀的枝干。成年后，母亲不能时刻看着他，偶尔他能冲出去，天上是闪电的枝干，天地之间是菩提树的枝干，而在菩提树下方，地上长的是马汀的枝干。这枝干没有霹雳的声响，马汀伸着双臂，仰着他小小的头。那颗头，就是后来一直长到成年、中年，到老年，也始终比不上兄弟们的方方大大。他仰着他那颗小小的头，当远处传来雷声，他张着嘴巴，叫：“啊，啊，啊！”然后，深深呼气。不一会儿，有湿润的水珠掉在额头上、睫毛上，然后是更多的雨滴打在脸颊上。大雨下来了。

每次他对着雷电手舞足蹈，母亲就用悲哀的眼神看他，兄妹们也用悲哀的眼神看他，即便他一个人奔到了外头院子里，他的后背也还是看得见，他们的眼神，就在窗玻璃的那一边。那眼神连马汀也看熟悉了，那是说，马汀真是个傻子，傻子才会这样喜欢雷电。父亲不让人叫马汀傻子，父亲可以阻止大家说，但阻止不了这样的眼神。马汀想，他们大概是对的，况且他们人多。但他又想，傻子就是呆，呆是死板的、停滞的，怎么可能感受兴奋和快乐呢。而他明明感受着撞击身体的亢奋和欢欣。他实在倒是同情母亲和兄妹——对雷电只有害怕，竟察觉不到那声光里敲打和释放的狂野和欢乐。马汀他是个傻子，但他看得出，也听得出：雷电是上天狂欢的信号。

到年纪再大些，马汀开始喜欢白兰地，喜欢一切的酒宴，哪怕是葬礼。葬礼的音乐让他忧伤。但马汀很快察觉那忧伤到底是短促的，是在教堂四十五分钟葬仪中的一些让人哭泣的分分秒秒。不知为什么，敲击的丧钟，还有管风琴弹奏起赞美诗，都惹他哭泣。还有牧师用泥土在棺木头部画了十字，说一声“你来自尘土，归于尘土”的时刻，马汀不得不放声哀号。教堂里有很多人流泪，大多只是抽泣。并不是因为马汀和死去的人曾经熟稔，马汀往往连到底是谁死了，这人跟家族到底什么关系，也没搞明白。马汀是无论谁的葬礼，都要掏心掏肺地大哭几次。大哭让他头疼，身子累。但从教堂出来，到了晚上，人们的脸慢慢就生动起来，当他们喝了点，吃了点之后，说话越来越大声，谁也没再提那死去的人的名字，似乎大家是为了别的什么理由才聚在一起的。除了衣服的颜色是黑的，也看不出葬礼的饭桌和其他饭桌的差别，肃穆的牧师也舒展了眉梢，吃和喝。马汀也几乎忘记那些哭，他想，大概自己真是个傻瓜，否则，才几个钟头前，大哭个什么劲儿呢？

但老宅的时光，对成年后的马汀来说，更多的不是狂欢，而是悠长的悠长的午后。尤其父母死了，兄弟们都成家之后。大宅子的老面孔就剩下女佣汉娜和没出嫁的妹妹玛雅。

马汀的小摇椅

没有雷电和宴会的日子，马汀常坐在摇椅上。有自己的摇椅，这是马汀很得意的第三件事。自打五岁时父亲送他第一把小摇椅，马汀就养成了和摇椅一起摆动的习惯。父亲问：“喜欢吗？”马汀说：“喜欢。”兄弟姊妹里父亲只给了他摇椅。别人有时也借这椅子晃两下，但都称那是马汀的摇椅。马汀坐在上头，垂着头睡着的时候，摇椅也垂着头。在马汀十岁和十八岁时，父亲又各送给他一把新摇椅。马汀的摇椅，三把，都打着黑漆底，镶了金边的图画。

马汀从摇椅上起来的时候，也出门到院子里去。马汀和园丁学会了用锄头。然后，还学会了剪树枝。马汀把院子里的其他几株菩提，甚至两棵茁壮的枫树也修剪成了粗短的枝干，让枝干上再长出细细的新芽来，活脱是一个个的小闪电。园丁夸他剪得好，这使马汀害羞地笑了。他开始干些个园艺活儿，也学园丁的样子，把手兜在身后，在仓房一带转转悠悠。兄妹中倒没有一个像他这样能伺候花草树木的。这当然也让他得意。马汀栽过一排丁香篱笆，两棵核桃树，两棵栗子树，玫瑰花、牡丹花、牵牛花，还有更多的夏天的花卉。有天下午，马汀又背剪着手，兜到仓房后头，发现在连接森林的小道边覆盆子丛里躺了一只野狗。他上前拿树枝点了一下，野狗没醒，他又拿树枝拨拉了一把，野狗顺势滚到他脚边，是冰凉的。马汀跳起来，扔掉树枝，哇哇地叫，抱头哭着跑回宅子。那时父母不在了，成了老管家的汉娜上前搂住他，还往他嘴里塞一颗糖，他的哭就是止不住。

第二天，他抽抽泣泣，到第三天，平稳下来。但马汀从此落下个病根，他会坐在摇椅上若有所思，突然跳下来，摇摆着身子说："哦，哦，明天，就是明天，我会像野狗一样，就死在仓房后头！"妹妹玛雅看见这时的马汀，他眼里露出闪电般的清晰的恐惧，那一年马汀三十八岁。

马汀比以前更热心于葬礼，他在葬礼的酒宴上先哭后笑，手舞足蹈。他开始谈论自己的葬礼，盯着汉娜，也盯着妹妹玛雅的屁股后头喊，叫她们一定要保证，他马汀的葬礼，一定要有白酒，要有歌，欢快的。他还要唱那首《弗雷德曼的歌第21》："我们摇摆着渐渐将走过酒神的喧嚣，死亡在那里高叫：我的邻座，你的时间的杯子现在已经满了。如果你觉得坟墓太深，那么，吞口酒，喝上一口、两口、第三口，就可以更满足地去死了。"这歌，人们在酒宴上总唱，总是唱一段，停下来，举杯对邻座示意，然后一饮而尽。所以马汀也会。

马汀说明天要死，从三十八岁一直就说到七十五岁，他说到过许多个明天。这期间，许多人都死了，许多来老宅参加过受洗、婚礼和葬礼的人。总说明天要死的马汀，他是比其他人更柔弱，更没用的，他在宅子里转悠了很久，让人偶然觉得：咦，那摇椅上的老头居然总还在！摇椅上的老头总说，轮到他的葬礼，一定要上最好的白酒，也一定要唱歌。他以为，他在自己的葬礼上，总可以最畅快地喝的。这一点他没想明白，等真是到了这一天，别人大喝，他自己躺到了教堂的地里。他的葬礼是有上好的白酒，也如他所愿，是快乐的。一个傻瓜，活了七十五岁，怎么都算不上一件伤心事呢。妹妹玛雅特意请了歌手来弹唱马汀喜欢的《弗雷德曼的歌第21》。

后来的马汀应该是在老教堂的家族墓园里，但他也留了半边脸在饭厅墙上。饭厅里有六幅画，是六兄妹。马汀的那幅最小，躲在靠近厨房的那个墙角里。

其他兄妹的画像是方方正正的，是正面像，或身体朝正面，只马汀那幅是个侧影，还是微微低着头，眼睛低垂。也好像他不愿意看着人，他注视着人看不见的别的什么。他看见的到底是什么，却并不在人所看得见的画幅上。

已经没有多少人提起马汀。只是有一天，来了个新女婿，在夏天，也到老宅来度假，叫“叔叔马汀的小屋”的房间归他放自己的物件。老宅有不少房间，起了各式各样的名字，一些按风景命名，看得见湖水的房间，朝森林的房间，通后花园的房间，另一些用了人名，比如“叔叔马汀”。

“到底谁是马汀？”新女婿好奇地问。他妻子将他拉到饭厅里，叫他留神墙上的画。墙上有五六幅画，在靠近厨房走道的一个墙角里，他看见一幅和其他相比最小、最不起眼的。妻子指着它说：“他就是马汀。”

马汀的画像

一个瘦削的小老头儿，他是干瘪的，不像其他画面上的男女是丰满的、威严的。他的头那么小，只一小幅画面就够了，他的眼光微微下垂——原来，他就是马汀。

但打那儿以后，每次走过，新女婿都不由得转头看那幅画。画中的马汀没有直视他，却在微微低垂的眼光中透出锐利的神色，新女婿觉得马汀的眼睛里有话，马汀说：我看得见这里来来往往的人，我也看见你。我用余光就够了。我全知道。马汀的目光是青中透白，就像一道闪电。新女婿把这发现告诉妻子，妻子笑了，说那不过是油画的背景打了一片花青底色的缘故。

新女婿问宅子里别的人："你知道马汀吗？"人说："你怎么会问起他，马汀嘛，他就是个傻子。"

新女婿不甘心，抓住一个年长的妇人让她说说马汀。那妇人说："哦，我是见过马汀的。这么讲吧，马汀就是老屋，老屋就是马汀。"妇人的本意，是说，因为马汀才买了这宅子，但在新女婿听来，这字眼里倒有许多说不清的意味。

马汀当然没有子嗣。他父母结婚后，生了十二个子女，十个成家，经过百年，这个家族枝枝蔓蔓，加起来倒冒出一千多人。人们结婚、生孩子、离婚、死亡。做哪一行的都有，律师、教授、牧师、建筑师、作家、记者、外交官、医生、护士、农民，等等。在一些小家庭中，出现了几个称做弱智的孩子。一千多人里，出几个弱智，科学家也许会论证这是个正常概率。但家族里有人在背后悄悄地嘀咕：这就是马汀的一再重现。

仲夏节前夜的波雅

我正立在镇上的超市门口，突然看见一个老妇人从停车场边的比萨店那儿，横穿马路，冲我的方向过来了。我们同时怔怔地望着对方。

“是她吗，她叫什么来着？”我想。我是近视的，鼻梁上的眼镜用了有四年了，怕有些靠不住。可我还是举起手，准确地说，是我的手自己举起来，挥动了。我看见她的手也朝我挥动，那么我没认错，她这不也认出我来了嘛！我放下心来，等她完全走到我面前。

“你是杨•沃尔夫的太太吗？”她先开了口。

什么杨•沃尔夫？我可从没听说过这名字，难道，弄了半天，我还是认错人了！我真的如此近视，或天下竟有如此相像的两个人吗？我不死心：“你不是玛吉特的朋友吗，我也是呵，我们不是一起在唱诗班合唱过的嘛。”

“是的，我确实是玛吉特的朋友，有年头了。是的，我和玛吉特一起在唱诗班。哦，你不是杨•沃尔夫的太太，你知道，杨•沃尔夫是我表兄的儿子，最近娶了个日本太太，长得和你一样甜。”老太太说着，拍了一下我的肩。她没忘记礼貌地恭维人。

我看到了转机，她没否认玛吉特，也没否认唱诗班，她就是我认识的那个人。虽然她莫名其妙地选择完全忘了我，我们可是接触过许多次的。

“你好吗，你的眼睛，有白内障的，手术做得成功吗？”我问。

“我的腿，啊，腿疼，不太好走呢。”她答非所问。

“你有情人吗，有小伙子吗？”她突然警觉起来。

我的他停放好了车，这会儿正没头没脑地朝我奔来。我只好说：“瞧，我的小伙子，他来了呢。”

他们互相介绍，我一时还是没想起来老妇人到底叫什么，只好等他们自报家门。“我叫波雅。你是哪里人？乌索特的，还是廷斯瑞德的？你父母叫什么来着？”她犀利又快速地盘问，她这岁数的人常喜欢这样，觉得这一带的人没有她不了解底细的。

“你家老先生好吗，问他好。”我赶紧救场。同时，我在心里叫道，对呀，波雅，是这名字，她就是我认识的那个女人呀。

“我家先生？我没有。我没有了。”

“什么？你什么意思？”才半分钟的工夫，她简直又不是我认识的那个波雅了，波雅是有个老先生的呀。

“他不在了。去年十月死了。”

“怎么会？他看来那么结实。他不是当过警察的嘛。”

“警察，哼，那是从前。老了，死了。”

“在家里走的？”我很诧异。我想，有些身体不错的老人，会在家里的沙发上，打盹，突然就睡过去。那叫寿终正寝。

“不是家里。转来转去，好多医院。走了。”她简单地说，到最后两个字“走了”，音调已到最冷，最短促，她听来是恨恨的，像和谁赌着气。

原来发生了这样的事情。我打量着她，心想，难怪，她看来总有些别扭，比原先瘦，体格还是高高大大，但神魂儿变了，变成另外一个人的了。

“我搬家了。你看，就在那边，图书馆的后边。”她朝一幢黄色的大楼指了指，像是突然想起一件好玩的新鲜事，一朵兴奋的火焰在眼里燃烧了一秒。

我朝那儿看了一眼，“你不住原来的房子啦？”

“我弄不动了。一个人，我不愿住原来的房子。”她说。

她原来的房子，我去过，去过不止一次。造在坡上，看得见湖。院子里总有开放的花。室内整洁，墙上装饰着一幅幅油画，出自波雅的手笔。绣花的桌布，多到有些堆砌。不过是老夫妇两个人住，却始终美美的。我去喝过几次茶，和玛吉特一起。最后一次去那屋子，是因为庆祝波雅八十岁的生日。

波雅，她是，用唱诗班领队的话说，她是我们乌索特的女高音。在那个六月的上午，领队带着我们去她的家。波雅的家，那日按照本地祝生日的习惯，在报上登了告示，全天候客，所有愿来的人随时都可以来。我们唱诗班的人对着来开门的波雅唱歌，然后高喊：“她活着！乌拉！乌拉！乌拉！”再把一束花环戴在她头上。

波雅的先生后来也说了话：“那天，我去了夏拉桑德。不是跳舞，是找我的朋友尤斯塔。我有事通知他。一进大厅，就看见她，那么大那么亮的眼睛，那么长的头发，黑头发。那天晚上的月亮特别圆，特别亮。”

我们唱诗班的很多人都见过波雅的先生。唱诗班的练习，秋冬里每周有一次。散场的八点半，波雅的先生总候在门厅里。

在波雅的生日聚会上，这位先生站起来鞠躬请波雅跳舞。琳达负责摄像。六十岁的美女琳达，曾是乌索特饭店所有人的女儿，在波雅的婚礼上，琳达和她的孪生妹妹做过小花童。

这就是我听说和我记得的关于波雅的往事。我记得生日那天，阳光和煦，料理可口，客厅里、花园里都是说笑声，花园里的玫瑰都已经开了。

“我还行，房子卖了，我住这里了。”波雅突然说。我抱住她，没有什么话好劝，但又不能不说些什么，我说：“接受，只好接受。”

“我接受，是我儿子接受不了。儿子怪我，怪我搬出来。”波雅突然哭了。谈了这么会儿，似乎没有疼痛的她，眼睛突然红了，然后那没有神采的大眼睛里滚出大大的泪珠，她干脆伏在我肩上号啕大哭。哭了几分钟，她意识到在超市门口进出的顾客，似乎更意识到，其实她和我不熟，她甚至一直没弄明白我到底是谁。她又摆出一副有距离的脸，以平静的语调说："我还行，我没事。"从我身后拖出一辆推车，要进超市里去。

我真抱歉："很久没和你联系。我以为，一切都还是和原来一样。"

"不是和原来一样了，不是了。"

明天就是仲夏节。镇上唯一的这家超市，人来人往。人人都在准备一个节日前的晚宴，一定要有鳕鱼、白酒、新鲜的土豆，还有刚摘的草莓。

其实天刚下过一场雨，这会儿却有太阳出来，空气立马就又燥了。一个五十多岁的男人昂着头，张开双臂，跳过路中间的水洼，自言自语般地叫："太阳又出来了！"我认得那男人，全镇的人都认识他，又都不大理他。自打他十年前出了场车祸，就不能工作，总在镇上转悠，不停地自言自语。

"仲夏节愉快！"我对波雅的背影说，"愉快！但愿明天不会有太多的雨水。"波雅的耳朵很灵，背对着我，也听清楚了，并且这么脆脆地回答我。

四前年的仲夏日，记得是无可挑剔的艳阳天；三年前也是；两年前有倾盆大雨；去年的雨淅淅沥沥。人们总盼望着最好的，如果碰到的是雨，就把派对改在室内，说"这就是我们瑞典的仲夏日"。仲夏日一定是日照时间最长的一天，但谁也没说能保证，这一天一定是阳光最足，温度最暖。

卡琳入“苹果园”

每一个搬进“苹果园”的人，平平静静，不高兴，不兴奋，但也没吵着要离开。亲属陪他们半小时左右，就离开了。不像小孩子入幼儿园，有家长陪同入园期，等孩子完全适应。这里没人陪，但没有人大哭，或甩胳膊、蹬腿地闹。从神情看，他们知道，这是搬进人生最后的一个住处。老人院用“苹果”做了名字，苹果是本地的大事，本地曾家家种苹果。

卡琳来到苹果园，她记得镇中心这片地，她对以前的事记忆清晰。很多年前——当然她有些闹不清到底是多少年前，她记得“二战”刚结束时，这里可没苹果园这样一间宽大的平房，是散落着两间小店—— 一家卖果酱，一家卖面包。在秋天，店边的空地上停满买卖苹果的大车。她也随她男人运苹果、榨果汁。来过不晓得有多少次。

卡琳的男人早死了。这日子她也记得，一九七六年三月二十日。他在仓房边拉马车，突然倒了地，是心脏病突发。这当然是家庭灾难，好在卡琳有一儿一女。长子那时有对象，干脆娶进门，和媳妇搬进主屋，操持农场。卡琳搬到五十米外的小房子。虽小，也有八十平方米。卡琳帮儿子在田里干活儿，闲下来，在自己房子的小院里种花。儿子帮她割草，带她进城。日子过得不算太难。卡琳喜欢自己的住处。从厨房窗户看出去，是一片苹果树。而从起居室望出去，是一片李子树。门前有两棵枫树。她在台阶下，靠房子的墙边种上一溜花：玫瑰、鸢尾花、向日葵、秋樱。在枫树底下，种了雪滴、水仙、郁金香。她有农妇的手，花开得盛，就像卡琳自己的身体，卡琳的身体一直好极了，没什么病。她不记得自己的岁数，其实几年前，有过一个生日大派对，卡琳现在是九十三岁了。

卡琳被儿子、媳妇送到苹果园来，因为发生了一些事。卡琳老忘了有水烧在灶台上。孙女来看卡琳，看中卡琳闲置的一个花罐，卡琳说，“你回头就带着”，把花罐搁在门口台阶上。等孙女要回家，卡琳送出台阶，叫道：“哎呀，怎么花罐放这里，谁摆的！”有一天，儿子、儿媳像往常那样请卡琳吃饭。吃到一半，卡琳突然着急慌忙地说：“哎呀，我得赶紧了，嫂子跟我约好了去镇上买花布呢。”儿子和媳妇吓了一跳，卡琳的嫂子，可是早进了教堂墓园的呀。和嫂子结伴去镇上，还是卡琳做姑娘那会儿在娘家的事，那该是多少年前的陈芝麻、烂谷子呀 。卡琳开始把儿子莱纳德唤做她的兄弟尤斯塔。她倒认得媳妇，叫得出媳妇的名字，这让媳妇很高兴。卡琳有时跟媳妇说：“能不能开车送我到城里办点事？”媳妇来了，等卡琳上车。卡琳说拿上钱包就走。她在屋里摸摸索索，总不出来。媳妇去问她：“我们可以走了吗？”卡琳问：“这是要到哪里啊？”所以，是送卡琳进苹果园的时候了。

儿子、媳妇每周都去看她一两次。待的时间不超过半小时。长了彼此都有些累。卡琳喜欢有人来，这比看其他的老人舒服。但她除了媳妇，谁也不认识了。说：怎么莱纳德总不来看我。儿子说：“妈妈，我就在这里哪，我就是莱纳德呀。”卡琳说：“别以为我什么都不记得，你是哥哥尤斯塔嘛。”

卡琳喜欢媳妇来接她回家。她喜欢发生些事，苹果园是太安静了。虽然在咖啡厅里总能见到三四个人，但大多沉默寡言，有的和护士哼哼两声，有的坐在轮椅上对着电视机，滴两滴口水。苹果园的女人多过男人。她们的男人早一步到教堂的墓地里集合

思而肯的四季

一月雪中的红果子

冬天的冰湖

冬天的森林

四月的花

四月的湖上晚霞

五月的湖

六月的丁香花

六月的山毛榉林

七月老宅里的玫瑰

秋天的麦田

去了。说来也怪，女人留下来，特别是五十岁上下做了寡妇的女人，往往还活得特别长，像是她们的男人把自己来不及用的年头加给了自己的老婆。如今她们是九十岁上下，单独过了约四十年，长于和丈夫共同生活的岁月。这些女人在苹果园里，彼此已不太认得。但卡琳的媳妇很清楚，这些女人中有不少，其实在十年前彼此还打过电话，后来，电话里已说不清楚，因为听起来吃力，就总说要见面，面谈。但她们那辈的女人基本不会开车，要出门会老友就不自由，现在终于又在苹果园天天碰面了。这以前一起碰过面的地方，曾经有堆满苹果的马车、拿头巾扎头发的女人、自家的苹果汁。但现在，这些女人，要么看不见，要么记不得，要么听不到。

儿子、儿媳偶尔带卡琳回原来的农庄吃顿饭，这对苹果园的卡琳来说跟过节似的。她坐在熟悉的饭厅，傻吃、傻笑。她是除了媳妇和“哥哥”，谁也不认识的，大家却非要说他们都认识她，跟她报自己的名字。卡琳还是很满意，边吃边议论，一桌子人听见她突然大声说：“好多人一起吃饭，吃起来就是香！”饭后照例喝茶。卡琳一边喝，一边把玩桌上的小摆设：“这花瓶做得真漂亮。人真是聪明。不过，”卡琳大声说，“人再聪明，也做不出比鲜花更美的。”席间，卡琳的孙女婿问起农庄建造的年份。儿子说：老房子了，十九世纪初期了。卡琳一口咬定：一八二三年。孙女婿不信，去翻文件，还真一点不差。最后，卡琳郑重地谢谢大家，又回苹果园。

媳妇和“哥哥”再去看卡琳，卡琳说：“我很好，关键是，我不觉得有什么痛。”媳妇注意到，有些事，卡琳一直没有忘。卡琳在苹果园，每天还是穿裙子，戴项链，脸也抹得清爽。

马库斯返校

有着亚麻色头发，白色脸蛋上撒着小雀斑的男孩，穿蓝汗衫和白短裤，在思而肯路快到牛奶棚宿营地的那一段，甩着胳膊，昂首走着。有汽车从他身边开过，车里人说：“看，马库斯，牛奶棚宿营地经营人的儿子，将来这宿营地就是他的呢。”

思而肯虽然是个四面环湖的岛，湖岸的质地并不完全一样。有的是泥质，有的多石头。多泥的湖岸，当然能整治得可以游水，但工本不小，最简单的也要往湖里搭出一座小木码头。牛奶棚这地方有全岛最长的沙质水滩，是天然的浴场。这让岛上的不少人嫉妒，是老天爷让这家有钱赚哪。于是，卡车司机乌罗夫在二十世纪八十年代岛上的旅游人口增多后，索性做了宿营地的老板。所以那路过牛奶棚的车子上的人对马库斯说的话，其实是有艳羡的成分。小小年纪，已经看得到一份家当。而且在乡下，儿子继承老子的家业，是传统。父亲不强迫孩子做一样的活儿，但都有份期待，儿子会喜欢老子的职业，就算现在不喜欢，兴许儿子长大了以后，中年之后，就喜欢呢。

做这样的宿营地的老板，能赚钱，事儿也多。至少，在人人都休假的夏天，宿营地的老板总得守在营地，迎来送往，安排钓鱼船、休闲船，打扫浴室，倒垃圾等等。总有几十甚至近百辆篷车宿营。所以，夏天里，乌罗夫的手机会不停地响，总有客人预订了位置，在来这里的路上，也总有已经住下的客人缺这个、要那个。当宿营地的老板，意味着要把大半年，甚至更多的时间耗在这湖边，伺候别人度假，数自己钱柜子里的钱。在岛上干这样的活计，连衣服都不用买多少，好衣服穿不上。工作服或随便什么旧汗衫，倒可以是块好抹布，打扫也好，收银也好，收拾船的马达也好，干什么都可以去“抹”上一把。做这样的老板，真忙。好在，他还有他的女人帮忙。等夏天结束，秋天里还会赖着些不肯走、不用上班的退休人员、钓鱼爱好者。到深秋，才真的没人了。乌罗夫就要忙着整修设备和几间供客人选用的小木屋。然后，在冬天里，大雪纷飞的时候，抽空到泰国去过属于他的夏天。乌罗夫的女人一直在他的左近，工作也好，休假也好。不过，宿营地的人不难发现，这里的女掌柜一直在换。

乌罗夫长得五大三粗，他儿子马库斯倒是细细长长、白白净净，他长得更像妈妈。但不少人来到这岛上时，马库斯的妈妈已经和爸爸分手了，是姨妈在带马库斯和他的姐姐瑞贝卡。他们的父母从没结婚，当然这在瑞典并不少见。妈妈走了，姨妈留下来，和爸爸在一起。岛上人说，乌罗夫不大把女人当回事。

妈妈走时，当然是打闹过的。但马库斯姐弟看不出有什么大的不快。尤其是马库斯，他总笑嘻嘻的，很社交。有时，人们在镇上公园里撞见他，问：“你吃的不多呀，到底长胖点没有呢？”他就咧嘴一笑，一把撸起汗衫，给人看他的肋骨。

很少有人见到他的姨妈到公开场所露面，而且，她很快就再也不露面了。在思而肯照看了一年半的孩子和宿营地之后，姨妈卷了自己的铺盖，开车走了，因为爸爸有了另外的女人。新女人一来，就和爸爸结了婚，还把家里弄成了始终不停工的工地。过往的车辆开过，都放慢速度，张一张，望一望。镇上有风言风语说：这家的新女主人雄心真大，是要造全镇最好的农庄呢。

爸爸和他的女人新婚之后，请了邻居来喝茶。马库斯也来迎接客人，他可高兴了，奔跑着扑在客人的怀里。他拉起一个阿姨的手，说他有了新装修的房间。把他做的手工拿出来，一根渔竿。阿姨夸他，摸他的小头："你真聪明。""你真这么认为吗？""当然！"马库斯听了这话，笑得合不拢嘴。

马库斯是乌索特小学的学生。每天和姐姐一起坐校车去上学，总是坐在最后一个位置。偶尔，和着司机播放的收音机里的音乐，唱上一句，比如欧洲电视音乐比赛的曲子。但是马库斯的爸爸新婚大半年后，姐弟俩都从学校巴士上消失了。

新的女主人是带来了她自己的孩子的，加上马库斯和姐姐，三个上小学的孩子，难免闹矛盾。女主人总偏袒自己的女儿。马库斯的姐姐心事多，跟亲妈一嘀咕，妈妈和爸爸打起官司，把孩子们的养育权夺过去了。所以，马库斯和姐姐搬到了北部的城市林雪平，和妈妈在一起，还有妈妈的男人。

这么一来，学校巴士来牛奶棚接孩子就只能接到一个。这在冬天的清晨，让巴士司机觉得格外冷清。而且，那剩下的女孩是悄然无语的。换了有马库斯在，他总是朗声说一句早安，让司机也可以打起精神来。但是有什么办法呢，日子是变的，人得接受。

过了一个半月，就是接近圣诞节的那会儿，冬天格外黯淡起来。司机把车按时开到牛奶棚，他发现在雪地里站着不止一个人影。等车一停稳，人影儿就奔了过来。"早安"，一个男孩子的声音。原来是马库斯和姐姐瑞贝卡回来了！

这真是一个可喜的意外。司机长长地舒了口气，吹起了口哨，继续开车。

车开过了思而肯岛，前方的路边，有一家农舍亮着灯光。这家的孙男、孙女站在路边等校车。马库斯叫司机别声张他和姐姐也在，然后他和姐姐，把头埋伏在车座位的靠背后头。

"早安"，农庄的小姑娘和她哥哥上了车，和往常一样往车的后座方向走。刚想坐下，座位里冒出两个人来。哇，四个孩子大叫着抱在一起，笑出了眼泪。

然后，才定下心来，慢慢说话，他们有太多的话要说啦。

“回来啦！”

“嗯，回来了，回来看爸爸。”

“在新学校好吗，说说，都认识了什么新朋友。不，还是让我来猜，班级里有没有叫爱玛的？”

“有。”

“叫玛雅的？”

“有。”

“古斯塔夫？”

“有。”

他们开始仔细地数过来，哪些是有的，哪些是没有的。还有就是，林雪平市的爱玛头发是褐色的吗？是直的还是卷的？眼睛什么颜色，几岁了，最喜欢的是数学还是别的，爱不爱踢足球？也许乌索特的孩子永远也不会去认识林雪平的爱玛，他们却在细节上认真推敲。

司机偶尔快乐地透过镜子朝他们看看。平时，孩子们坐着都是系了保险带的。今天，因为四个人头凑在一块儿，唧唧喳喳，保险带是系不了了。司机也不责怪，光是把车开得稳稳的。这冬天的早晨，思而肯路上只开过去早起干活儿的木匠和电工的车。偶尔，躲过一两只飞奔的鹿，一只看见车灯跟来，拼命奔跑，又有些错乱的野兔子。这是一个欢乐的发生着什么的早晨。不像这过往的两周，车上总是一片沉寂，像是都还在寒冷中沉睡。

当车开得看得到镇中心的教堂尖顶的时候，天已经有那么点蒙蒙的光线，而车就已经抵达了教堂对面的乌索特小学校了。

司机等孩子们都下了车，他刚想启动刹车，突然又停住了，他对孩子们行走的方向产生了好奇。马库斯的姐姐瑞贝卡和别的女孩搂着，走向灯光中的教学楼。男孩并不打算直接进教室。在这零下十二度的冬天的早晨，他们走向教学楼前的操场。这是这个小学校不同年级、不同年龄的男孩女孩都喜欢一起踢足球的地方。这乌索特小镇的初级学校，学生不多，平时也只有这样混同起来，才能踢几脚。现在，马库斯被男孩们簇拥着跟随着，围绕着操场转圈子，他们似乎喊着什么口号，但听不太清楚。半空中雪花慢慢地飘洒起来。

司机微笑着，很舍不得地拉开了刹车。他还要把车按时开到别处，否则，他真想继续看下去，看孩子们到底要转几圈，看明白这到底是什么样的仪式。或者，只不过，马库斯是高兴的，他的伙伴是高兴的，他们不知道除了这样，还能有什么别的方式表达他们重逢的喜悦。

马库斯的初恋

思而肯北部文森特家的二姑娘爱玛，是中学毕业到大学学习了一年的，不知怎么又回到了原来的中学，在行驶于思而肯路上的学生巴士里又出现了。

思而肯是湖中小岛。从思而肯到乌索特镇的沿途农庄，若有孩子要到镇上的学堂，就都在自家的路边搭学生巴士。算起来，牛奶棚农庄的马库斯坐这巴士已经有四年了。

这辆巴士上有三个爱玛，九岁的卡拉托普的爱玛有张苹果脸，总是斜挎一个贴了日本艺伎肖像的布包，常把“艺伎”挂在嘴边上。十二岁露塔霍特农庄的爱玛三天两头换衣服，烫了前刘海，偶尔戴耳环，眼睫毛涂得黑黑的，一上车专门朝中学乐队贝思手罗伯特的旁边挤。

文森特家的爱玛二十岁，不跟人说话，跟谁也不说，连上下车，也从不和司机说“你好”、“再见”。倒是司机偶尔憋不住，比如在周五的傍晚，司机实在憋不住，会主动说“祝你周末愉快”。一般，在周末，在下车的时候，谁都会这么说一句，和司机告别，再小的孩子也会，如果司机先说了，那至少会回答一句“也祝你愉快”。文森特家的爱玛不但自己不说，而且充耳不闻，只给司机留个背影。司机盯着她的屁股，皱起眉头，狠狠地加大油门，把车开远。爱玛耳朵里始终塞着耳麦，那里头到底是否真流着音乐，流出的是怎样的音乐，多大的音量，除了爱玛，谁也不知道。

放学时，爱玛总是先在高中门口搭大巴，到镇中心，才朝开往思而肯的小巴士走来。小巴士老早是等在那里了，坐满了从小学、初中来的孩子们。司机看着慢慢扭动过来的爱玛，说："好大一个屁股。"这话多半是对他自己说的。这司机每每受惊，就爱用这样的句式，一次开过松斯莱特农庄，看见烟囱里的滚滚浓烟，他也用这样的句式说："好大一股烟！"

司机这么说话，他身后的孩子们都听着，不出声，各想各的心思。突然，有前刘海的爱玛就和贝思手瞅了瞅二十岁爱玛的屁股，两人对视了一下，一起笑了起来。

扭着大屁股的爱玛有张瘦小的脸，一对大眼。通常在早晨七点二十分，小巴士会停留在爱玛家的路边。冬夜的七点二十分的思而肯会是漆黑一片，爱玛的眼睛在黑夜里尤其亮。她的屁股大不大，倒看不见。到傍晚，放学时分，才能看见爱玛是有一个跟她的瘦脸极不相称的肥大臀部，拷贝了她的母亲，一个有大屁股的五十岁女人。爱玛的屁股在日照长的季节当然就更明显了。

马库斯坐在巴士最后头的座位上看大屁股的爱玛过来。

马库斯有一个大他三岁的姐姐瑞贝卡。马库斯从不怕和女孩说话。比如九岁的爱玛和十二岁的爱玛。二十岁的爱穿黑衣服的爱玛朝马库斯越走越近，那双大眼睛没表情，没微笑，却让马库斯不得不垂下眼帘。他意识到自己的脸是红的。即使垂下了眼帘，他还是看得到爱玛，马库斯的心看得到她。那一年，马库斯才十一岁。

马库斯有了心事，一个不想和亲姐姐瑞贝卡说的心事。他跟往常一样去做他最喜欢的事，到湖边钓鱼，二十岁的爱玛也突然钻到他脑子里，猛甩几下鱼线，湖水翻不起多大的涟漪，连鱼也不肯上钩了呢。回到家里，整理渔杆时，父亲问，今天怎么鱼不听你的话呀？马库斯感觉自己的脸又红了，他必须解决这个问题。

那一天，小巴士又停在镇上，所有该等的孩子都来了，司机还是要等到发车时间才启动。

二十岁的爱玛就坐在马库斯的前面。马库斯乘别人都挤在车的前座说笑，对爱玛说："爱玛我喜欢你。你知道，我喜欢你。"马库斯的脸一定还是红了，因为他觉得热。不过，让他放心的是，脸红的不仅仅是他，爱玛的脸也是红的，戴着耳塞的爱玛一下就听清了马库斯的话，她从没有笑容的脸浮着笑。

对于他们之间的谈话内容，后来，即使是对最贴心的奥托，马库斯也没有说。不是因为害羞，也不是要保密。其实马库斯他记不起爱玛究竟怎么说的。他只记得她微笑，说了些话，很友好很甜蜜的态度。从没有过的友好和甜蜜，一个别人——车上的人从没见过的爱玛。马库斯还记得爱玛说：谢谢，但那不可能，马库斯你这么小。

十一岁的马库斯只不过在七月初的一个夏日，在湖边草地上坐着看湖水时，想起什么似的，告诉二十三岁的侄子奥托，不久前发生了这样的事呢。

就像生活中总要发生些重大的事，并不为马库斯预料和主宰。妈妈和父亲分手了，姨妈搬来和父亲同居。然后，突然出现了伊凤，姨妈吵闹着开车走了。伊凤住进来，和爸爸结了婚。伊凤开始在农庄大兴土木，他们家的房子装修了，马库斯有自己漂亮的小房间了。

爱玛也是件大事。这使他和从前的小马库斯截然不同，虽说谁也看不出这不同。在外表和躯体上，就是他在奥斯南湖里裸泳，也不能看出任何变化，包括他自己。这甚至都比不上睡梦中的那次，有黏黏的液体把短裤弄脏，看得到，闻得出。这次，什么也没有，何况，他始终平静。爸爸没想到这，姐姐瑞贝卡和他在一辆车上也全不知道。

二十三岁的奥托对十一岁的叔叔马库斯说，唔，马库斯，这样的事没准是会发生的呢，而且往往是在学校巴士上。

二十三岁的奥托还说，十二年后，你二十三岁，爱玛三十二岁，那时如果你还这么想，那也不是完全不可能的。等着瞧吧。

马库斯将一块石子在湖面上打开一片水花。是条长长的弯曲的线条。在线条的尽头，石子儿颠簸了两下，就沉向湖心里去了。奥斯南湖宽而不深，平均只有五米，载不了大船。但就是在浅浅的奥斯南湖，要重新找到相同的石头子儿，一般可是不会找到了。

半年后，马库斯的母亲得到了孩子们的抚养权，马库斯和姐姐一起离开思而肯。

“我们又和妈妈在一起了。”马库斯对那些一同乘巴士的同伴说。马库斯偶尔又能回岛上看爸爸。但从思而肯到乌索特的学校巴士，他是不会去乘了，文森特家的爱玛听说也彻底从中学毕了业呢。重回思而肯的马库斯已不是十一岁时的男孩模样，脸上的小雀斑还在，个头儿，不知是吃了什么，飞蹿到一米七，从身高来说，简直就是个大小伙子了。

十九岁的政治犯

在我眼里，玛替尔斯好比一头牛。甚至，他比牛还厉害。牛干活儿，总也要喝口水，吃口草，赖在地里大眼瞪小眼。而玛替尔斯，若是人不去招呼他歇会儿、吃点儿，他能从早干到晚。至于活计，割草、油漆房屋、贴墙纸、擦窗户、带孩子、烧饭，只要人能吩咐得了的，他总能做，人忘记关照的地方，他悄没声地也带到了——他做得完美！

一个心灵手巧的人，本来是医学院的大学生，能孵成医生的鸡蛋，突然受了什么刺激，在差一年就毕业时退了学。从此成了失业的年轻人，连护士也做不了。到底发生了什么，谁也不清楚，我也一直没敢提这话茬儿，我怕他伤心，我和玛替尔斯还没熟到那份儿上。

不过，每每玛替尔斯来帮我干活儿，我都忍不住夸他：完美！

“你是喜欢干这些活儿吧？”我问。总得有那么点喜欢，才能干得如此地好吧。

他冷笑着摇头。说，并不喜欢。如果不是为挣点零花钱，他更喜欢看书、上网。

“那么你服兵役一定很棒！”我想，大凡男子，多半喜欢服兵役，尤其体魄健壮像玛替尔斯这样的。

玛替尔斯有一米九二，据说有十五年了，没去过诊所，十多年来从没感冒过，当然从不吃药。他身材匀称，不干活儿时喜欢穿黑色或白色的T恤或薄薄的毛衣，外头一件夹克，额头架副太阳镜。他其实也四十了，生得嫩，看去也就三十，喜欢扮酷。沉默寡言的他爱在大城市马尔莫的酒吧蹦迪，他不喜欢二十世纪八十年代的他青年时代的歌曲，比如迈克·杰克逊的。马替尔斯觉得，那些旧的乐曲令人伤感，失去的岁月就失去了，他不愿再试图走进去。他和那些追想八十年代的当今小青年背道而驰，更迷恋属于他们的音乐，比如重金属乐。如果能找到一家有对路音乐的酒吧，他能自个儿蹦一夜。

“那我就不一定要喝多少，蹦一夜，在凌晨走回家，特别惬意。”

所以我很有把握，玛替尔斯服兵役，一定能得个优，不费事就可以的。就像天生有体育细胞的人，跑个二百米八百米都不在话下，跑就是了。

“我没服过兵役。”玛替尔斯说。

这真是意外。我呆了。不服兵役，一般是有身体的障碍。玛替尔斯不戴眼镜，不会是有什么眼睛的疾患。难道他的身体有什么难言之隐？我也就是随口聊天而已，可没想探人隐私，我愣在那儿，没法接他的话茬儿。

“我就是不愿服兵役。”停了半晌，玛替尔斯自己接着说。

呵！那就是了，我又开心起来，我想起来了，我的一个熟人佩尔也曾不愿意，不是懒，佩尔勤快着呢，也是人高马大的，他不愿动枪，动刀，见血。

“哦，是理念的问题。你不赞同兵役观念，”我颔首称是，“这我碰巧也听说过，我的熟人佩尔，他就是选择去幼儿园当了一年保育员呢！”

“我没去幼儿园，我也不同意干那个，我觉得强制服兵役一年，这很荒唐。”

“那你怎么办啊？”我想，服兵役是政策，你还能犟得过国家的规定？

“我被关进了监狱。”

“你！什么！监狱，你进过监狱！”

“是的，我一度是个犯人，可以说是个政治犯。”

那是二十一年前，他十九岁。父母拗不过他。没怎么劝。谁也拗不过他。这个平时不吭声的看来害羞的小伙子特别倔。镇上警察局的人来了电话，警察没来抓，也没担心他跑，他自己去警察局报了到，然后被押送到中部城市林雪平郊外的一所监狱。

就只两星期，没碰上打骂。看到过其他罪犯，还没来得及跟其他罪犯交代自己的罪行。

“你，你，你，你在监狱都做了什么？”

“什么做什么？”

“哦，就是比如说，第一天你怎么过的，然后第二天。”我有些语无伦次。我这辈子，还是第一次碰到一个曾经的囚犯，一个蹲过监狱的人。

“第一天嘛，第一天，倒是什么也没干，一个人在囚室里待着，此后的每一天，做文件夹。”

哦，就是犯人工厂啊，我懂了。“做一个文件夹赚五分钱，一天得六十块，大家都拿那钱去买Snus[1]和糖果，”玛替尔斯嘴角浮出笑，像被糖果甜出来的，瑞典的男人长大了也还是爱吃他们小时候吃惯了的糖。“吃饭，干活儿都不苦，有报纸，有电视。不过，失去了自由，确实很难挨呢，两星期都很难挨。”

“你不怕吗，不怕你是有犯罪记录的？”

“不怕，这就是抵消我的兵役罢了。不过，将来，我保证，一定不会再进监狱啦。”

这我信，玛替尔斯这样枪也不愿拿的人，是和平的人。

屈指一算，也就是在玛替尔斯进监狱后的第二年，兵役在瑞典，就不再是适龄的男生必须完成的义务了。

---

1 Snus，是瑞典产的一种独特的烟草制品，含在嘴里，无烟，在挪威也广泛使用，美国亦有售。

湖上木码头的黄昏

蜉蝣在湖上飞，蜻蜓在，豆娘也在。

木码头被湖水和阳光热闹了一个白天。当其他人三三两两，收拾起自己的泳衣、浴巾、侦探小说、野餐篮子，立起身，沿山毛榉林子里的松软小道步行五分钟，回屋烧晚饭的当口，七十岁的比姬塔和她患忧郁症的三十五岁的女儿英格娅沿着同样的小道穿过森林走到湖边的木码头来。

比姬塔脱掉衬衣，露出里头黑色的比基尼。这时的水温不过二十度。旁人游水，要先在太阳下暖和身体，然后慢慢走下木码头，当水漫过了大腿，大呼小叫地采取仰泳的姿势，用比胸部更受得住凉的背部皮肤先触水面。比姬塔是径直跳下湖水的。她也不是光在码头附近游上二十米，点过水，就赶紧上来，裹在浴巾里直打哆嗦。比姬塔从木码头开始游，向北，绕过有海鸥聚集的小岛，往东，再游向南。这一个来回，少说有五百米。别人很少这么游，偶尔有小伙子看看前方的小岛，也拿它做目标，跳下水去。会有人立即解开码头边的一条船，使劲划了跟过去，怕小伙子万一抽了筋或回程中游不动。但七十岁的比姬塔不用人陪，也没人担心她要人陪。

对于比姬塔，这是条驾轻就熟的线路，她在这片湖水中毕竟游了六十三年，她外婆家的这片水面。沃特湖木码头边的游水是夏天必经的一个仪式，过去的动作也还是现在的，又应该是将来的。在许多次木码头边的游水后，比姬塔成了大学生、妻子、母亲、建筑学教授、离婚女人、两个孙女的奶奶。然后，她又成了一个患忧郁症的女儿以及两个离婚儿子的母亲。她是兄妹四人中的老二，却由她负责料理老母。去年十月，她埋葬了九十岁的母亲，她给自己定下的七十岁后的人生计划就是帮助忧郁的英格娅了。

比姬塔游水依然敏捷，但身体到底发了福。从水里爬上来的她，宽大的乳房下垂，乳房上有水往下坠，她把浴巾搭在胸前，坐在残余的一缕阳光下，微笑。她的笑跟她的乳房一样宽大而疲软，她微笑着说：真舒服，水，起初是凉的，游起来，就觉得还是暖和的。英格娅坐在一把木头椅子上一动不动，不吭声，只瞪着湖水。比姬塔只好说给自己听，她接着说：鸟儿肯在离我们人那么近的地方孵鸟，是友善的。

湖中水上有块石头。石上停着一只海鸥。海鸥的羽翼下是有三只蛋的。距离石头二三百米外的湖面上一整天都停了一群海鸥。海鸥群里不时会有一只飞到石头的上空，嘎嘎叫两声，和孵蛋的海鸥说句话。现在，夜晚将至，成群的海鸥飞走了，只有孵蛋的那只始终伏在石头上。它已经匍匐了三个星期了。

“英格娅，你看什么呢？”比姬塔问。英格娅不回答，她顾不上。波纹向英格娅涌来，对着水上滑向她的波纹盯上半分钟，就会有在水中滑行的感觉。这感觉，稍不留神就会被打破，像水波一样易碎。木码头带着英格娅向波纹涌去，却是始终不能到达的。这永不能抵达之中，带给她一点惊诧和一点进行中的充实。没有确切的开始，又几乎没有终止。波纹也是不同样的，最接近木码头的朝着码头的方向，百米外的波纹却是以更快的速度向北方滑行；至于更远处的，她看不清它们具体的方向，它们看来几乎静止，在原处兀自闪动白色的羽翼。

芦苇在暮春就被割去了，免去了疯长。残留的芦苇梗被蓝色的叫少女豆娘的紧紧抱住，它拦腰去抱它，却是一段无望的爱。

或者它其实并不是爱上了芦苇梗，它是立在梗上等它命中注定的配偶。它很容易就等到了，一只黄色的豆娘从天上掉下来，和它交接，把它一起拖上天，它们在水上飞，转眼已几个来回。它们在一起飞了那么久，让比姬塔怀疑，那到底是同一对，还是飞来了另外的一对。有小点儿在水上甩动，一半白，一半黑，比姬塔看不清那到底是什么，但这多少让她想起豆娘的前世。

木码头是半截小木桥，一只单桨横在桥头。码头边站着一棵白桦，四季中，它不只是在夏天才造访湖边。它的枝干被人折下两根，充作渔竿，现在就倚靠在它自己的身上。它有长在盛年的枝叶，一直洒到水边，甩下绿荫给需要的人。

黄昏更近，有更多豆娘在天水间匆促飞舞。天依然明亮，太阳到底是落山了。空气温润中有丝清冽，蚊子骤然间成群地出现。

冬天湖上的木码头

来接爱玛的彼得

父亲死时，二十八岁的彼得成了牛奶棚农庄的主人。姐姐帮彼得打理了两年农庄的家务，还是没等到来求婚的人。但她决定搬出去自己过。姐姐说："弟弟，该你自己找个女人管家了。"

彼得出家门，朝东走。过了桥，湖水渐渐少了，两边只看见林地，他出了岛。彼得知道桥东边有户人家姓马汀森，姑娘多，有六个。这些事，人们总议论，人们多喝了两杯，就说些岛附近的人和事，说马汀森最擅长是造美，不是造力。彼得也听他们说过桥西住的老单身卡六安，七十多岁了，已不大露脸，露脸的倒是卡六安养的九只猫。彼得没拜访过卡六安，没在卡六安家领教过九只猫。偶尔在思而肯路上见一只猫踽踽独行，彼得寻思过，那没准是卡六安的。思而肯路上的猫，不同的日子里碰上一只，十有八九是黑白相间、忧思满怀。没准彼得见过九只猫里的一只两只，也没准是见过全部九只。而那六个姑娘，彼得却只在集市上远远的得到过那么点印象。彼得很少扎在姑娘堆里，他是林地里劳作的好手，只瞄上一眼，就知道，吞吃掉云杉苗嫩头的，是鹿还是细菌。可他没好好想过，也想不清，姑娘到底算怎么回事。走在朝东的路上，彼得想，既然那家门里有六个姑娘，请一个到牛奶棚煮煮咖啡，烧烧土豆，煎个肉丸，烤点面包，这总不是难事。他只要一个就够了。

马汀森太太开了门。彼此没怎么说过话，但她嗅得出彼得来的方向，她知道他来自哪家农庄。

彼得搓着手，说开了：姐姐要走，牛奶棚没个女人帮忙。他煎不了肉丸。牛奶棚除了一两个季节帮工，就他一个人。所以，活儿应该不至于太累人。女人笑盈盈地：怎么好让你一个大男人煎肉丸子呢。她给彼得让坐，自己就上二楼去了。

彼得刚在厨房的凳子上坐稳，女人拖了一个少女过来，是这家的长女爱玛。

爱玛十六岁。她在牛奶棚帮佣一年，长成了十七岁，个头儿一下子蹿出好多，脸也红润像苹果。这年的秋天，苹果熟了的时候，十七岁的爱玛成了三十一岁彼得的妻子。

是新婚夜，新娘子爱玛告诉她的丈夫彼得，那天彼得来，她在楼上的窗口看见了他。她的心跳得急促起来。母亲踩着爱玛心跳的节拍上楼来，说："爱玛，你男人来接你了！"一屋的女孩，母亲挑爱玛说这些，爱玛是长女。

彼得和爱玛生了四个孩子。爱玛比彼得小十四岁。彼得却凡事听爱玛的，特别听。

彼得活得比他父亲久，活到八十一岁。爱玛活到九十岁。

"爱玛，你男人来接你了。"这话由爱玛在新婚的夜里悄悄跟丈夫说过。等彼得不在了，爱玛自己也老了，她把这话逢人便说，说成了人人皆知的典故。不定哪一天，在咖啡桌上，老太爱玛扑哧一笑又想起了这句话，她就又说出口来，然后依她的老习惯，捏一块方糖，蘸了杯底的咖啡汁，放到唇边吮着。

莉迪娅的马

卡尔森，意思是卡尔的儿子。卡尔森家的老三安德斯·卡尔森，在他人生四十五岁的旅程里，闹过不下三次出走。他从没想过要留在老家思而肯，这方圆不过十公里的、奥斯南湖中的小岛上。一来，他不是长兄，没有继承农庄的压力。二来，他对伐木呀、打猎呀、钓鱼呀，这些岛上男人的传统，从没像哥哥丹尼尔那样投入。

"老爹卡尔是所严厉的学校"—— 哥哥丹尼尔有时突如其来地这么嘀咕一句。丹尼尔的发音含混在嗓子里，意思也是不明了的。似乎是佩服到一半转成了怨恨，又好像是抱怨到一半突然漏了气，转成敬佩。怕老爹听到了来揍他吗？老爹不可能揍丹尼尔了。老爹已八十二了，走路用上了拐杖，丹尼尔自己都五十四了。

老爹这辈子把家置下不易。虽说祖居离思而肯才一里地，到底最初是爷爷在斯德哥尔摩靠做瓦工、盖大楼才积攒了钱，在思而肯买下远房亲戚的一块地，盖上了家里这幢两层楼房。其他的农庄，有林、有田，房子坐落在田产和林地的正当中，那才是理直气壮的农庄。卡尔家的房子只孤零零一幢，周围没有田地和森林环绕。乡下人一看就知，这是个外来户。外来户的印记写在房子上，房子盖得新，新得其实没有底气，窗帘配得再美也白搭。这些年，岛上一旦有孤老快进老人院，或有邻居看来缺钱周转，老爹都瞅准机会，跟人谈，然后盘下这里一间屋，收下那里一块地，跟嗅到气味盘旋在天空的老鹰似的。邻居虽是自愿卖林、卖地，但失了自己的家产，到底不舒坦，其他的邻居看卡尔在扩地盘，觉得被抢走了自己嘴边的肉，更怕早晚有那么一天，自家的房子和地也被卡尔这家人给算计上。岛上就传开了这样的说法：卡尔家，贪！不管怎么说，卡尔家这么一来林子有了，地也有了，虽说不很大。他家还盘下了三间森林里的小木屋。可这地盘和老爹的野心相比还是太小，野心很大的老爹如今也还是老了。

哥哥丹尼尔学的是森林技术，还是个好猎手，跟老爹学的。老爹十年前的一次打猎，走了手，错过了猎物，从此不肯再碰枪。五年前，老爹去钓鱼，甩起的渔竿上却是空空的，从此洗手。老爹钓了一辈子鱼，他其实并不像最地道的思而肯农民，因为他并不爱干林地和田地里的活儿。不过，卡尔爱钓鱼。春天里用鱼网捕梭子鱼，一天干上三小时，忙乎两星期。春天的梭子鱼不如夏天的大，但鱼肉更鲜嫩。从四月到九月，他就用鱼夹子捉鳗鱼。梭子鱼一天少说能打二十公斤，三块二一公斤。乘公交车到城里，来回花一块车费。在维克萧市的广场上卖鱼，净赚六十三块—— 一笔不晓得算了多少遍的老账，老爹总翻出来说，清清爽爽，不停顿的，声音高亢，精神头十足。这笔账粗一听，不算啥，六十三快。再想想其实蛮吓人，那来回的公交车费，当年是一块，如今可是一百块了。

但老爹还有一笔让他懊悔到老的账，也常提出来算。他看见挂在墙上的湖区图，肯定会定在地图前挪不开步，用手点着一个小地方，点上许多下，捶心捣肺的吐出几个字："这岛，本来是我的！"

那是一座比思而肯要小的岛。但也是奥斯南湖里的一个大岛。据老爹说，"二战"前夕，那时家里还是卡尔的父亲做主，但卡尔已成年，也能挣钱了。有人来问卡尔的父亲是否对这岛感兴趣。卡尔主张买，父亲担心着战争，不同意。"才十六万二千克朗。那点钱当时是筹得到的，借个四五年也就可以还清了。”老爹这么说着，把拐杖点地，捣上四五下。老爹卡尔，他说那不过“才”这点钱，这话其实夸张。那时，一个帮工一个月的饭钱不过是十五块。

岛找到了别的买主，在一九七一年又被一家自营业主买下，新主人在那里设旅游点，开辟出一个夏天的天堂。一九七一年的价格，就已不是卡尔靠卖鱼能盘点下的了。卡尔看得眼馋，但他到底是卡尔，他促成了那家的独生子和自己大女儿的婚事。这场婚姻在思而肯地方几十年来为人津津乐道，是成功婚姻的典范。这是卡尔家的成功。但卡尔总想，亲家公的岛，到底不是他卡尔的。不过一念之差，要是他买下了那个岛，那现在，还不是想干什么，就干什么。

卡尔想干什么呢。对这个，他其实并没有具体想过，没有果真落在自己手上的东西，没法动真格地去想。真到了他手上，他一定会好好经营。如果已经是他自己的岛，他想，至少，当年就不用悬着颗心，怕人家的儿子不娶自己女儿。后来也不用老担心女婿把女儿给甩了。心是操不够的。一转眼，女儿是已退休的人了，女儿的一儿一女都结了婚，近年来，就常常是女儿自己一人在家，看来并不快乐。但卡尔想，女儿的婚事，好歹是成功的。那座岛，好歹有一天会落到他亲外孙手上。当然，卡尔在心里对别人都看不上，女儿和两个儿子，没一个抵得上他，他们到底都没盘下更多的田和地。但是卡尔也老了，盘不动了。有一次，小儿子安德斯问他的父亲卡尔，干嘛费劲劳神地去盘地和房呢？卡尔当时正站在后院，看院子的后头，因为冬天的风暴而倒塌了的林地。他抬起双臂，尽量伸展，由于用力过猛，把手杖一把甩了出去，他说：“你有大片的地，那你才可以觉得，自己是大的。你总愿意别人觉得你大吧。”安德斯想，父亲到底是要别人觉得他大，还是要自己觉得自己大呢。父亲仿佛听到安德斯的疑问，接着说：“这是农庄主的本能。”

没买那座岛，是卡尔人生的最大败笔。人生中许多事看一时看不清对错、胜败，甚至很多事都不是绝对的，很难说胜负、对错。但对这件事，到了他八十多岁的晚年，卡尔觉得是一目了然的，愈发清晰的。他知道自己将不得不咽下这口气。但越是到了最后，他反而越加计较起来。尤其对这个岛——这本来是他的岛哪！

丹尼尔不怎么会打鱼，如今老爹也不打渔了，丹尼尔要尝尝奥斯南湖的味道，就朝岛的东头跑。跑到邻居罗兰德家，和单身汉罗兰德老头儿一起蹲在门口，抽两口烟，偶尔对着过路的车辆抬手打个招呼。等聊到钓鱼的话题上，罗兰德就领丹尼尔看最近的收获。他们去看地窖里的冰柜。冰柜大而笨，老式的，耗电多。罗兰德显摆了他新钓的大鱼。丹尼尔说："这冰柜塞这么满，耗电厉害，不如我帮你吃掉几条。"罗兰德迟疑了一会儿，就同意了。罗兰德爱钓鱼，一个人吃不了几条。他舍不得把鱼扔了，也舍不得分送人，那可是自家的收获。他舍不得冰柜的电费，可他更舍不得买台新的。鱼挤得满柜的，给丹尼尔几条大半年前就冻上的，就给几条吧。丹尼尔已问到了他罗兰德这张老脸上，罗兰德抹不过面子，他比丹尼尔大了十岁。丹尼尔知道罗兰德的脾性，像知道林子里的一棵老树。

丹尼尔不钓鱼，他更迷恋森林。几十年在林子里钻，思而肯岛的森林不必去说，就是全镇方圆一百四十六公里之内的林子，丹尼尔不用对照地图，就晓得哪块林地是哪家的，哪里多山毛榉，哪里有更多的云杉。丹尼尔一直没什么太固定的工作。前年来了场百年难遇的森林风暴，林子倒了，本来思而肯人在自家的园子里看不见任何邻居的房子。风暴之后，天空空出了一大片，能看见数千米外的一幢房子。家家有灾，人人见愁。这对丹尼尔倒成了福，他们家的树也倒了不少，但他们家本来林子不大。而且，森林公司的人跟他稍一拉呱，掂出他比谁都熟悉这一带的林子，约他一起重新绘制森林地图。

丹尼尔和安德斯隔了条思而肯路，做了斜对门的邻居，丹尼尔和他的女人、孩子住在大屋子里，安德斯住在路对面的小屋，小院。这是兄弟俩以前都没想到的事。

先是姐姐出嫁。接着，丹尼尔有了女人，搬到他女人那儿同居。后来，母亲突患脑溢血去世。父亲蔫了，叫安德斯从德国回来。安德斯很听话，从没想过继承农庄的他住进主楼，父亲愿意辅佐他。安德斯在德国学的是水管工技术，所以就开了家水管维修有限公司。

安德斯长得眉清目秀，找女友不难，但没一个女友愿和他住在岛上。约会到难舍难分的地步，女友就希望安德斯搬到城里去，哪怕镇上也行，反正不能在这岛上。女友这一提，安德斯唯唯诺诺，开始盘算搬家的事。搬家不是说搬就搬的，老爹怎么办，手上好容易盘起来的客户怎么办。到城里，住哪儿呢，可不像眼下是住自家房子。考虑得越多，时间就越是拖下来，想搬，就更难。女友喜欢他没到愿跟他走天涯的程度，他也不确定为了眼前这女友，可以抛开了父亲、一切。他犹豫不决时，和女友的来往就淡了。安德斯开始希望能遇到个愿跟他在岛上过的女人。

还没等到安德斯遇见这样的女人，哥哥丹尼尔却吵着要搬回家来，丹尼尔的女人愿意回来。安德斯从主屋里退出，搬到路对面的小屋去。一个人住在小屋，安德斯不是不怨，丹尼尔早半年回来，安德斯不就可以留在德国，或者和女友一起，想去哪儿去哪儿了。

兄弟俩隔了条马路，各过各的日子。日子是缓慢的，也是飞快的，丹尼尔的儿子越长越大，安德斯也把车换了又换，并且同时拥有三辆。嫂子笑安德斯会花钱，安德斯说："我不用在老婆身上花钱，所以起码得有好车。"

每年冬天和夏天，安德斯开上他的越野车，一直跑到西班牙。他对那里充满了留恋。岛上的男人见晒黑了回来的安德斯，对他挤眉弄眼："在那边遇上女人了？"安德斯嘿嘿地笑，不说是，也不说不是。邻居又抬抬下巴说："真想搬那边去？"安德斯说："说不定还真搬。"过了半年，西班牙的话题却消失了。邻居乌罗夫丢下同居两年的女人，赖在新相好的住处，夜夜不回。被遗弃的女人大哭大骂，然后，给岛上的小伙子安德斯打电话：“过来吧，现在就来，我在床上等你！”她打了不止一遍，完全歇斯底里。安德斯只好把电话线给拔了。但这电话闹得安德斯一夜没睡踏实。一来，他怕那女人会开车到他门上来。老实说，他安德斯是有些怕体格粗壮的乌罗夫，还怕在岛上闹开，大家都是邻居，不好收拾。二来，他想女人，假如有人保证没人知道，没人闹，他安德斯是一定就去了。他的身体对这提议并无反对，相反蠢蠢欲动。假如那女人冲上门来，安德斯真不能保证，自己一定就不开门。让他庆幸又失望的是，女人没来。次日的白天，在羞愤中，那怨妇把行李塞进一辆红色沃尔沃，离开了思而肯，永远地离开了。

但就连这些，也都是五六年前的事了。转眼，卡尔家嘴角有绒毛的小安德斯也已四十五岁，他嘴上的毛有几根已经隐约发白，不合适再到酒吧去搭讪女孩。他也不能去舞会，乡村的那些舞会，如今全被五十岁以上的人占领着，跳舞是他们那茬人年轻时的项目。安德斯就只好坐在自己的小房子里，在台灯下上网。某天跳出个交友网页。他不由得加入了，在那里，他遇见了一个女人。安德斯特意找了个和本地有些距离的人，不至在本地闹出闲言碎语，但也在可访问的车程之内。那女人四十六岁，他跑到她的小城和她一起喝咖啡。她很会笑，咯咯地不停，这对安德斯来说，是个鼓励，好像他说话多么有趣似的。

她叫莉迪娅，中等身高，说不上漂亮，倒也不难看，眼角有不少皱纹，没什么文化。不过她是个结实的女人，让安德斯在床上很放松。他回到岛上，一个人在木房子里发呆。他就给她打电话，约再见面。到了周末，安德斯开上他最好的车，敞开车篷，朝岛的东面桥的方向开。岛上人太少了，路上就更少，安德斯总算遇见路边苹果地里的波兰农民安德烈，还遇见一个遛狗的老女人英伽，他兴高采烈地放慢车速，跟他们说：周末愉快。他知道，周末愉快的只有他安德斯，他开车出岛，在约会的路上。至于把老婆留在波兰的农民，还有独居的妇人，周末对他们，和平日有多少差别呢。这时候，他真感激莉迪娅，于是打开油门，朝桥头开过去，汽车颠簸着过桥，欢快地向前，好像永远不想再开回来。他们就这样，这一周安德斯去见莉迪娅，下一周，莉迪娅来见安德斯，但还是安德斯去见莉迪娅更多。

有一天，安德斯跑到嫂子那里，哭了。嫂子见他神情异常，说："你愿意就跟我谈谈，到底怎么了。"安德斯说："莉迪娅不要我了。"嫂子说："愿意嫁到岛上住，这样的女人如今是不多呢。没个电影院，咖啡馆，没超市，又没服装店。冬天伸手不见五指。每天要起早烧柴。如今的女人，有几个愿意来呢。安德斯，你又不是不知道。"

就在安德斯试图忘记莉迪娅时，安德斯跑到嫂子那里，又咧嘴笑了："莉迪娅来电话了！莉迪娅在电话里哭了，莉迪娅说，她受不了，她想我。"

安德斯很正式地带莉迪娅去看老爹。老爹见过安德斯过去的姑娘，不止一个。老爹即使八十多了，眼光还犀利，一眼看出眼前这一个最土、最老。老爹说："儿子，你找到了对你最合适的！"

安德斯的嫂子就发布了消息："我们家安德斯有女人了。"岛上人说："哦，有了！终于！"以为安德斯决心打一辈子光棍时，就像托莎托普农庄的两兄弟那样，岛上的老光棍可不少见，安德斯，他居然最终是要有女人了。

安德斯甚至带莉迪娅去了西班牙，一个他差一点要移居的地方，一个他邂逅过女郎的地方。莉迪娅只道安德斯喜欢那里冬天的阳光。邻居们不会再跟莉迪娅提西班牙女郎的事，他们需要岛上添新人口。邻居们也开始担心岛上居民有减少的危险。假如安德斯要搬出去呢。虽然只少一个人，一个人在常住人口的三十人中就占不小的比例，在四十五岁以下的男人中就占更大的比例了。

安德斯确实盘算着搬家到莉迪娅那里去，他也试着在莉迪娅那里居住。但最终，安德斯的嫂子，当然，也就是丹尼尔的老婆又宣布说，安德斯把莉迪娅带到岛上来了。说是安德斯喜欢岛，安德斯牵挂这里的客户。但安德斯知道，那不过是因为他和莉迪娅就这样决定了。

安德斯走在那些曾和另一些女人走过的奥斯南湖的沙滩上，并不十分伤感，更多是觉得安慰和解脱。身边这平凡的女人让他变了个人，不再是跟在哥哥、姐姐后头的小安德斯了，他比以前更强大。即使那使他一度着迷得发痛的女人突然从沙滩上迎面走来，他也不会胆怯和逃避——那些都成了生活的幻象。身边这女人，她不比前面的女人美。按说，他该觉得羞愧。但这女人像棵巴根草，把流沙一样的自己挽住了，他所有的自信再也不会被冲走。老爹说得对，她是对他最合适的女人。

他和她一起在湖边，一起下水，一起游到湖心里。他们并肩游泳的姿态浪漫而年轻。就像他们不是四十五六岁，是十八九岁。十八岁的那许许多多的夏天，无论他还是莉迪娅，他们都曾和什么人一起在湖里游水。但是那些人，都不重要了。他把她的脸拉过来，抹去她脸上的水，抹过她的鱼尾纹，他觉得她的轮廓是美的，还能想象她十八九岁的模样。他在心里说：我不知道为什么要遇见这个女人，为什么要爱这个女人，为什么偏是这一个。但我一定是爱的，也许一直，我就是爱的。在我碰到她之前，我就开始爱了的，只是我自己不知道，她也不知道罢了。

爱这女人。这女人不只是一个人。她离了婚，有四个已快成年的孩子，还有一匹马，叫尼吉塔。莉迪娅喜欢马，从少女时代就开始了。

莉迪娅移居到思而肯之后，她的四个已上中学的孩子留在当地，不过她的尼吉塔——一匹母马——一起拖带过来了。思而肯路上有时会看见汽车拖着运马的货箱驶过。有时，邻居许久不见安德斯，再见安德斯，安德斯看起来瘦了，胡子拉碴。邻居很困惑，安德斯不是有女人帮忙收拾了吗？邻居问，忙什么哪。安德斯说："我们前天给尼吉塔钉新鞋掌去了。"或者说："我们最近借了匹马来陪尼吉塔。”连哥哥丹尼尔约他一起去城里看场冰球也不容易了。单身汉安德斯，以前可是每叫必应。现在，有女人的安德斯嗯嗯啊啊地，不说去，也不说不去，他说的是：“你知道，我们有了一匹马。”也有人打趣地祝福安德斯，既有了女人，还这么忙，看来就快有孩子了。安德斯说：“可是，莉迪娅已经有四个孩子啦。”

莉迪娅的尼吉塔，得有个伴，莉迪娅和安德斯总要借匹马回来，或把尼吉塔送到别人家的马那儿耍上一阵，还要找气味相投的马。这让莉迪娅和安德斯拖着马在思而肯路上跑来颠去。马得有伴，这是条养马法规。马单独地过，会不开心。安德斯听莉迪娅第一次这么解释时，想：“那我呢，我可不是在岛上一个人过了几十年的。”

没认识莉迪娅时，安德斯在自己房外的路边装了盏路灯。这思而肯岛上唯一的路灯，不是公家的，是他自己的，在伸手不见五指的思而肯的冬夜里，刺眼般的亮，这让安德斯觉得暖和，连电费也不顾惜。莉迪娅来了之后的第一个圣诞节，安德斯家电灯杆后的院子里长起一棵坠满彩灯的圣诞树。镇上人开车经过，都扭头看这棵圣诞树，就像看见了有女人在屋里。

这是第一年，安德斯没和父亲一起去大姐家过圣诞夜。他有了自己的家。是第一次，在母亲死去后，圣诞夜不再有不踏实的感觉。这年冬天，两个月，雪下个不停。罕见的大雪，安德斯记得这几乎是三十年前才有的冷冬。圣诞节刚过，卡尔家接二连三发生了不少事，那有钱的亲家说死就死了，留下一座岛。卡尔的女婿似乎有把它出售的意思。卡尔想，这又是买岛的机会，但如今的价格，他是想也不要想的，肯定买不了，就算榨干他自己这把老骨头，也买不了。丹尼尔的老婆搬到镇上自己租了公寓。丹尼尔把自己关在大大的主屋里，不大见人，也不怎么开灯。最后，卡尔中风了，不太能说话，不能走路。大女儿因为是一个人在家，就常开车来看父亲。卡尔刚有些好转，就积极地要参加锻炼，他希望至少要再次能开车。但他眼看着就消瘦下去，也不知那座岛是要卖还是不卖，他就死了。卡尔刚死，积雪就融化了，春天的五叶银莲花撒遍了思而肯的院子和林地。

这一年夏天，安德斯的女人和他一起油漆房子。然后，细心的人会发现，他们的马，肚子鼓了，鼓得越来越大。

“我们的马要做妈妈了。”安德斯解释说。一匹老马，它的年纪，是十三岁，对马来说，是和莉迪娅一样的大了，在它这一生里，在几乎不可能怀孕的年纪里，居然第一次怀了孕，产期就是第二年的五月。安德斯给马买了好苹果。他也开拖拉机到邻居文森特那里，买干干的草。草是青的，新的，闻着有香味，吃着有营养。安德斯甚至去参加了镇上一个马校学习班。从来对马儿、牛儿没兴趣的安德斯，开始关心起马来。

马是提前出生的。水管工安德斯，像往常一样在下午四点收工。他回家来，天还大亮着，晴好的五月的天。他看见尼吉塔在草地上转来转去，偶尔停下来，有些歇斯底里地狠狠啃两下草地。然后它居然很反常地倒退到丁香花灌木丛那儿，把身子在丁香丛里磨蹭来磨蹭去，像是搔痒痒。安德斯赶紧给莉迪娅打电话，莉迪娅说：“那就是快生啦！”莉迪娅还在她原来居住地的工厂上班，开车到岛上来，单程要一个小时。安德斯可是第一次碰到马儿生产的事儿。

母马尼吉塔慢慢离开了丁香树丛，安德斯在草地上又铺上点干草。他想，他能做的也就只有这些了。尼吉塔开始躺下来，喘着气，发出低低的鸣叫。它的肚子有节奏地收缩起伏，然后，几分钟后，一条裹在薄膜里的腿，从身体里出来，伸向五月的光线里。然后身体里又伸出了另一条裹在薄膜里的腿。尼吉塔继续地喘气，这会儿安德斯看见了马头，他过去，将裹着马头的薄膜拉开些，他想让小马儿好好透口气。这时，尼吉塔却停下来，好像生不动了。莉迪娅一边紧张地开车，一边对汇报情况的安德斯说：“安德斯，不能让它停，停下来就危险了。你帮它把小马的腿往外拉拉看。”

安德斯有些胆怯地抓住小马的两条腿，他不知道怎么用力，他不敢，怕弄疼了母马和小马，但他更怕它俩死了。他让自己定下神，轻轻地，拉起来。尼吉塔低低地叫出声来，安德斯以为自己弄疼了它，但他发现，尼吉塔的肚子又起伏起来。小马的身体在最后的一次起伏中，顺势，和着一股水冲出来，冲到了草地上。小马湿漉漉的，因为水。安德斯也湿漉漉的，因为汗。尼吉塔躺在那里，没像莉迪娅说的，立即站起身来，但尼吉塔竖着双耳注意着小马这边的动静，也回头用眼睛盯着小马驹。它鼻子的深处发出一声声低鸣。小马听见这声音，昂起了头。五分钟后，尼吉塔突然站起来，脐带自然地断了。它立即赶过去，对小马柔柔地一股脑儿地亲吻。然后，她舔周围带血的一切，最后把那棕色的衣胞也一起舔进肚子里去。

马厩里的母马和小马驹

看见母马和小马都还平安，安德斯放松下来，兴奋地想，还没弄清楚那到底是小子还是闺女呢。小马像正好懂安德斯的意思。它伸着前腿，抬起头，要从地上支撑起来。莉迪娅已在电话里关照，要尽量让小马自己站立。小马试了两次，都瘫倒下去，每一次瘫倒，母马都上来低着头，亲它，低低地哼上两声。第三次，小马颤抖着，颤抖着站起来了，小心翼翼地走了第一步，停下来，颤抖着走出第二步，然后，它每多走一步，都抖得少些。它开始围着妈妈转圈儿，微微抬着头，伸出小舌头在嘴边打圈儿。安德斯趴在地上，看清楚了小马驹的身体下，拖着个长长的小玩意儿。尼吉塔站着不动，只用嘴轻轻地推一推小马的背和臀，把它引到自己的身体底下。

就在这时，莉迪娅的车开进了院子。她飞奔过来的时候，小马驹已经找到了奶头，在黄昏的草地上，听得见它吸吮的嗞嗞的声响。

安德斯和莉迪娅紧紧地搂着，脸贴着脸，一同看着他们自己的小马。他们说，接下来，该给这孩子想个最好的名字了。安德斯把生产的经过详细地讲给莉迪娅听，告诉她，这是个男孩。这是莉迪娅的马，当然最终该由莉迪娅做主，但这也是安德斯的马，他得出出主意，在安德斯的一生里，还是第一次，要给孩子起名字呢。

我和牛群

我一直以为自己喜欢牛。牛，吃的是草，挤出的是奶。有什么理由不对它抱好感呢。

某年夏天在松斯莱特，父母和妹妹也来度假。有汽车打院门前开过，又开回来，车里人摇下窗喊：你家牛跑了，在西头路边的草地上躺着呢！摇上窗又开走了。

这话怎么说的，我家没有牛，整个思而肯岛也没一头牛啊。

思而肯有几座农庄，当然有牛舍，但都空着，打扫得干干净净。岛上有处地名叫牛奶棚。我家的牛奶架站在鹅耳枥篱笆外的路边，被摄影家取入镜头，成了漂亮的明信片。我很为它得意，特意买了一大叠。但养牛对思而肯来说，是二十世纪八十年代之前的事了。过路人的话真蹊跷。

过了几天，我和妹妹正在楼下的厨房里，妹妹突然尖叫起来，定在窗前。我想，她真会大惊小怪，也跑到窗前。我也尖叫了一声，然后我俩同时尖叫起来。六七只黄白相间的牛，肥肥硕硕，就在百米外的苹果树林子里，或躺或立，说不上是乘凉、吃草，还是嚼地上散落的未及成熟的小苹果。这是在我家的园子里——怎么可能是真的呢！

妹妹和我动弹不得。牛群倒骚动起来，向院门口奔。一群牛奔，虽朝背离我们的方向，还是让我有压迫感。沉甸甸的肉团子弹跳着。它们奔出大门，往东，被遮在角树篱笆后，没了影。

这时，妈妈已从楼上冲下来，问出了什么事。我们叽咕着，哪来的牛呢，牛怎么选中这里，是看中苹果还是草呢，既是刚来，怎又急急地跑了呢？妈妈说，你俩那叫法，还不把牛也吓坏了。

我们终于敢跑出门去。靠近院子门口的几棵苹果树下，鼓起了两堆还在冒气的牛粪，一只大大的牛脚印，把其中一堆踩扁了一角。

妈妈说："一边逃跑，居然还非要拉泡屎。"

牛是忽然没了影，两堆牛粪成了凭证，院子里确实出现过牛群。也确实如妈妈说的："还好，还好，这牛粪，大归大，倒不怎么臭。"妈妈折回屋，拿了簸箕、笤帚再跑出来。牛粪比簸箕大多了，不算臭，又是在树底下人不必走到的地方，妈妈没下得了笤帚。我们很快忘了牛粪，等再想起来时，倒看不见了。怕是被草遮了，不至那么快就做了苹果树的肥料。

隔了数周才听帮工玛替尔斯说，是牛奶棚宿营地的主人乌罗夫借了几头牛，指望省下整个夏天割草坪的体力和时间。谁料这群牛天天跑。从牛奶棚的宿营地到我家的松斯莱特，开车要十分钟。牛居然走那么远吗？换了我，可走不动。"不是从大路，"小伙子玛替尔斯喜欢装酷，毫无表情地说，从牛奶棚到松斯莱特有条捷径，知道的人不多，他自己也只走过一两次。这条路线让牛发现了，它们先向东跑，再穿森林往南，也不赶路，凭兴致这里嚼两口，那里歇两脚，就奔到我家西头数百米外的草坡上了。那片草坡我知道。总是能看见鹿群在那里出没，但也总是远远的，特别在清晨和黄昏。草坡的尽头是森林。从草坡到大路，也会惊现野猪出没的痕迹，野猪在深夜来挖树根，拱出大片泥坑。而在夏天那些光亮中的静夜，那片草坡很为雾气钟爱，雾的水带，一条条，在半空里，在草尖上，或浓或淡，或上或下。——那么，前些天，路人看见的就是一路狂奔后在那里休息的牛群了。

夏天是露营地的大忙季节。那个夏天，原本撒尿都没工夫的宿营地主人多了项工作——不时召集几个男人一起找牛。思而肯本来居民少，壮年男人更少，只好把扎营的客人都拉上。在方圆十公里、森林密布的岛上，要嗅出牛迹，把牛从撒野的林地赶回宿营地的草坪上，这是童话。折腾了两周，不见牛改了脾气，倒把乌罗夫弄成全镇的笑话。因为沿思而肯路开车到城里，不少人在不同时段见识了乌罗夫要抓的、偷跑到路边的牛。乌罗夫只得求牛主人把牛领回去。乌罗夫一米九五的个头，集卡司机出身，说话喘粗气，走路总是要碰倒点什么的架势。但照玛替尔斯的话说，乌罗夫那满不在乎的行走姿态，更可能是掩盖内心的怯懦。

思而肯又没了牛，即便是牛奶棚顶着那么个名儿，也没了牛。

还是斯莫兰省，还是岛。

思而肯是湖中岛，围绕乌兰德的是波罗的内海的蓝色海水。

乌兰德北部一个叫蜂蜜坡的农庄附近，路上不时躺着几根排开的铁棍子，是拦牛栅栏。教堂院前有，农户院前也有。走在上头，我总担心踩偏了，脚指头陷进铁栏的缝隙里去。骑车或开车经过，能感到轮子的额外颠簸。那玩意儿防的是四蹄子牲畜，特别是牛。乌兰德到处是牛，黑白、黄褐、全黑、全白，体格多硕大。在七月里，草坡上看得见不少牛犊子，一只、两只跟在各自的妈妈后头；或是牛妈妈一动不动站着，任小牛仰着脖子咬住奶头，母牛妈妈的乳头粉红粉红地挂着。偶尔，牛堆里也有稍大的牛娃，撒了野，跳呀跳的，试图能跳上比它大一倍的母牛背。人看见了狂笑，牛群倒对之熟视无睹。

在蜂蜜坡的那个夏天。每天早晨，我刚直起身，就能看见窗前樱桃树边的石头矮墙外，牛在吃草。走近去，听得见咔嚓咔嚓的大声，简直就是用嘴割草。早晨的牛，嘴巴全贴在草面上，我怎么跟它们说话，大多头也不抬。只偶尔有一个开小差，直不愣登地走过来。急急忙忙地扯下两根草递到它嘴边，没吃，低头在紧挨着我的石头矮墙边，啃上两嘴。两根草对牛来说，就不像草了吧。

牛群在草地上吃草，有时也在草地边的松树或橡树荫下休息。

吃草的牛

过上一两个时辰，就挪了地方。牛群在草地上的方位，大致能给我报时。到傍晚七点左右，我房前的那群牛，已经跑到了大海边上。地上的花牛由北向南，低空灰黑色的野鹅由南向北。白色的海鸥立在海水中的乱石上。

暮色中看见牛群，让我不得不念叨那句诗："这是最美的，当夜色降临。"也让我以为，那当然是牧归的牛。可是到了夜里十点多，还是看得见牛群自个儿在月光下的原野上游荡，也还是会有牛吃草。

某日傍晚，我和外子在原野间的小路上骑自行车。风吹草低，露出一群牛在偏离小道的一堆乱石和一丛榛子树之后更隐秘的草地上。我让外子继续骑车，自己把车倒在路边草堆里，涉草而入。我想和牛在一起。

四周很少人的声息，空气清冽。牛都站着，没怎么吃草，也没躺下。突然，有一头牛看见了我，它的目光定格，脸庞和躯体跟着也定格，一起盯了我有一分钟，慢慢地身体开始活动，它朝我的方向过来了。它移动的同时，紧挨着它的一头牛跟着走过来。它们附近的牛停止了原先的动作，转身朝我的方向直立。

牛走向我并不少见。但这次，这两头牛的举止不腼腆，也无要人抚爱的意味，不是慢吞吞挪步。特别那打头的，走得猛。分秒间，足有两百平方米的草地上散落的几十头牛，一起朝我的方向转了头，开始迈步。

领头牛从草地的中部走到石头边，毫不迟疑地，跨过了石头，它后头的那头牛也跨了一半。我慌忙后退几步，然后不得不跑开来。牛不见停，反而加快了速度。真是近在身后了。我感到已来不及绕过高草，像来时那样，看不见也顾不上看脚下是什么，只拼命跑。我意识到自己一声没叫，事后想想，原来真到了最紧急而害怕的时候，连叫也顾不上，至少我是这样。

牛群加速度地跨步奔来，没声息的。我不敢回头多看，也不敢绕道拿自行车。跑上小道，跑开很远，再回头，不见牛在道上，这才放下心来。

冷清的小道上，风吹过来，吹过去。蚊蝇已成团地在路中的低空盘旋。终于看见外子骑车转回来。我们小心翼翼走回那块地，牛群没退回有乱石的北面草地，却在南面散开来。带头追我的那头牛站在队伍最后，离路最近的地方。外子将自行车拖出来，那牛停止摇摆，一动不动地瞪我们。车坐垫湿着，还沾了小小的排泄物，很可能是傍晚草丛里睡觉的鸟留下的。我还怀疑，那领头的牛偏知道是我的车，特意撒过一泡尿。

次日午间去村里教堂的路上，我又认出了路西头那块我被围追的草地。这会儿牛群跑到了路的东面，当然是同一群牛。在艳阳下，它们大多埋头吃草，也有抬头打量的，和我对视，目光只越过我，目光里毫无表情。这无表情的表情只有两种解释：根本不记得我，不记得我就是昨夜它们要围堵的人；或根本不在乎我，我是完全可忽略的无意义存在。昨夜的那一幕只是我个人的，和牛群无关。而在我经历的那一刻里，在那短短十五分钟的暮色、草坡、乱石和凉风里，它们要追赶的究竟是什么呢。

蜂蜜坡的一个养牛人乐呵呵地说，那是群年轻的牛，追着我，不过是好奇。奔牛，数百平方米野地上的一群奔牛，那只是一种

艳阳下的牛

集体好奇吗？我不懂牛的声音言语，何况当时，它们没吭声。但躯体的语言和眼睛的神色，应该不用翻译。不，那不会只是好奇。

雷

自打夏天刚开始，思而肯路上，也就是从乌索特镇到思而肯岛的这条路上，路两旁，就不只是花和树。人，当然还是看不到几个。到仲夏节前夕，开始看见路边的一两块地里散落着一大帮人，所谓一大帮，只是乌索特的相对概念，就是五六个，红黄蓝绿的，穿着汗衫，散落在一畦贴地高的绿色里，每到夏天就来的波兰人，拖家带小在摘草莓。不过那也不是每天可见的风景，草莓还不需要每天都摘。

沿路多出来，又固定能见到的是牛。感觉到路边有些分量十足的影子。十多头黄牛，拖着笨重肥胖的身子，缓缓地，或站着或吃草，或卧倒在地上。那卧着的，有些在看野鸭子打架，有些任鼻梁上停息了一窝黑色的牛蝇。屁股上被叮上了什么的，晓得甩一甩尾巴；鼻梁上有了一窝黑点，竟也不觉得痒痒，不晓得抬手把牛蝇挥走。也不是所有的牛鼻子上都有一窝黑点点，是有那么一两个小倒霉蛋，看着天，无处隐藏自己一鼻头的污垢，一脸无辜。

沿路多出来的就是这样的一些牛。突兀地立在半高的草地里。夏天，草生长得跟温度一样快。有相熟的农人养了牛的，会被别的农人约了牛来吃草，是两相情愿的交易。牛吃草，比之割草机有时来得更好，牛不仅是吃草，还可以吃掉一些草地上横生乱长出的灌木的根，小树的根。

这一年的夏天，在七月初，天气闷热起来。气温也就是二十四度左右。一股每天都来的闷热，主妇的郁闷一般，集聚了几天，终于还是忍不住，爆发成一阵咆哮，每天都来，还不止是一次——那是雷雨。雷不晓得到底该算阳性还是阴性。照本地谚语所说：夏日的天，好比女人的心，说变就变，不可捉摸——那么，说雷是妇人的怨声，倒也贴近吧。

这七月初的天气，雷雨断断续续，竟然持续地打了一天的雷，方圆几十里的人都能一起感受那怨气的深厚。难得来度假的德国客人总是期望好天气，一般说来，就是天下雨也不怕，下雨可以垂钓，雨天的鱼儿更易上钩。独钓湖中鱼，是种享受。可是，雷一来，游泳的赶紧离水，船都靠岸，连蚊子都躲起来了。

雷电来也是有预兆，若没看天，光坐在自家厨房里的，没来由，桌上的电话就是一阵脆响。以为有谁惦记着自己，兴高采烈地接起来应了，对方却沉默无言。刚放下话筒，雷声就炸开了。赶紧把电话线拔掉。房顶上虽说装了避雷针的，还是保险最好，在思而肯，每个农庄的储藏室里准保都能找出一堆雷打坏了，又没舍得扔掉的电话机。

雷雨天气的第二天，《斯莫兰邮报》上，有条不大不小，却被乡间人广为谈论的新闻：马死了。雷电击中了斯莫兰的两匹马。雷声响到第三天，日报上又有条新闻：一群牛死了。雷电击中了一头牛。一群牛在一棵高大的橡树下边，挤着，静静躲雨，然后，就全都死了。

乡里人是这么说的，橡树底下就是不好躲雨。橡树大多是孤零零高高独立。但谁也说不清，牛，学会了躲雨，那么多年了，怎么就没学会避雷？

小伙子玛替尔斯在雷雨天里，给院子除草，他不怕雷，他被雷电过。

那也是个七月。牛奶棚宿营地里有个德国人过生日，玛替尔斯也去凑热闹。他抵在德国人白色房车里的小冰箱前喝啤酒。突然天阴了下来，天上有闪电。一声响雷，大家还是照常喝酒，玛替尔斯也是。突然，玛替尔斯看见自己的右小腿部位冒出火焰，火焰闪烁了两下就熄灭了。他猜雷是打在他的臀部，顺着腿走掉了。小腿出了血，没有特别忍不住的疼。立即被救护车送了医院。医生慌忙做了各项检查，心脏、肺，等等，都还是好好的，没有积水。转眼七八年过去，玛替尔斯小腿上的一点疤痕竟然也消失了。只是，打那以后，碰上雷雨天，玛替尔斯的腿会有微微的疼痛，说不清是雷电的记忆还是他心理的记忆。

但玛替尔斯没因为被雷击了一次而害怕，相反，他喜欢雷，他喜欢雷声。这会儿玛替尔斯看看天，看天上那群生闷气的乌云，究竟悬在东头还是西头。他的父亲打开窗户，朝他喊：就要打雷了！快进屋！玛替尔斯不紧不慢地说：慌什么，雷还远着呢。然后继续低头干活儿。

玛替尔斯说得不错，那是云头的雨，云里的雷。乌云并没有到他头顶上。

那一年，那一周过后，乌云一飘，雷就不见了。仿佛夏日这女人这当儿开始了一场热恋，心是暖融融的，连着竟都是艳阳天。

乌索特的移民

夏天的乌索特开进很多旅行车。乌索特的商店不愁没生意。平时宽敞的店里挤满了说德语、丹麦语的家庭。买东西不用花钱似的，想拿什么就拿什么，他们一扫荡，货架上的货品被卷到食品小推车里，那里堆满吃的喝的。脸上长了小雀斑的少男少女，壮硕的男人和精干的女人，也不是阔绰样子，但比本地人看起来总还是不同。说话语速偏快，语调也不如当地人柔和，这都暴露出他们的身份——旅游者。如果在公路上，乌索特人的车被一辆车很不耐烦地紧逼着，然后，那车终于在蜿蜒的小道上找到机会，“嗖”地一下飞过。不用看牌照，就知道，那是辆德国车。德国人，尤其从德国都市来的人，开不了慢车。而乌索特人，开车在蜿蜒狭窄的乡村路上，都稳稳当当，悠悠地任夏天的风吹着，不紧不慢地看夏天的风景。

到这里来的旅游者那么多，在乌索特过上一个夏天，就会萌生买个绿森林中湖水边的红色木屋的念头。然后，干脆成了永久移民。带小孩迁来的家庭不少，至于退休的，移居乌索特就更是少了就业等方面的顾忌。

移民，特别德国移民，不像乌索特人那么腼腆。他们不请自来的到乌索特人的院里，摇摇门口的铃铛。借个工具，问个地形，提出到你家的地里拔一把蔬菜，摘两个苹果。一来二去，他们和乌索特人倒也成了熟人，能一起坐在湖边纳凉说笑。

德国人逗乌索特的老实人："夏天的蚊子和夏天的德国人，你更喜欢哪个？"

乌索特人很迟疑："真要我说吗？"

"那当然。"德国人爽快地鼓励。

"蚊子。"

"为什么呀？"

乌索特人脸红了。但他已没有退路，只好把话说完："夏天一过，蚊子就没了。可你们德国人，夏天过了几年了，你们却留了下来。"

这是真的，所以听乌索特人这么说，德国人只顾得上笑。

在乌索特镇中心，有那么一个老人，从老人院跑出来，立在路边，每见有车开过，都很地道地挥手致意，满嘴嘀咕的是德国话。他是早期移民，来了快二十年了。瑞典话他本来是说得滴溜溜的，八十岁左右开始有记忆障碍，不到半年，瑞典话就全忘了。

好在，乌索特的瑞典人还有不少人会德语，能和德国老头儿说上几句。芬兰来的女人玛尤如今七十岁，特别关照她的瑞典丈夫，万一哪天，她开始光说芬兰语，拜托，一定要把她送回芬兰。在北欧，挪威、瑞典、冰岛和丹麦语基本不用翻译，彼此也能懂个八成，芬兰话却是完全与众不同，懂的人少之又少。

乌索特的移民中，除了德国人多，丹麦人也不少。丹麦人入了瑞典国籍，也还是喜欢聚在一起，庆祝丹麦女王的生日。有个新入了瑞典籍的丹麦女人在瑞典的国庆节发表入籍感言："从前，丹麦侵占过南部瑞典。现在，在乌索特，我的左邻右舍都是丹麦人，丹麦人又打回来啦。"乌索特人听了不生气，也乐呵呵地笑。

镇中心唯一的一家综合小超市，叫"乌索特生活"的，经营者是个土耳其人大家庭中的四兄弟。现在五十岁的长子是在五岁时随父母来瑞典的，其他三兄弟都在瑞典生瑞典长。四兄弟的父母，瑞典语说不上几句。四兄弟的太太是土耳其的表姐妹，住到乌索特以后，学了些简单的瑞典语。兄弟四个和他们的孩子，瑞典语却说得完全地道。

乌索特的男人在店里买包烟，也不忘谈谈足球，那年正好是欧洲杯足球赛。并且，土耳其队偏偏要和瑞典队打一仗。乌索特的男人问四兄弟里的老大："那么你的心为哪一边呐喊呢？"老大说："当然是瑞典。我可觉得我是瑞典人，乌索特人。"

三人碑

托莎托普的约翰森家就剩下从来都是单身的两兄弟，一个已经退休，一个也快六十了。大家常说他俩孤单，但两兄弟中的弟弟马格纽斯要装修房子，不找本地最吃香的木匠尤斯塔，却找木匠卡六安，有人很纳闷，马格纽斯说，因为他是卡六安的半表兄。

独户的马格纽斯原来不完全独，还冒出半表兄来。乡下表弟兄多，几乎人人都能扯上点关系。不是咱家自己这一辈和你家的谁是表兄，就是父辈是表兄，不然，算到祖父辈，如果还是没找到，那就再上推一辈。几乎没有找不着的。一半的关系，也听说过，比如半兄妹，就是同父，或者同母。但半表兄这话，一般真是闻所未闻。马格纽斯的半表兄怎么来的？你要真问，马格纽斯倒也就转移了话题，好像嫌自己说漏了嘴似的。至少，他不愿意在公开的场合提到桌面上大声来说。

其实，这在思而肯就不是个秘密。和思而肯的人扯起大天来，马格纽斯就不扭扭捏捏。相反，他是一副庆幸的神情，有半表弟，比没有强多了。半表弟卡六安的儿子喜欢鼓捣电脑，还帮马格纽斯装了些软件呢。卡六安也是个猎人，卡六安的老婆会把野猪肉灌成肉肠，送给马格纽斯几根，也会烧鹿肉，给马格纽斯送来一小锅。有半表弟，真比没有强多了。当然，照邻居丹尼尔的意思，这笔交易划不来。马格纽斯总是要死的，房子有一幢，平时没啥开销，积蓄往少了说也有二百万克朗。拿所有这些换几根肠、几碗肉，唉，丹尼尔可真愿意做卡六安的儿子。当然，丹尼尔也想到，拿了人家的积蓄，将来卡六安的儿子是少不得要去给马格纽斯扫墓的。麻烦是麻烦点，但买一点花草的事，实在花不了几个钱。总之，当马格纽斯的半表弟的儿子是划算极了。

乌索特地方志上，在很久之前的某一期，记载了一些思而肯的农庄。关于托莎托普，也有寥寥数语。托莎托普的男人英格玛在三十四岁就死了，儿子两岁。他的未亡人爱米三十一岁。一年后，松斯莱特一号的农庄主，二十六岁的尼尔斯跑来问爱米，愿不愿意跟他一起过。

收拾了点细软，爱米抱着儿子坐上了尼尔斯的马车。下一年，爱米给尼尔斯生了个儿子。她的长子在尼尔斯家长大，到十四岁，自己搬回了托莎托普。托莎托普已有年头没有整治了，他在那里当家，娶了媳妇，有了自己的两个儿子。这十四岁回到托莎托普的人，马格纽斯捧着这本地方志说，那写的就是他父亲。

就是说马格纽斯的父亲和卡六安的父亲是同母异父。马格纽斯和卡六安有同一个奶奶。要是有谁在半个还是四分之一个表兄这字眼上跟马格纽斯较真，马格纽斯就有些急，说，反正我和卡六安是亲戚。他还撂下个证据，现在，他和卡六安共同的奶奶的墓地就是他在管。

这是真的，马格纽斯最爱上教堂的墓地，和墓地的园丁混得比谁都熟。他奶奶的墓地起先是他爷爷一个人的。爷爷死得早，葬在教堂东北面的旧坟区里。奶奶在七十五岁那年死了，死前自己光说要葬回托莎托普。她的第二个丈夫和她的儿子们琢磨她这意思，一定是说，要和早先死去的英格玛在一起吧，怕伤了尼尔斯的心，才用了这样含混的表达。很少有人葬在家里的地里，本地的习惯，都是进教堂的墓园，墓石的底部刻上家庭的所在地，比如“托莎托普”这地名在英格玛的墓石上就有。墓石上方，在“英格玛”这名字下，本来就留了空，等好了爱米来填充的。

到尼尔斯死了，明明白白地留下话来，他要和他的妻子爱米在一起。尼尔斯就也被葬在和英格玛、爱米同样的墓穴里。到底，棺材在地底下怎么放的，不知道。但在碑石上，看得见，是在爱米的名字下面，加刻了一行小一号的名字“尼尔斯”，在“托莎托普”底下，用小一号的字加刻了一个“松斯莱特”。字小了一号，有些别扭，但也是不得已，不然，就刻不下。

过了五十年，原来的碑石长满了苔斑。这样自然的石头，好是好，就怕长斑，要好好刷洗，有些又是刷洗也不一定顶用。马格纽斯左看右看，觉得不如换个新的。就找卡六安等合计，定刻了新碑石。这新碑石上，内容和旧的完全相同，次序也同，不过尼尔斯的名字、生日、忌日以及松斯莱特的地名，不再是小一号，挤挤挨挨的了。

喜欢在墓园里走走看看的人，走过这新立的旧碑，不免会说：咦，这块碑，三个名字，两个地址。

乌索特的安琪儿

圣诞节是连路灯也要装饰的。长长的思而肯路在岛上的一段没有路灯，只在靠镇中心的那一段，才有点市镇的灯火，在圣诞节前，那四盏电灯杆上延伸出一段松枝来，松枝扭成了星星的形状。思而肯路的灯饰是平常的、经典的、中规合矩的。

圣诞节路灯的装饰，在南边的瑞德镇却只是在电线杆上绑了棵小松树。偷工省事，透出瑞德镇近年的每况愈下。从瑞德镇往北开车十英里，就到了乌索特镇，首先能看见灰色大教堂的尖顶。

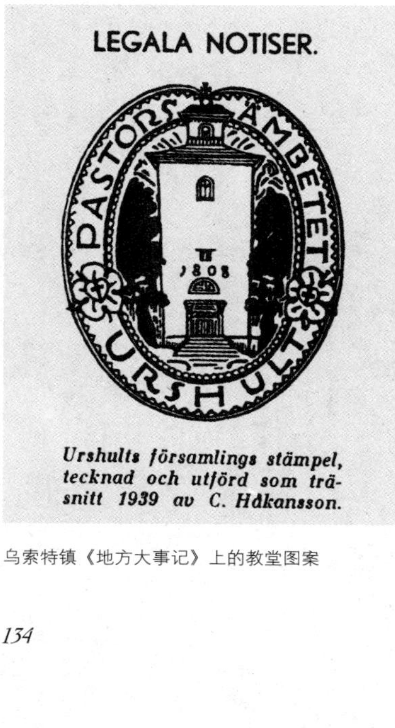

乌索特镇《地方大事记》上的教堂图案

乌索特教堂的路口，电线杆比往常更亮了，那里的装饰是一排安琪儿。这排装饰从教堂门口开始，一直到教堂外的十字路上。又或者说，这样的装饰先在十字路口徘徊，然后回归到教堂脚下。

细心的人开车到此，眼前一亮，一个问号脱口而出：咦，这里的灯饰不同一般呢。

久居乌索特的人就知道，这灯饰的历史跟他们住在镇上的历史比就短得不值一提了。教堂这一段，本来并没有圣诞灯饰，直到三年前。那些灯饰是皮特森夫妇赠给教堂的。

通常给乌索特教堂作捐赠的人，在乌索特也算有头有脸，尤其是都有些产业。比如去年，大花房的老板为唱诗班成员每人捐赠了一套新服饰。克若波公园免费提供花卉装饰教堂二百年大庆的回乡大弥撒。

皮特森夫妇六十岁左右，男人在伐木厂做工，女人是家庭主妇。这样的夫妻在乌索特很多。通常他们在周末坐在教堂的长条板凳上听弥撒。在弥撒的终了，乐曲声中，教堂的工作人员提了长柄出来，长柄的终端有个小布袋子，工作人员钓鱼一般将布袋子伸到每人面前。每每这时，皮特森夫妇就把手心里早捏好的二十克朗，规规矩矩地投进去。这样的举动，也许一周一次，也许一年两三次。皮特森夫妇在乌索特教区居住了一辈子，皮特森先生的衣服，皮特森太太的发型，这都让人要定神想想才能曝光出一些细节：衣服很可能是伐木厂工人爱穿的带荧光粉的工作服，发型很可能是前头一刀、后头一刀的二道毛，全是在琳达发廊下的剪。到了这把年纪，乌索特的男女看起来大多如此。总之，皮特森夫妇活了大半辈子了，没做过什么惊天动地的事，当然，这是说乌索特的天地。

皮特森夫妇本来在教堂走动也就限于年里听几回弥撒，数年一次参加熟人家的洗礼、婚礼或葬礼。到了近年，凡有教区的集会，反而总能看到皮特森太太带着她的二道毛，在教区的厨房义务配膳。皮特森先生在厨房里个头粗大，笨手笨脚，举轻若重，却跟在太太脚前脚后打下手。他们就这样度过了不少的周末，简直是把他们自家的厨房搬出来了。

他们的家里本来不光是夫妇两个，皮特森夫妇有过一个儿子。二十八岁的儿子，身板和皮特森先生一样挺拔，脸形像皮特森太太一样椭圆。四年前圣诞节前的一个夜晚，他开车开到教堂门前的十字路口，撞上突如其来的大雾。圣诞节前夕，乌索特的夜总是最黑最暗。

儿子死了。太太到底还能哭，还能哭哭啼啼地说话。皮特森先生一直沉默不语。本地牧师去走访，试图跟皮森特先生拉呱两句。皮特森先生只一味地听，就连听也是走着神的。

大半年后，牧师又去走访。皮特森先生这次似乎有话要说。他把牧师领到工作间。

“你给看看！”

工作台上，一堆卷曲的铁丝。

皮特森先生把铁丝竖起来。

牧师再看，看见了一个侧脸、闭目的安琪儿，说不清是温柔、幸福还是感伤。

牧师没像以前那样试图开导皮特森先生，只用力和皮特森先生把手握了又握，连皮特森太太煮好的咖啡都没呷上一口，就匆

图片：圣诞快乐

匆地回府。牧师要和地区有关部门联络些事儿。

一周之后，皮特森先生得到牧师的电话，他在工作间里捣鼓得更起劲了。

到了那年圣诞节前夕，沐浴在金色光线中的六个安琪儿一夜之间悄然停息在乌索特大教堂十字路口、那一溜高高的电线杆上。

从那以后，安琪儿每年都再回来。也只有在乌索特，才能见到这样的安琪儿。

红腹灰鸟

一

霍康的老婆安索菲搬出了思而肯岛。这是岛上的新闻，也是乌索特镇上的。岛上没几个人，镇上也多不了几个，每周发生不了多少新鲜事。人们在叫“乌索特生活”的小超市买杂物，或是到丽莎发廊剪头发，都是要好好聊聊的，问，最近有什么新闻。若听到什么不好的消息，当然很吃惊、很痛心，说，太可惜了，太遗憾了。但老实讲，不好的事情像是被大家追问出来的，总得问出点什么来。某个老人不在了，谁家兄弟出了车祸，于是有一个也曾丧子的老妇人居然露出宽慰的神色——不光是她有这样的痛。但她年纪大了，听话传话的当儿，搞错了一些细节，把比萨店的兄弟搞成了杂货店的兄弟。这样的消息，从不透明到清晰，在被人一次次讲述和询问中越来越接近最正确的版本，而到了这时候，差不多也没多少新滋味可咀嚼，人们又在等新的消息了。

人人都愿意自己是听和说的人，但不要被说。就像听日本核泄漏和阿拉伯局势一样，听和自己无关的新闻。可惜远处的新闻又不够劲儿，要近处的张三李四才好，但又要自己始终置身事外。

“乌索特生活”负责收银的店主，还有丽莎发廊的理发师就是镇上最大的两个情报收发员。小镇上发生的大事小事，只要有一个人吐露出来，就早晚会成了全镇皆知的事情。镇上人碰上，比如在加油站、在公园，彼此先寒暄，然后并不想走，在这没多少人的地方，遇见个熟人，可得好好拉呱两句。现在，他们慢条斯理地说，霍康的老婆安索菲搬出去了。那发布新闻的有些抱歉似的，没什么重货色提供，听新闻的略微诧异，但不像受了大震动。说和听——关于安索菲出走，这又不是第一次了。人们表示遗憾。叽咕着怎么就分开了呢。只有傻大个子瓦匠阿克瑟半张着嘴，似笑非笑，他有两米高，还有大嗓门，简直是电线杆上的广播喇叭，他半张着的嘴巴突然开播了："嘿，爱情，"他吹了个口哨："飞了。"

从三十多岁，到五十多岁，也有二十年，安索菲确实从思而肯搬进搬出好几回了。安索菲嫁给思而肯岛的霍康并不是初婚，但安索菲总说，霍康是她的初恋，她一直喜欢霍康，初中时就喜欢了，他们是同班同学，"那时的霍康那么帅，很多姑娘喜欢他，霍康眼里可没有我。"然后，她咯咯地笑出声来，甩了甩在丽莎那里剪的短发。

中学毕业后，霍康有了女人。安索菲也嫁了人，有了一儿一女。小女儿五岁的时候，她男人在外头有了相好的，还有嗜酒的毛病，安索菲带着孩子离了婚。

安索菲离了婚也才二十九岁，在镇上的老人院做护士，劲头十足，手脚麻利。病人里有个老人和她蛮投缘，有事没事就聊两句，一聊，才知道，那人来自思而肯，还是霍康的爷爷。她去老人的病房更多起来，有意无意说说霍康。有一天，老人对她说，姑娘，霍康现在是一个人，正伤心呢。后来，安索菲在和霍康生活了几十年后还会很深情地想念这老人，总说，霍康的爷爷是愿意她和霍康在一起的。霍康的爷爷是把他俩拉在一起的人。

得知霍康正在伤心，那天晚上，安索菲将孩子们早早地安顿了上床，拿起了电话。电话那头的霍康想起了圆脸的爱哈哈大笑的丫头安索菲。他们在那个周末见了面，去看霍康最喜欢的冰球。安索菲从来都不喜欢冰球，但那个寒冷的冬夜，在她觉得，是那么甜蜜。她居然和她一直喜欢的霍康在一起。霍康也喜欢身边这圆脸的女伴。她还叫安索菲，但她不是一个人了，她是一个八岁男孩和一个七岁女孩的妈妈。

可惜，霍康的爷爷不久就死了。霍康的老爹得知儿子有了安索菲很不高兴。霍康是长子，是要继承农庄的，儿子跟带崽的女人结婚，万一有个好歹，农庄会落到外人手里。霍康的母亲凡事听丈夫的。父母虽不好阻止成年的儿子，但态度明确，对安索菲冷冷淡淡。安索菲闻出气味，霍康索性搬出去住到了安索菲那里。可见儿子是听了女人的话，这把霍康的老爹气坏了。

霍康和安索菲住在安索菲外婆留下的房子里。安索菲的孩子和霍康也能玩在一块。到第四年，安索菲怀孕了。安索菲和霍康没结婚，生下的女儿跟安索菲姓娘家带来的姓“永贝里”，长得也更像妈妈，是圆脸。

到女儿八岁，有一天，安索菲和霍康走进乌索特教堂，除了牧师和一对朋友，没其他亲友。等他们出来，他俩开车到城里，拍了张合影。安索菲穿条酒红色的长裙，霍康着蓝色的西服，有些忧郁，但更多的还是兴奋，那丝淡淡的抑郁倒成了一道酷酷的底色。离开照相馆，安索菲给母亲打电话，报告说他们结婚了。母亲立即邀请他们去吃饭，当晚，特意多弄了几个菜。打那儿之后，霍康的老爹也不再固执，双方走动起来。又过了些年，在霍康的父母老后，安索菲和前夫的女儿嫁了人，儿子也有了对象。安索菲把自己的房子留给儿子，自己跟着霍康来到思而肯，成了霍康家农庄的女主人。

安索菲喜欢霍康家并不算大的农庄，在这里，她的麻利和能干完全找到了用武之地。霍康负责割草坪，安索菲负责种花草。安索菲和妈妈学得一手缝纫，突突突几下，她就做好了自己的窗帘，熨平整，叫霍康把它们挂在她决定的地方。她还烧得一手好菜，霍康对安索菲的烹调从来都无可挑剔。

安索菲尤其喜欢的，是农庄的东面，山毛榉和白桦交错的林子里，在冬天里有不少红腹灰鸟。腹部的一抹红色，在白雪里，特别让人眼前一亮。这冬天的鸟儿，通常出现在圣诞卡片上。

安索菲喜欢把鸟食挂在树上、窗外。通常，这会引来些麻雀。这一年，也引来了几对林子里的红腹灰鸟。她在电话里跟母亲提起，母亲说，红腹灰鸟如果丧偶，就会孤老到死，是对爱忠贞的鸟呢。安索菲对这说法将信将疑，林子里有一小群红腹灰鸟，它们确实喜欢成对地活动，但谁搞得清楚，里头有没有新组合呢，除非给它们都写上标号。母亲拿不出证据，却言之凿凿，还以为怀疑是一种亵渎。安索菲觉得，这到底是个来自妈妈的美丽说法，她愿意相信它。

红腹灰鸟为什么到她家的林子里呢？跟霍康一说，霍康却不知所以。他们家的林子也是和岛上别处大同小异的林子呀。以前也没见它们飞到他家的庭院里来。安索菲想，它们是随她一起搬来的吗？不由得格外盛情地给灰鸟儿喂食。她每每把鸟食挂好，就朝空中一挥手，说，请吧。隔上十五分钟，红腹灰鸟还就真的来了。

雌鸟和雄鸟一样顶着黑色的头发，脖颈到腹部是亚麻色，背部是柔和的浅灰色。和身体几乎就要等长的尾巴，黑色的，两根翅膀黑色中镶着白点。而雄鸟，脖颈到腹部就抹了一片火红。它们成双作对，歇在积雪的枝干上。在白雪的枝头微微颤抖，时而静默，时而发出柔和的尖叫。安索菲把其中一对经常歇在窗前那棵白桦枝条上的，唤作霍康和安索菲。她想，这是对的，霍康比她帅。而那亚麻色，正是她和霍康初相识时的少女头发。

画家Bruno Li Jefors(1860—1939)的画作《红腹灰鸟》

霍康长得好看，霍康能干农活儿，对付拖拉机、割草机，收拾仓房的机器，这些，都行。但他没什么技术文凭，一直没个正式工作。而且，最要紧的是，他老皱着眉头，常常是睡不醒或跟谁生气的样子。这模样随季节的天色变化，在秋冬每况愈下，到了圣诞节前夕，就是最晦暗的，受不了啊，受不了啊，九点天才发亮，到四点就又黑了，白天说是白天，其实也没个透亮的时候。而在艳阳的暮春到夏秋，霍康的脸色也才亮堂些。邻居说，霍康有北国的抑郁。

安索菲不论霍康有工作还是没有，总把他的工作间收拾得好好的。她给他置办了宜家的全套办公桌椅、电话、文件夹。霍康在家里工作，其实只是把门关了，自己在桌子前闷坐，连窗帘也拉着。闷坐一会儿，哭上两声。他吃一种药，俗称“快乐药片”，但就连这快乐药片，让他一看见也厌烦、恼火。“上帝，上帝，我是那么厌倦”——他说。安索菲如果听见，一定会跑过来，把他抱在怀里：小霍康，小霍康，甜心，你是那么甜。她低头吻一吻他柔软的头发。霍康会缓和下来，说：“谢谢安索菲，谢谢你鼓励我。”但这样的事一天都要反复好几次。特别在早晨，霍康刚苏醒，面对一天的时候，或者在他结束了一个白天，等待晚饭的时候。就是睡眠，霍康也不踏实，有时，会像一条鱼似的在床上扭来扭去，但相比之下，他还是更喜欢在床上的时间，能睡着的时候，睡觉真好。

在这样的状态下生活，就连小女儿也知道，爸爸是会哭的，爸爸的情绪说变就变，爸爸靠不住。霍康爸爸除了外头机器的事，其他是不管的，他记不住。比如，账单要付，自己的井，不用付水费，但要付电费、垃圾费、烟囱修理费，垃圾箱在一定的日期必须放到院子门口，等垃圾车来装。生活充满了这些琐碎，霍康却一点也不能去想琐碎，这会让他头疼得发狂，生活对他来说太复杂了，这是他的口头禅。他对吃也是只管吃，到肚子饿了，就从二楼的工作间踱下楼梯，说，我们有什么吃的吗？而这时候，厨房已飘出了菜香。安索菲有三个孩子，但在别人看来，她其实是有四个。但是她对霍康说："你不用多做什么，你在就行。"到后来，连熨衣服这样霍康原本还会的活儿，他也不熟练了。

因为霍康没有正式职业，安索菲提议他在他们家的林地里造了两间小屋子，虽简易，但能租给游客，从夏天到深秋，是笔不小的收入。至于打扫屋子，送往迎来，就是安索菲的事了。她还能申请经费，比如老式苹果树，用老法来修剪，能得一份经济补贴。住农庄，自己收入不够，也能得补贴。这里一千，那里两千，其他人嫌申请麻烦，安索菲不觉得麻烦，可能就是这么着，她把日子过得挺红火。至少邻居和她一起去超市买菜，马上感觉到，安索菲买东西，竟不犹豫，不愁没钱似的。霍康看着自己的女儿，枕着安索菲的肚子，躺在沙发上看电视的时候，他对安索菲说，他觉得日子是幸福的。安索菲低下头，亲他一口。

二

在一个平常的瑞典的夏天，安索菲和平常一样在湖里游泳，突然发了高烧，然后，她被救护车送进医院。经过四次手术，她活过来了。她被告知，她得了一种少见的肠胃病，这种病，以前得过的人，在瑞典，都死得差不多了。医生也因此愿意特别跟踪她的病情。她一时还不会死，但她从此将不能用嘴巴吃东西了，她也不能以通常的方式排泄大便，护士指给她看，她的肚皮上已经贴了纱布，掀开来，纱布下露出红红的肉色的洞，护士教她，需要时如何把导管塞进去。塞导管，排泄，起初让她有些害怕，但肚皮上，那红色的洞穴里，原来是没什么神经的，导管捅进去，竟然没有痛。她不再可以吃东西，不再可以用通常的方式排泄，这让她感觉到，自己突然之间就不是原来的她了，她真想大哭一场。

霍康却先哭了，哭了一阵，霍康说："那么，安索菲，我们一起去饭店的可能再也没有了。"安索菲有许多话噎在嗓子里，后来，她只说了一句："霍康，至少我活着，跟我的性命比，去饭店吃饭，算什么呢。”霍康住了口，愁眉苦脸的，这是他一贯的表情。霍康的抑郁，吃快乐药片也没有用。“我的命怎么这么苦！”他想，自己怎么这么倒霉呢。他是猎人，又曾是镇上的冰球队员，在三姐弟中长得最帅。弟弟也帅，但不如霍康体格好。霍康的样子，是西部牛仔。但偏偏他得抑郁病。有时他想，可能是父亲对他太严厉的缘故。他又想，可能因为他是老二。以前同居的女人爱琳，他那么喜欢的，甩了他跑了。爱琳想要自己的家，霍康没有正式的工作，不能贷款买自己的房子。爱琳离开，对他大约是个重创。也可能，只不过是岛上太沉闷，冬天的夜色过于暗淡。照医生说的，霍康的体内缺一种让人快乐的元素。或者，这其实是天生的吧。他虽魁梧，但特别害羞，打小爱哭。他想，他所有的坚定都让父亲卷走了，父亲，是从不知畏惧的。有这样的父亲，未必是好事。他盘点自己周围的人，他周围的人都如此强大。先是父亲，然后是女友爱琳，最后又冒出个安索菲。啊，上帝，让我遇见安索菲，是对我的惩罚吗？在当夜的晚上，抑郁病人霍康把自己关在工作间里，在记事手册上这么写道：“上帝！惩罚！安索菲！”

霍康说不清，对安索菲，是爱还是不爱。不像对爱琳，和她约会，总是早早地梳洗好，出门，等她。和安索菲约会，霍康没紧张过，也没大的兴奋。常常是安索菲先到。安索菲抱着他左亲右亲。她早安排好了一切，到哪里吃饭，到哪里跳舞。他连半点心都不用操，觉得无可无不可。安索菲替他烧饭，替他收拾衣服。一个女人对他好，她生得甜，她像是偏知道他胃口似的。他也喜欢把手按在她肥大而饱满的胸脯上。在夜里，听见那里的心跳，扑通，扑通，扑通，这让他睡得格外安稳。后来，他们还有了个共同的女儿。他自然是喜欢女儿的，虽然女儿的相貌、性情都像安索菲更多，也到底是他的女儿。但他对女儿没多少话可说。他活在自己的世界里，抑郁的世界。不过这些年来，这没碍什么大事。但现在，安索菲也许活不了多久了，他该怎么办呢。他想时间是不可能走回到过去，走回爱琳刚搬走的时候，他如果没和安索菲约会，他总会约会什么人，就不至于陷入今天。但是他也想，如果安索菲没和他结婚，说不定安索菲也不会生这样的病。如果他们都走了另外的一步，日子到底会是怎么样的呢。他甚至快速地盘算了一下，假如当日安索菲一发病，就突然死了，他三十九岁，他一定是要到夏拉桑德的舞会去跳舞的。许多年前，他以为他从那里毕了业，想不到又要从头再来。那么，会有人喜欢一个有孩子的父亲吗。但无论如何，叫他一个人过，这不可能的，何况女儿还需要人带。

安索菲清理房间的桌子，陡然看见了霍康的纸条："上帝！惩罚！安索菲！"她收拾了自己的东西，搬到了镇上的公寓。

但事情没霍康想象的那么危急，也没像医生预料的那样：安索菲活不了多久。安索菲活下来了。所以，安索菲又回了家。家里当然有了变化。首先是，霍康给安索菲买了条她一直想要的小狗。霍康的意思是，这样，就有人在家一直陪着她了。然后，安索菲和霍康的卧室，在安索菲的那一侧，竖了输液用的铁架子。靠床尾，放了护士用的小推车，车上是绷带、消毒手套、一盒盒的针头、药水。霍康对邻居说，他们家的卧室就像医院的病房。

安索菲在白天基本是一口食物也不吃，顶多喝点咖啡，睡觉的时间成了她吃喝的时间，一个乳白的营养液袋子由做护士出身的安索菲自己挂好，她敞开衣襟，解开胸罩，在双乳间拖出两条塑料线，一条红，一条蓝。这两条线种在她的前胸里的，乳白的营养液，就顺着管道，注入她的身体。她有了新的生命线。

除了输液，白天，安索菲也要把生命线拿出来，往线头的塑料封口处打一点消毒针。家里人吃饭，安索菲不需要，但她愿意加入到饭桌边，做针线活似的，拿过手提包，往外头掏：一盒针头、一盒消毒水、一盒药水。她自己调好，朝胸口部位注射。转眼就二十多年，家人习惯了，邻居也看惯了。

但是带生命线的安索菲的胸脯，叫霍康始终不能习惯，特别在夜间。在霍康看来，这不是他喜欢过、拥有过的女人的胸脯了。被割了刀，被人用一种少有的方式管理起来。有时安索菲愿意先亲热，然后再打点滴，但抑郁病人霍康是敏感的，看见红蓝的线头，会陡然失去兴致。本来，他的“快乐药片”已折腾掉不少他的快乐，身体变得不容易调节。他感觉到自己是有强烈需要的，但又不能以他愿意的方式去得到。他想满足，又力不从心，而霍康的不满完全形于色。这让安索菲无可奈何，她说：“霍康，要知道，没有谁是完美的。”

安索菲自打病了，不能再有任何工作。她不住院时，看来完全是好好的，至少在外人看来。她甚至看来比任何人都充满精力。穿时髦衣服，做点心，开派对，她甚至不拒绝出国旅游。虽然每次去之前，都带了很多药和在国外就医的特殊证件。但是，往往在人们怀疑她到底是不是有病的时候，她会突然就不行了。她也许参与了一个活动的筹办，到当天，却来不了，她躺在医院的床上，兴许已挨了一刀。尤其在夏天，她比任何人都蹦跶得欢，夏天过到一半，往往就出了岔子。夏天特别容易有细菌感染。她不当心，她不能，她不愿老实地待在家里，躺在床上，她要生活的质量。

成为终身病人的安索菲反而有了更多时间，继续给霍康烧菜。她不能品味，她不需要品尝，总能把调味品放得恰到好处。她的房子收拾得格外有条不紊。同时，在十多年里，她也一直在医院进进出出。据霍康的记录，安索菲住过医院八十六次，动过手术二十八次。有一次霍康对人说：“这就是安索菲!”言语间不无佩服之意。听的人，无法想象这数字到底意味了什么，手术二十八次！但他们看见夏天的安索菲，脖子、后背，都开了拉链，是手术的刀印子。而且，他们听说安索菲又住医院都已不以为意，她总是住院，又总是好了。就是医生护士也对她有些不以为意，安索菲，她又来了。她认识不少医生护士，不但因为她老得病，还因为，每年的九月，她都应邀给肠胃科的新医生新护士做讲座。假如那时她没有又突然病倒，讲座通常如期在维克萧的大学里举行。这对安索菲来说，是个大日子，她穿最好看的连衣裙，脖子上挂一串珠链，她喜欢各种珠链，珠链刚好可以遮挡掉一些脖子下的一条手术刀痕。

因为是被跟踪的特殊病人，医生对她不错，想方设法帮她换输液的食物。她每使用一种输液品，时间长了，总发生吸收不好的问题。而她的生命线，隔上两年，会传送不畅，得开刀，取出来，把新的再植进去。她总说，这非常棒。而所有的药品对于她这样的病人是免费的。

某年秋天，她和往常一样要换线。这是个小手术。该先给她作透视，看好情况再做。阴差阳错，手术的医生直接开了刀，开下来，血已经入了安索菲的肺，连医生都吓坏了。所有的人都以为这回安索菲真是要死了，两天后，安索菲苏醒了。她的两只手不能动，不能给自己打针了。

儿女们带着他们的孩子来看过她，年迈的父母也来看过她。来了，坐一会儿，就都回去了。霍康给她带来衣服，也回了家。她不愿意穿病员服，她要穿自己的衣服。除了更卫生的考虑，她不喜欢把自己穿成个病人，虽然她就是个病人。而且，像她这样老进医院的人，老穿病员服，自己的衣服更没多少机会去穿了。

在医院的病床上，她办过许多事，比如儿子的婚事。婚期是定好的，牧师都请好了的。安索菲突然住院。病情稳定后，她开始倚靠在床上列清单，关于婚礼宴会的食物。接着，她打了一连串的电话。她赶上了儿子的婚礼，在婚礼前，她出了院。婚礼的饭菜，按说是女方负责，但安索菲是能干人，而且是她儿子结婚，她愿意。

现在，她发愁的是，她又要出院了，她得找到一个人可以给她打针。她把这话跟大家都说了，没人接这话茬，他们谁也帮不了这个忙。手的恢复，也许要几个月。母亲是要照顾父亲的。女儿自己有两个孩子，儿子和媳妇有了三岁的孩子，小女儿在城里上学，住自己的公寓。丈夫霍康在家，但他可以打猎，他不敢对自己女人胸脯上的生命线戳针。

那天夜里，做过无数次手术，从来没真正害怕的安索菲躺在病床上，始终睡不着，她流下泪来，流了一夜。她想起自己帮助过的家里的每个人，儿子和媳妇要做试管婴儿，钱是由她出的。孙女爱玛出生后，儿子媳妇来看她，一会儿说，爱玛需要一只玩具小木马，一会儿又说，爱玛要一个秋千架。安索菲都二话不讲，掏钱。小女儿的公寓是她帮忙收拾，大女儿的两个孩子，她都帮着带大。现在，她自己需要一个打针的人，这么一个大家庭，竟然是一个人也找不到的。

地方医院可以派护士，但不方便，安索菲要打针，一天起码三次。最后，是安索菲的妈妈给安索菲的邻居，一个退休的太太打电话，央求说："现在是只有你能帮安索菲了。"邻居同意了，但老妇人从没给人打过针。医院让安索菲写了保证书，监督打针的过程，出了任何事故，安索菲自己承担责任，这打针的事情算有了着落。

三个月后，安索菲的手又好了。复原后的安索菲，立即去发廊染头发。这些年来，她看来还年轻，其实理发师丽莎知道，安索菲的头发是染出来的，五十三岁的她，头发其实已全部花白。而有一处地方，安索菲自己知道，也全部发了白，染起来不方便，那是她的私处。安索菲就学摩登的方式，干脆全部剃了。霍康对这不喜欢，到底，他们那代人，不兴这个。

她染了头发，顺带去镇上最好的服装店买了一条裙子。但是她的脸毫无血色，让小店的老板娘看见她时愣了一会儿，想一想，安索菲总有些什么地方不大一样。然后，老板娘发现，安索菲说话的口气，也比以前微弱，不是那种理直气壮的大嗓门了。

从服装店出来，安索菲拐进了银行隔壁的那家房产中介公司。半小时后，她赶紧开车回了家，吃下止痛片，躺在床上。她有了越来越长的时间必须睡觉，她老是有呕吐的感觉，也比以前格外地觉得疲劳，她连狗都遛不动了。

一个月后的一天，她给儿女打电话，让他们带了孩子来吃饭。

霍康嘀咕说，病才好，又折腾上了。

安索菲做了她最拿手的菜——烤牛肉，酱汁是用了叫康特莱拉的鸡油菌，还是她身体好时，自己在森林里采下，冻在冰箱里的。土豆切了片，浇油，在烤箱里烤出来，甜点是蓝莓加冰激凌。另外，她还做了草莓蛋糕。安索菲常请家人吃饭。大家在周六晚上的六七点间，都不紧不慢地来了。

在上甜点前，安索菲说，大家把椅子的坐垫翻一翻。外孙和孙女们以为要做游戏，他们翻出了一个小小的信封，霍康也是。打开来，大家不知说什么好，抬头诧异地看看安索菲，里头放的是支票。

安索菲把她名下的一间小木屋卖了。她比以前更多地感到死亡随时会来，她不想在死后有麻烦，更要紧的是，死后分她的钱，她看不见，她愿意看见，就现在，至少大家还会来跟她说声谢谢。他们真就接二连三地来拥抱她，说了谢，跟葬礼后和死者家属的拥抱一般。没有人拒绝收下支票，谁会和支票有什么仇呢。

安索菲也生霍康的气，肺部出血是医疗事故，她是差点就死了的。大儿子和两个女儿能和医生理论，霍康，她的男人，却一言不发。这男人，是连她的第四个孩子都算不上。这些年，频繁住院，确实也苦了他，但相比安索菲对家庭的贡献，霍康，没有给她一个肩膀让她靠一靠。这样的男人，有和没有有什么区别。到了下一个周末，安索菲在镇中心租了间公寓。

她喜欢霍康，她可能至今也还是喜欢的。她也问这样的傻话：“霍康，你爱我吗？”霍康说：“当然，否则，怎么会一起过了这些年。”这些年来，霍康确实听她的，也没有别的女人，但他就是不冷不热、点不着又舍不得扔掉的木柴，她想，霍康最喜欢的，也许是忧郁，他需要很多的爱和热。给他再多，他都浑然不觉，哧溜就吸进去，他是厚厚的雪。但她安索菲也是需要爱的呀。霍康总说，他愿意听安索菲笑，安索菲在心里说：“霍康，我也需要听你的笑啊。”

安索菲搬到镇上半年之后，她的父亲去世。霍康当然也参加了葬礼。一周之后，安索菲又搬回思而肯。她对岛上的人说：“霍康对我是重要的。”

霍康给安索菲买的小狗已经长成了大狗。霍康自己也买了一条猎狗。两人有时一起，各牵一条狗走在思而肯道上。一切恢复了正常。

三

过了半年，安索菲又搬出去了。霍康和安索菲并没有离婚。离婚，是麻烦事，离婚，就要变卖农场，这比开刀更伤筋动骨，而且，他们都快六十岁了，谁也不急于和谁离婚。安索菲也不想变卖农庄，这得由小女儿继承。虽然她将来不一定愿意住在思而肯。

安索菲住在镇上的公寓。镇中心就是巴掌大的地方，好在有个药房，有个小超市。 她的时间一下子变多了。以前，她总是在闹铃响后，第一个起床，首先给霍康把咖啡煮上。然后，才去洗手间。接着，她在餐桌上摆上霍康喜欢的：黑面包片、果酱、蜂蜜、牛奶、奶酪。再把霍康的衬衣拿出来，送到霍康的床头。霍康还在卧室磨蹭的时候，她打开门，到院子门口去取报纸。霍康总喜欢一边吃早饭，一边读报。

等把愁眉苦脸的霍康送出门，才轮到她自己喝点咖啡，看看报，也许再去睡点回笼觉。但是现在，她基本不必使用闹钟了。起床后，除了偶尔煮点咖啡，烧杯茶，她就用不着上锅灶。她觉得手痒，但就算是养花弄草，一个一室一厅的小公寓房子，也没有多少好整理了。

她在岛上种下的玫瑰，如果一切没有什么意外发生，如果冬天不是异乎寻常的冷，是可以在那里一直待下去，待上十年、二十年。她提议霍康盖的两座简易木房，也都在森林里，它们会比玫瑰站立得更久。至于那些数不清的花，二月的雪滴、三月的水仙、五月的郁金香、六月的牡丹、七月的薰衣草，等等，她在这过去的年月里种过，然后，它们每一年都会探出头来，它们都在那里生了根。鸟，她会在初雪来临前就把鸟食挂在树上。霍康是从来不管这些事的。那么，那些红腹灰鸟，在接下来的冬天里还会飞到她待了那么些年的农庄吗?

按说，她是最死心塌地的思而肯的女人，何况她没工作，已经上了岁数，而且她这么病弱，说不定在某一个夏天之后，就一病不起，她本来可以死去过很多回。

但是她虽然一次次地病，却没有死，而且还活着搬出霍康家的农庄，搬出思而肯了。这不是她决定的，也不是霍康。难道是霍康父母的亡灵吗，她突然想，但是霍康的父母没有遇见霍康的爷爷吗，那个老人，他不是曾经对她友好。假如有一天，她能再遇见那个老人，她一定要和他再好好聊聊，那一天，他告诉她霍康是一个人，到底意味了什么。但不管怎么说，眼下的事，就是发生了的事。日子，在某个时刻，突然就拧巴起来，再也不肯以原来的节奏走，凡事都是要变的，有时，说变就变了。

她非常舍不得农庄的草坪，厨房里的窗帘，起居室，半年前新买的转角沙发，霍康家传的老立钟。分家时，为了这钟还和霍康的姊妹闹过别扭。安索菲很高兴，那座钟是落到她和霍康手里。她总是很小心地给钟擦拭灰尘，她喜欢上头的雕花，还有文字：1825。但那已经不属于她安索菲，总有一天，是要有新的女主人了。然后她又想，那些物件儿，那房子，本来也是有别的女主人的。过去的女主人，在她安索菲之前也种过许多的花草，她不是不得不离开的唯一的一个。那么霍康会有别的女人吗，她想，总会有吧，即使不再和任何女人同居，他毕竟六十岁也不到，他在今后的许多的分分秒秒，都有可能接触到别的女人吧。

安索菲是个好胜的女人。一想到霍康可能有的艳遇，她在那个周末，开车去了夏拉桑德的湖边舞会。夏拉桑德的舞场是夏天的圣地，多少情侣在这里相遇。安索菲并不曾在这里遇见她的男友，但她喜欢这场地。椭圆形的屋子，四周的窗户是全部打开的，湖上的风自由地飘过来，也把场地里的音乐自由地吹回湖上。湖边总有一两个散步的人影。白桦树和木码头，在夜色中站立。安索菲想，这样的舞场，一定是世上最美丽的。

当一个男人搂住她的腰时，她觉得一阵轻微的电流传过全身，她觉得自己等待这样的一双手，已经很久了。她喜欢他的抚摸。他们跳了两圈，那男人对她的耳朵吹口气说："我是开了房车来的，就停在外头草地上，怎么样，跟我去吧。"她没想到他说这样的话，一时不知道如何回答。她犹豫了一会儿，她觉得真想。但是她笑着说："我男人就在那边。"对方说："你有男人？我看见你一直是一个人站在那儿。"她甩开他的手，跑出舞场，坐上自己的车子，往公寓的方向开。在车上，她就哭了。

她太熟悉舞会了，经历过许多的舞会。从十六七岁就开始。甚至有一次，躺在手术台上，一个医生看着她，说："我们是否在哪儿见过。"她也笑起来，告诉他，他们在二十年前，在夏拉桑德跳过舞。但像今天这样，被一个老头儿搂着，直接地叫她去宿营车，看穿了她的需要，这还是第一次。以前，男人们要记住她的名字，跟她要电话，然后约她见面。但对一个人站在舞厅里的五十四岁的安索菲，男人们看来是不觉得有这样的必要了。

所以，她发现舞会已经不再是可以让她舒心的地方了。至于其他，儿女有自己的家庭。母亲老了，也多病，唯一的安慰是小女儿。小女儿在大学成绩不错，喜欢唱歌跳舞，有用不完的精力。她所在的大学和外国的高校交流，女儿去了纽约。安索菲自然更高兴：她自己，霍康，她和前夫的儿子、女儿，她的儿媳和女婿，还没有人离开过小小的乌索特呢。

小女儿在纽约待了两年，回来后，似乎变了个人，突然特别的沉默寡言。小女儿的脑子里全是音乐，还有其他安索菲弄不懂，但她觉得一定很重要的东西。小女儿和她借了些钱，说去首都看看。半个月后，突然没了联系。过了几周，本地神父和警察一起找到安索菲的公寓来，她的小女儿把自己扔进了斯德哥尔摩的地铁。

起先，总有人打电话，问："安索菲，你感觉怎么样？"这使她很难回答，她也不想回答，只好慌忙地说："我给你回电话。告诉我号码。"她确实记录了对方的号码，但她再也没回电。

现在安索菲基本不接电话。她特意多交了钱，得到来电号码显示的服务。除了妈妈的，儿子和大女儿的，她几乎就不接别的电话。她的日历也很简单，不再是某一个人的生日，哪家店铺的打折，公园的活动，而是，一周一次，和妈妈见面的日子。妈妈住在隔壁的公寓，她住这里，小小的镇，不过是巴掌一般大。

她设想过自己的葬礼，早先就列了一张纸条，写了，叫小女儿演唱她自己创作的一首歌。但现在，她是要在小女儿的葬礼上把那首歌默默地哼唱了。本来霍康家的院子里有一个旗杆，要到特别的日子才升旗：国庆日、仲夏节、爸爸霍康的生日，然后是小女儿的生日。安索菲还清楚地记得小女儿出生的那天，她如何指挥霍康开车去医院。她记得小女儿高中毕业的派对上，她说小女儿刚出生时，就像一只小老鼠。有好几年，她一直不能确定，霍康成了她的男人，是她的。但这小女儿让她一度安了心，霍康因此求了婚。安索菲虽不痛快，到底快乐大过纠结，她不想毁了她的幸福。一个男人，和这男人共有的孩子，他们组成的是一个看起来不错的家啊。

现在，她有过的幸福，突然被夺走了。简直不能确定，是否真的拥有过。世界一下子似乎不想再跟她有多大的关系。好多年前，医生就说，她活不了多久，她却一天一天，还是活着。虽然，她会不得不被救护车运到医院，虽然，她的身体，前前后后，都开了许多条"拉链"，下一刀会在什么时候、在哪里开，谁都不知道。她不懂自杀是什么滋味，她在手术刀下，想的可都是生。她并没有期盼过死亡，即使是现在。上帝还是没有给她死的欲望和本能。

小女儿的葬礼来了很多人，有一百多。小女儿有不少朋友，有一个要好的，告诉安索菲，她女儿是得了抑郁症，说要自杀有一阵子了。但朋友没想到，她真会这么做，而且是这么快，后悔没帮得上她。

葬礼后，安索菲回到自己的公寓，母亲陪她坐了会儿，也回去休息了。她的狗不在，住到大儿子家有日子了。医生禁止安索菲养狗，医生说，养狗对她这样怕细菌感染的人很不合适。她想她的狗，如果它在，至少是可以抱着它的。

霍康一个人回到农庄的屋子，他不得不点亮所有的灯。这让他觉得孤单感减少一些。他朝卧室走时，瞥见楼梯口墙上，父亲在照片里蔑视着他，这让霍康怒火万丈。“老爹，这下如了你的意了，不但安索菲的孩子不能抢你的地，就连我自己的孩子，也不可能来抢了，没人和你抢。”霍康拿起腰间的猎刀，对着父亲的照片恨恨地刺下去。然后，他哭了。他想，他没了父亲，没了母亲，他是真的成年了，但他又失去了女儿，不再是父亲，到了快六十岁，他终于长成了一个孤儿。

猎狗，悄没声地跑过来，用身体靠近着他。他搂着这小小的身子，坐在楼梯上。没有安索菲，是没法过的，没了女儿，是没法过的，但也还是要过下去。他甚至佩服自己的女儿，自杀，他想过、说过成百回，但他没那勇气。他想，女儿替他完成了自杀，他自己更不可能去这么做了。

又过了大半年。他和安索菲到底还没离婚，也都没新的伴儿。有一天，邻居问霍康，经过了这些事，也许安索菲最终还是会回来，像以往一样，到底，你们各自过得都苦。

霍康去查电话簿。安索菲·永贝里，她姓永贝里了！她把她的姓改回了她做姑娘时的那样，没有前夫的姓，也没有霍康的姓卡尔森。霍康愣了一会，长长地吸了口气。他和安索菲一时不会离婚，也许永远也不必离，但安索菲，她这一次是真不想搬回来了。

爱

有很久没有谈论爱，在自己的心里讨论，爱或者被爱。也是一样的许久，不再议论信还是不信，对于上帝。说到底这两桩事像是一回事。这不知不觉成为自身一部分的认知——关于爱，关于神。从鲜明到模糊，经过认真的笃信期，到犹豫期，她变得暧昧、踌躇。她不像妹妹汉娜已成为坚定的素食主义者、无神论者，差一点就是女权主义者了。

就在几天前圣诞节的饭桌上，妈妈和汉娜为了路德语录又争执起来。因为妈妈朗读了几段路德语录。汉娜说："都是一派胡言。"妈妈停下来，惊愕地看着汉娜。汉娜讨饶说："不过，妈妈，对这问题，我们还是不要往深里说为好。"妈妈怎么能不说两句呢，她说："汉娜，我真遗憾，你怎么好说那是一派胡言呢。"而她，这做姐姐的，也窝窝囊囊地嘀咕一句："怎么好说是一派胡言呢。"但她也不完全同意妈妈。神的教益，对于她是个始终存在却已无意去抚摸的印记。这印记到底留在身体的哪一个部位，一时也记不起了。爱，也大抵如此。

在过去的十年里，她有过几次约会，几段似有若无的关系。也不过才十年的光景，那几个男人的眉眼、音色，都已经想不真切。那几个曾每天都拨打几回的电话号码，烂熟于心的，初分手时就怕忘不了，现在已全不记得。这么快就忘了呢，比她期望的要用了加速度，快得她倒有些猝不及防。

她却记得十年里的一些细节。

一个冬夜，睡不着，胃疼，因为饿。打开冰箱，什么也没有，是等着工资买食物的月底。把厨房翻来翻去，滚出两个马铃薯。在夜里十一点，点着灶，把那两个马铃薯煮了。然后，不用黄油，连一点盐也不用蘸，一口一口细细地吃下。

还有一次冬日。早晨起来，室外温度计指在零下十五度，屋内温度计才零上十二度。赶紧把壁炉打开烧火。只一根小小的火柴划开，擦在一张旧报纸上，就有巨大的温度。等几根木柴吱吱地在火焰中发出低语，再把更粗大的木柴加进炉膛。每隔半个时辰，打开炉膛，炉子还通体发红，木柴已消逝殆尽，她慌忙又扔下几根木头，火苗儿瞬时又噌地蹿出来，一直温暖到她的脸。这么几个回合，屋子热了，打开水龙头，水也是热的。看着窗外的积雪，沐浴在热水之下。这温热的水，让她惦着柴禾的好，甚至记起多年前那两个马铃薯的好。这水是爱她的呀，柴是爱她的呀，马铃薯也是，而且它们的爱无条件，全身心。如今，她是这样相信着爱。

一幅线描

佩尔的糖

爱娃的丈夫佩尔是工程师，也是低血糖患者。平时啥事没有，一到夏天休假，作息就不如平时规律，饮食也不太容易定时。佩尔一缺糖，人就变得怪，变得倔。

爱娃到底和他生活了十多年，眼看着他情绪变了，就说："佩尔亲爱的，你该吃点糖了。"

"我没事。"佩尔没好气地说，叫他"亲爱的"，不顶用。他真生气，说不出来由地气！

"有没有事，我们测测你的数值再说。"爱娃是教师，会和学生讲道理。

"不用测，我很好，我自己的身体，好不好，自己还不知道！"佩尔一反平时的谦和，一把推开爱娃。

佩尔是成年人，爱娃不好太勉强他，就先去烫衣服。七岁的女儿奥丽微娅拿了本小人书踱过来，摇摇躺椅上的爸爸，央求他给读两页。佩尔连最爱的女儿也不理。奥丽微娅看看他的脸，说："爸爸，我看，你还是乖乖地听妈妈的话，赶紧把糖吃了吧。"佩尔沉着脸不吭声，奥丽微娅去找妈妈。

爱娃把一勺糖塞进佩尔嘴巴里时，佩尔的嘴巴还在拼命躲闪，嘟囔着："不要，不要。"糖洒掉不少，倒还是灌进去了。

五分钟后，爱娃继续烫衣服，透过窗户，能看见佩尔已和奥丽微娅一起在阳台上读起书来。

七月里的佩尔，少不得去湖上钓鱼。那天他是和小侄子一起去的。他们运气不错，特别是钓到了几条长长的梭子鱼，这对小侄子来说还是人生第一次。日正当头，钓鱼人乐而忘返，佩尔和侄子吹他钓到过的最大的梭子鱼有多长，佩尔正比画着，突然神色古怪，言辞含糊起来，然后干脆就说不出话了。小侄子不懂到底发生了什么，但看出情势奇特，赶紧掏出手机，亏得湖上还有信号。

爱娃问："你们在哪里？"

"我们，我们在奥斯南湖上。"十二岁的侄子说。

奥斯南湖方圆十五万平方米，虽说不大，但也是水波浩淼，有几百个岛屿。男孩说不清他们靠近的小岛和其他岛屿的分别。没有分别，本来到处是水、林子、石头、芦苇、睡莲和水鸟。我们就在奥斯南湖上！

爱娃呼叫了急救。一架直升机在湖上飞，爱娃和急救队员分别划了四条船，满湖地去找佩尔的船。等找到时，佩尔已昏倒了。没等急救人员上船，爱娃二话没说先冲过去，拨开佩尔的嘴巴灌下点白粉状的玩意儿——那是佩尔的糖！她是负责给佩尔喂糖的人。

读你

这片湖总在。人说上帝与万物同在，这上帝究竟是什么，在哪里，总琢磨不清。但对居住于岛上的生物来说，湖与它们同在，这就好理解多了。人又说，读你千遍不厌倦，读你的感觉像春天，这时候，读的是上帝。三天前还在冰雪的覆盖之中。经过两个晴朗的天和今日的蒙蒙细雨，湖也扭了下腰身。——冰雪是一点点化的。对住在这岛上的生物来说，看湖，倒也千遍不厌，至少我是，鸟也是。

两只水鸭子本来在北面的桥洞里私下约会。绿中带黄的羽毛，肥硕。可惜，我走过小桥，探头往桥洞里看，它俩惊飞起来，呼啦啦扑腾着向南面水上的大部队飞去，那么远，再显不出羽毛的色彩和身段的美妙。我看，只因喜出望外。可惜，这喜爱的意思难以传达，适得其反。它俩飞到大家族那里，也就不扑腾了，一副来什么也认了的架势，只要全家是在一起。

南边湖上的水鸭子时不时一起飞两下子，飞不高，咋咋呼呼地乱叫，且是聚众。有另一种鸟，叫不出名，飞得高，比鸭子高三倍去，不叫，光是自个儿飞——挺让我佩服。仰着脖子看了许久，举相机猛拍，回头再看成像，竟没看到半个鸟影儿，人家飞得快。单飞的不知名的鸟儿，群飞的麻雀儿，还有野鸭子，它们在桥头上，在我头顶上的那片天空是相遇了的，没跟我说什么，

冰湖里的野鸭

我也没听见它们互相打什么特别的招呼。

今天，鸟儿挺忙。想起来，大清早，就听见西北面的天空上传出大声，这让我站在草地上注目了半天，才看见一只白天鹅，美脖子美腰，朝南边的湖上飞去。生得美，我先是觉得，那十之八九，就是个大小姐，但想到那嗓音，又觉得那是个帅小伙子。

鸟去鸟来湖色中

燕子是成群的飞来的，瑞典有句俗语说，一燕不成夏。燕子一边飞，一边叫，就是最好的夏天来到了。

要我说，松斯莱特的燕子最喜欢的还是仓房，在仓房的大梁上飞来飞去，发出清脆的声音，有时干脆就快活地飞出去，从仓房板壁的上端那刻的星星图案的木头空隙中飞出去，再从星星的图案那儿飞进来，像风一样地，从那空隙里穿来穿去。

还有一种燕子，喜欢在黄色的主屋这边活动。它们在楼下的石子路上走，有时走得十分焦急。其实，果真这么急，是完全可以飞一下就到了的。不，它们宁愿用很碎的小步子，急急地走。屋子的左右，有水管子是接屋檐的雨水的。小燕子就朝那里，一缩身子，钻到管子里，分秒间就看见它们从屋檐那儿冒出来。其实，飞一飞，就直接好上屋檐的嘛。

它们当然也飞，在高空中飞来飞去，洒下一片脆脆的叫声。能看见半空中摇摆着落下一根羽毛，羽毛被风吹着，刚要落地又被另一阵风吹起来，在草坪上兜啊兜，最后，落在草坪正中花坛里一棵牡丹花的叶子上。走过去，拿了，放在笔筒里留做书签。一个夏天，笔筒里这样的天上刚飘下的羽毛总能积攒个五六根。

比燕子更多，一年到头都看见的是喜鹊。可惜邻居尼森总叫它们“magpie”，说它们是偷东西的小贼，比如说，偷个塑料衣架回去做窝。我实在没看到它们偷走什么。

喜鹊成双作对的有，独自飞的也有。有喜鹊老喜欢休息在北面的开粉色苹果花的树枝上，突然说飞就飞了，跳到西边开白绿色花的苹果树上；北面的苹果枝条儿被它歇过，又突然被一脚蹬开，它都飞走好远了，枝条儿还在绿草地的上方一个劲地打战。

尼森原本想不到喂鸟，自打他有了猫，他的猫长大，尼森就在他后门的白桦树上挂上了木头鸟笼，也在台阶边的丁香树枝上挂上鸟食。他的猫匍匐在后门口的台阶上，抬头等着看鸟。好在，尼森的猫，不过是看看鸟，做做抓扑的动作而已，还没有到抓飞鸟的程度。

说起喂鸟，主要还是在冬天。如果有鸟食挂出来，我们这儿，来得最多的是蓝冠山雀。蓝冠山雀，在春夏和秋季也总看得见，那时候，它们自己忙乎着，或是歇在叶子里唱两句，在石子路上蹦跶两下，低头啄起一点肉虫子去吃。到了冬天，挂出鸟食的话，蓝冠山雀就很愿意光顾。人就可以近距离地看它们。坐在饭桌边就能看见，吃饭可以更香。

我是用了一根铁丝把鸟食挂在窗子外头。只挂出去一刻钟，就有鸟儿来敲窗子了。先是来了几只，试探着先来碰一碰，看见窗子里有人晃动，就赶紧飞开。时间久了，确信是安全的。这当儿，蓝冠山雀的大家族就已经抵达了，伏在两米外的灌木枝上。那是棵茉莉花，夏天开得很啰唆，老让人下决心要剪枝，到了这会儿倒是繁简适当。褐色枝干上点缀了山雀儿，是个好雀巢。从灌木到窗子，山雀轮番地前来。先是一只只来。然后就有性急的鸟儿，冲过来，弱一点的赶紧让出位置。一个小圆球的瓜子鸟食，往往可以有三只山雀在上头荡秋千。下头，在窗台上，还有一只，仰头吃它们漏下的葵花子儿。

但是，突然从灌木背后的白桦树上下来一只啄木鸟。背部是黑色的，两颊和翅膀洒了点白色。头顶点了一抹红色，肚子的后部也是一片红。和蓝冠山雀相比，完全是肥硕庞大，它当仁不让地飞过来，踩在比它的身躯小许多的瓜子球上。小山雀就全躲到灌木里，眼巴巴看着自己的食物一点点少下去。但山雀儿很有耐心，啄木鸟儿自个儿吃得无趣，终于也就飞走了。我猜啄木鸟就是很享受那种它一来，山雀都怕它，要让开的样子。

其实，啄木鸟在我们岛上算什么大鸟呢。我们这儿最大、最有名的是白尾海雕，冬天里飞来，群居在离岛的中部叫牛奶棚的地方不远的湖心里。起先是偶尔路过思而肯，看中了湖心的几个小洲小作栖息，后来竟一年年都来。爱鸟协会的人受宠若惊，赶在鸟儿快来的时候，划了船，到湖心的小洲上去，给它们运吃的，是一船一船的大块肉，从邻省的一个肉食屠宰场弄来的。这么一来，白尾海雕在思而肯的冬日就更是过得美滋滋的了。和小洲隔湖相望，住在牛奶棚的退休工人史达方每每看见运肉船穿梭往来，他的两撇胡子就颤颤的，胡子下的嘴唇微微嚅动："给鸟运吃的，怎么不给我运呢？"

在冬天，总有城里人特意开了车来到岛上的牛奶棚，拿着长枪短炮，想拍张白尾海雕的照片，或对着望远镜看看白尾海雕的样子。白尾海雕在洲上独立，吊足了人的胃口。看白尾海雕，我觉得最好并不是对着望远镜、摄像头，而是在树林里、在思而肯路上。在林子里伐木，突然，从两个高个子男人的肩上、头顶上，大晴天里压来一片灰黑的暗影。嗖地一声，黑翼飞腾而过。人下意识地抱住头，低下身子，怯怯地抬眼偷看，不禁对着高空远去的黑影说："哎呀，那不是白尾海雕嘛。"

我在思而肯路上见过白尾海雕，是一只，展翅在天上盘旋。黑的色泽和羽翅的宽大，让人感觉到这鸟的力量，但它又飞得无声而稳健。思而肯的宽广的蓝天，一般是成群的野鸭、野鹅吵吵嚷嚷，振翅好一阵才能飞过的。白尾海雕只它自己，肆意滑翔，天空倒一下子狭小起来，似乎它只要翻几翻就能飞完所有的空间了。我们思而肯是个小岛，小岛上空却飞着一只大鸟。这大鸟飞翔的姿态是唯我独尊的，这也符合实情，岛上所有的人，谁也没

画家Bruno Li Jefors的画作《捕捉绒鸭的白尾海雕》

有它这么大能耐，让人开了车来看，开了船来送吃的，一送就是十年呀。岛上的人，一般就拘束在这小地方，哪像这白尾海雕冬天来这里，到开春，就振翅到我们不知道的某处海边，准备度夏，过的是不平凡的生活。

白尾海雕虽然凶险，但不惹人，人也不去它们的窝。思而肯的鸟和人一般互不干涉，但到夏天，会发生一些小争斗，是我和鸟之间的。

我们屋后的一棵樱桃树比园子里其他几棵樱桃结的果子要甜，是我最喜欢的。眼看着樱桃从绿到红，但还没有到紫。乌鸫总是比我更早知道樱桃味道最好的时刻。如果它们来得多了，我就得赶紧摘，不然一觉醒来，笃悠悠吃了早饭，想着去摘点樱桃，到后院一看，哎呀，已经太晚，七八米高的大樱桃树，昨天还结满了的樱桃大多都不见了，只是满树的绿叶子。但我不怕乌鸫，我吸取了教训，就抓准时机和它们抢樱桃，无非我一朝树下走，它们就“刷”地飞开，有不服气的跳上高枝儿，对我叫上两声。就这样，我们有些小摩擦，倒也还能共处。

某年，七月初的一天，我在凌晨五点一刻被一种撞击声惊醒。声音是从阳台那边传来。从声音听来，是个笨重的东西。最好的打算，那也许是只猫，也许猫还是从忘记关的某扇窗户里跳进来，到了二楼的走道上，因为这声音那么近。我打开卧室门，一个黑影飞蹿而去，没看清是什么。等我以为没事了，刚躺下，撞击声又来了。我只好把家人也弄醒，壮了胆子一起去看。是阳台上来了几只黑灰色的胖墩墩的鸟，我们刚立在阳台门外，它们就呼啦飞走了。打开阳台门，发现它们也没飞远，停息在园子西边白桦树的最高处，对着我们“卡、卡”叫了两声，短促地。一连几天，都被撞击声弄醒，看床头柜上的时钟，总是指在五点一刻。这鸟，到底要干什么呢。以前的七月，没见它们来过呀。

给猎人土塞打电话询问，他说，那大约是寒鸦，因为他看见最近在他家的院子里也有，往年确实不多，但他倒是没被寒鸦吵醒。我们仔细看了看二楼的阳台，也看不出有什么特殊的呀。

那鸟儿似乎是要抓着阳台带玻璃格子的门，但抓不了多久，扑通又掉在木头地板的阳台上，所以才发出那么大声响。我在阳台门的窗玻璃上粘上个小玩具，不顶事。挂了只风铃，也不顶事。猎人土塞说：“难不成我要到你家去伏击吧。”几只鸟，又不是野猪、狐狸，确实，还不该弄到人怕它们的地步。

寒鸦不但在早晨扑通扑通、一根筋地瞎跳，还在白天里聚集在后院，总有二十多只，一片黑灰色，害得我不敢开后门。倒是喜鹊，也有五六只，一点不怕，在一边的草地上一如既往地晃荡，和寒鸦相安无事。我们，怎么能怕几只鸟呢！

可巧，德国人阿克塞来玩。他听了我们的叙述，说这鸟可能跟他德国住处出现过的一种鸟是一样的。鸟是什么名，阿克塞叫不出。阿克塞把阳台端详了一下，让我找些牛皮纸来，能把玻璃反光全部盖住的那种。盖了牛皮纸就能顶用？我还真不大信，但实在也只有试一试呀，赶紧找来牛皮纸把阳台门的玻璃格子贴上。

第二天，我醒过来，一看时钟是指在七点半。阿克塞很高兴，他这才有了确信的样子，解释说："是这样，这鸟，愿意扒着窗子的木头格子，在玻璃上照自己的面孔。"

寒鸦在早晨照不了镜子，还是迟迟不离开，全都聚集在白桦树上，还尽挑高树枝。几个小时过后，又继续在后院的草地上无趣地呆看；第二天，继续很无趣地没好气地在后院晃来晃去；再下一天，竟然全消失了。

我可不希望寒鸦会再来，但燕子每年夏天都回来，蓝冠山雀也是，这都是我喜欢的。有些冬天，我没记得该放鸟食的日子，总有蓝冠山雀跑到窗台边，敲玻璃窗；还会有那么一只、两只性急的，死死抓住窗前的铁丝，摇荡起来。

听说，蓝冠山雀最长是可以活过十二年的。我信，它们一定能活过不止一年，不然，如何能记得我家这扇窗户呢。它们中至少有那么几只是见过我、认得我的。只可惜，我认不出它们。它们都那么相似，长得相似，叫得相似。当然，性情，其实不同。我想找到那个抢食最凶的，再找到那个老吃别人漏下的葵花子的，但这样的蓝冠山雀也都是不止一只的。

春天和夏天，都能频繁地听到布谷鸟叫。一次，是和瑞塔走在林子里。她听见了布谷鸟叫，停了脚步，仔细辨别方向。瑞典是有个说法的，听见"布谷"的方向，预示着吉凶。"西布谷是最好的布谷，东布谷是关怀的布谷。"关于北布谷，一种版本说，是"干旱的布谷"，一种却说是"忧伤的布谷"。而南布谷，一说是"死亡的布谷"，一说是"奶酪的布谷"，意味了大丰收的。好在有两种版本，可以供人挑选自己愿意相信的。布谷鸟我没见过，常听见它们在林子里的叫声，不及辨清方向，叫声又停息了。在林子里继续走一段，又有布谷的声音传过来。它们就在林子里，在我弄不清方向的地方。

野鹅不像布谷鸟那么神秘，野鹅总是醒目地飞过。松斯莱特和我头顶上的那片天是看得到飞机的航线的，比飞机矮很多的就是野鹅，用的基本是平行线，春末嘎嘎地飞过来，秋末嘎嘎地飞过去。

天鹅也有，不是特别多，偶尔飞过天际，比野鹅飞得更低，也喜欢发出夸张的大叫。在提尔达的木屋边，二〇一〇年七月中旬的一个下午，我站在木板桥上下意识地望着白茫茫的湖面，什么也没想。一只白天鹅突然出现在芦苇丛尽头的湖面上，它慢慢地朝向我游过来，穿过芦苇间狭窄的水面，穿过三朵白色的睡莲，在离我两步远的地方停住，然后微微侧转身，也默默地抬头看着湖面。它没叫，我也没说话。我在思而肯近距离地看见天鹅，迄今，就这么一次。

秋夕野鹅

傍晚出门散步。周围和平时一样寂静。突然头顶有叫声。一只鸟，且叫且飞，且向前且往高处，转瞬就钻进云层里不见了。

声音似乎是野鹅。我总喜欢听野鹅的脆响。

但我的经验，野鹅群飞的多，它为什么是独自在飞，它到底想说什么呢？它是自言自语吗？

我正推想着种种的可能。

陡然响过更大的鸟鸣。淡淡的天上，突然出现了一群鸟。一只鸟是从西南往东北飞去的，现在它带来了一群鸟，从天幕中钻出，一起飞回来了。

它们从我的头顶水波一样漫开。我仰着头看，仰着头听。数一数，总共是十五只。

目送着它们远去的影子，继续散步。西南的天边是无言的晚霞，投影在池塘里，在农庄仓房的玻璃上——池塘是燃烧的眼睛，仓房的玻璃点上了最燃烧的窗灯。

叫“卡六安”的树

露塔霍特有一幢房子做了哥本哈根人的别墅，是麦苔的公婆买下的。

这是幢黄色的二层楼房，近两百平方米。房子到了手，麦苔和她丈夫也赶过来，一起对新房子出谋划策。像所有新上任的官员一样，这家人把房子按自己的意思好好整修了一番。就是说，外观还是斯莫兰省的老房子，有雕花的栏杆、雕花的窗。新近油漆了，但还是选择了传统的黄色。推了门进去看，就能发现，他们打通楼下一个小厨房和一间小起居室的墙，安置上宜家的全套厨房设备，成现代化的开放式厨房；每个房间都换了新墙纸；卫生间换上按摩式大浴缸。把一个摩登的哥本哈根搬到靠湖的丛林里来了——这才是他们买别墅的目的呀。

但还是有美中不足，虽然湖就在三百米外，可不站到二楼阳台上就看不到，被湖边的树木挡住了。

又一个长假日，麦苔和丈夫单独住在别墅。麦苔的丈夫个头才一米七，但他是个壮实的男人，学的又是森林技术工，爱干活儿，手也巧。他在湖边的林子里左看右看，自说自话地拿了油锯，一天就放倒了六棵大大小小的白桦树。这么一来，就是在一楼的新厨房也能看见湖水了。麦苔高兴极了，看得见湖和看不见湖，真不一样。完全被林子笼罩，是闭塞的。当有那么点水波透出来，这就有了浪漫的童话氛围——这才是开车五个小时，特意从哥本哈根来这里度周末的理由啊。

麦苔的丈夫还把两棵大树劈成木板，再拼接起来，油漆了一层又一层，原木颜色，就成了餐厅里长方的大桌子，好坐十五个人。麦苔把她男人好一阵夸，男人很满意，越发积极起来，继续在屋前屋后转悠，看还有什么能动手的。

这是一个通常的思而肯的院子。右边是一片苹果林，栽了有十来棵苹果树。现在，苹果树大约是太老了，不怎么结果，结的也发酸，但总还是好看的。五月里粉红的苹果花，十月里红色的苹果，看着漂亮，果子不好吃，又有什么关系呢。所以，麦苔的男人不准备去锯苹果树。

房子左侧，长了棵云杉，男人立即喊他的“领导”：麦苔，你来看看这树，你觉得怎么样？

麦苔说：这棵云衫，长得阴森森的，把黄房子的浪漫气氛都冲淡了。砍了。

但这房子到底不是他们俩的，麦苔的男人和父母通电话时，就说起这棵树。

父母一下就明白是说哪棵树。买下这房子时，特意请来检查房屋质量的那位专家就说，这树有些太大了，离房子也太近，万一来个风暴，倒了，很有砸到房子的危险。树根对房子其实已经有了干扰。买房子的人最在乎是房子，至于一棵树，那是细节。等房子到了手，搬来住以后慢慢计议不迟。和旧房主交接那天，偶然提起这树，旧房主说：“哦，卡六安确实是长大了呢。”麦苔的公婆问：“谁是卡六安。”旧房主说：“我们说的那棵树呀，它是有名字的。”所以现在，父母对他们的儿子说：“它是有名字的，等我们打听一番再说吧。”

旧房主七十多岁了，住在城里，这儿原先是她外婆家的房子，她的妈妈是独苗，她也是独苗。管了许多年房子，现在她也管不动了，所以才会把房子出售。麦苔他们打电话问：“到底谁是卡六安？是他们家什么孩子的名字吗？”旧房主自已也不知道。

后来，麦苔和她丈夫每次到思而肯，一有机会就和岛上的老人打听——到底谁是卡六安。

不是这家的男人，不是外祖父，也不是曾外祖父。没人听说这幢房子里住过一个卡六安。

女人心细，麦苔自个儿盘算：一个男性的名字。是夭折的某个孩子吗？是曾经的三角恋对手吗？或者是某一代旧主人的小名？但卡六安其实也可以是一种蘑菇名。这名字的可能性越想越庞杂。本来是想再请旧主人问问别的远亲，没好意思烦她。再过了五年，听说那女人得了老年痴呆症，谁也不认识了。

那棵叫卡六安的树，五年来长得更加茂密。有大大的树冠，黑压压的，让人越发没法下手。麦苔的丈夫远没这“卡六安”高，他时常仰头朝它看看，说：“我们不能砍它，我们就不能把它移植到谁家的森林里去吗？”这样的话，麦苔听见过，麦苔的公婆也听见过，他们都没吭声，不知道怎么接这话茬儿。

呼吸的石头

我不相信此生之后的生命
我相信此生
而现在，当浆汁结束了延伸，我已抵达
晚夏，我的季节，我记得
我曾怎样地痛苦，当蟋蟀鸣叫
现在我已不这么想了

天已黑
田间小道窄小如带，泛着不同的红色
消失在黑暗里，飞到黑暗之外
每一个道路的转折处都是一个神秘
包含色彩和光线它们自己的生命
行走真是舒畅
一条古老的石头墙也跟随着
是这样的时刻石头在此时最善于思考
是这样的时刻那巨大的生命
呼吸并散发幽香。好一个颜色在暮色里！
休耕中的田紫罗兰色，石头在冥想般富于变化的蓝色里
落叶林充满变幻

仿佛那就是它自己的絮语！

我第一次和贡奈尔的这首诗里提到的石头墙相遇时，惊诧了，惊诧于贡奈尔能以这样的笔触揭示出它的美。静默的石头墙呈青灰色，在瑞典南部，尤其斯莫兰农村的土地上此伏彼起，中断又绵延。人们驶过一片片田野，一座座农庄，不难看到一段这样一米左右高的石头墙。按说，因为司空见惯，容易叫人熟视无睹。但石头墙却惹人的眼，不仅是我的，就是长年累月住在乡下的人也都说那石头美。我虽说惊艳，又一时说不清它到底美在哪里。它究竟不同于一般意义上人们谈到的美的事物，比如，一朵粉红的花，一片碧蓝的海之类。但每每看见一段石头墙，我都忍不住用目光追随它，像是看见一个人，一个觉得饶有兴味，又捉摸不定的人。

如果给石头墙划定性别，我觉得，它更该是男性。它既不整齐划一，也不凌乱无序。它招惹不少的异性。它有时把一丛红色的柳兰搂在怀里，有时和一丛挂满了浆果的野玫瑰或覆盆子诉说情话。一排青石头，石头边也可能站了棵烁烁其华的苹果树。你能说这些不是美景吗。但这些个美景里，没有了那排青灰色的石头，是否还一样地美，真难以想象。石头墙配什么都得心应手，除了开花的苹果树，也可能是开花的樱桃树，一片獐耳细草，一丛勿忘我，几点野草莓，一棵挺拔的白桦、橡树或山毛榉。还可能是群休息的牛、羊、马。石头墙可以和所有这些相配，它是斯莫兰乡野的唐璜。在这条石头矮墙的串联下，本来平静的乡村轰然涌出一种无言的喧闹，闹得有条不紊而风情荡漾。

有时所有的花草动物都突然褪去，过来缠绕着石头的，是一团空气。斯莫兰的每个季节，都可能会突如其来的来一场白雾，最常见的是晚夏和秋冬。出现的时段宽泛，最经常的是早晨和黄昏。白雾在石上飘，浓烈又清淡，是石头墙一个最有仙气的情人。

如果要在“斯莫兰唐璜”的爱人里，找出个质朴的“荆钗布裙”，那就是苔藓了吧，那种草绿色、干而松软的苔藓，紧紧地，把一长条的石头墙时时刻刻缠绕着呢，依赖它，也护卫它，石头墙上的苔藓是死心塌地、同甘共苦的。

这些都不过是我的戏说。瑞典语里，中国的“万里长城”被称做中国墙。石头墙，除了被称为石头围栏，也可借用一个“墙”字。斯莫兰人有时自嘲地对我说：看，那是我们的“小长城”。

确实是小长城。通常只高出地面一米，偶尔能达到一米半。长度从十多米到几百米，没有一定。“小长城”是个笑话，却也道出石头墙的功用。

在农庄的周围，若有一条石头墙，正好打破一片开阔地的单调，分割出一点变化。有些沉闷的林子因为游走的石墙就有了点动感。但这一切，不是因建筑师美的设计，是出于生活的需要，因陋就简，因地制宜。农民，要耕地和种植林地，要将地里的石头理出来，把地弄平整，好种谷植树。理出的石头，本来是累赘的，但他们拿废弃的石头垒成地界，表明这边是我家，那边是你家；也可以阻拦动物的随意进入，石头墙成了战天斗地的成果呢。

靠近农庄的石头墙，把农庄围成里面和外面。主张透明和自由的瑞典绝少有高墙。高度在一米左右的石头墙，如果有人实在要跨，一抬腿就可以跨过去，它和大自然并不隔离。这样的石头墙，烘托着家园的感觉。墙的一边是家园里一树一花的修整，另一边是家园外，往草场、灌木丛或森林里延伸的劳作及幽会。那幽会是男子、女子，小狗、小猫们都有份的。石头围墙只不过把天下、地上的空间区划出不同的部分。没把天挡住，没把风景断开。不过，农庄附近的石头墙距农庄的灯火如此接近，且是围绕农庄铺展开的，多少有人的附属物的感觉。它是人们开垦和生存的一个点缀，是驯良的。

照理说石头墙当然是静止不动的。人从农庄里走出去，所到之处，时不时能看见有一段石头墙在田野里，在森林里。有时你以为它不见了，继续走上一段路，它一定冷不丁地又从视野里冒

农庄外的石墙

出来。所以说，石头墙其实也很能跑，人走到哪里，它也跟到哪里，走的坚实也悄无声息。

仔细看那些石头墙，每一节石头堆，最下面的一块，多数是大的，上面累加的石头，以及两边的石头没一块一模一样，也没一块平平整整。未经裁剪、刀削，这样大大小小、不同模样的石头堆到一处，竟然连成一体，而顶部竟然是被垒成一般高了的。偶尔也有一段瘫倒的石头墙，是被如今的人使用机器作业时不小心撞倒的。一旦撞倒了，很少有人能把它修补起来。这看似简单粗陋的石头墙，不那么好垒，需要熟练的技术。当年不过是农场主和几个熟悉的邻居一起堆出来，堆惯了，堆石头墙是生活技艺的一部分，熟能生巧。如今，没几个人对这手艺有钻研了。

虽说知道它由人工垒成，可因为它在自然里经过风吹雨打这么多年，在大自然里立着，尤其那在森林里的，更有从地里面长出来的感觉。地里不仅仅长树，地里也长石头。石头被挖出来，带着新鲜的土，带着石头的根须。带根须的石头，一度被拔出来，没死，重新被种在土里，和其他石头栽在一起而已，石头里活的生气并没断。

我有时纳闷，这石头围墙，刚被砌成一排时，会是什么样？如果它始终保持了初始的模样，还是可以诱人的吗？如今人们看到的，可都有了几十、几百甚至上千年的历史。青苔是最妥帖的黏合剂，况且纯自然，有自然的体态和颜色，把所有石头间的缝隙恰当地黏合住。

当视野里突然出现石头墙时，我都不由得屏息静气，特别是在森林里。如果说林子在一定程度上是静止或向上生长的，石头墙是在平面上延伸着的，是林子里的一个变数，又变得比蘑菇、野花或蚂蚁窝癫狂。站在一个起伏的林地里，看远处，两条石头墙，在林地里一阵蜿蜒之后，在更远处交会，走成一个图形，宛如天上的大雁在广阔的蓝天上集队飞翔的酣畅和有力。

如果往林子的深处走，走到挺拔的针叶林中，就算是有阳光洒下的罅隙，针叶林高大的枝干还是遮住了天，遮住了光。针叶林和落叶林不同，落叶林里，白桦也好，山毛榉也罢，都有日光下叶片的变化。即使是在冬天，林子的地上铺满了一层层金色落叶，总有几棵山毛榉，虽说叶子完全黄了，枯了，却没有落下来，没落光，忠实地等待在春天里第一枚新叶前来交接。所有的叶子，地上的也好，树上的也罢，能在不同的时刻和季节里，反射出太阳不同的色彩和温度。落叶林用这样的变换和大家交谈和亲热，和天空、空气、鸟兽、花草或行人。针叶林却是一如既往的，威严、阴冷。它不跟你浪漫，它叫你景仰，或产生悲凉之感。针叶

蜿蜒的石墙

林大概不是要和人分享的世界。就连那里头出没的鸟儿似也不同，针叶林里出没的要大一些，少一些。

石头墙，在林子里越走得远，走得深，就越发野了起来，入了无人之境。看不出究竟哪里是龙头，似乎即使没有龙头，不需点睛，也一样游走自如，披荆斩棘。它把一大块林地走出动静来，好大的一个动静！在瑞典南部森林里，最大的动物是麋鹿。但无论人还是麋鹿，没有什么可以如这石头墙那样，拖着如此长的身躯在林子里神出鬼没地游走四方吧。

在有些昏暗的针叶林里，看见距离自己数百米之外，一条石头的小长城，有惊悚之感，明白了林子里有千军万马的气象。这千军万马，蹄子正有力地抵在泥土之下。

看见这样的石头，当然也就明白，原来，这人迹罕至的密林深处其实是早就有人来过的，有不少人来过的呢，不然，也不会凭空冒出一条墙来。究竟多早，说不清，究竟谁来过，就更含糊了。垒起石头的人，不知他们如今都到了哪一个世界。被他们的手触摸过，经他们的眼挑选过，然后垒成的石头墙还在。

凭感觉，凭我在黄昏的田野和林子里散步的体验，我完全同意诗人贡奈尔的说法，黄昏最适宜石头墙思考。但我并不能确定其深意。如果花香是植物的思考，贡奈尔是否能更明确地告诉我，什么是一段石头墙的思考？一个可以成活数百上千年的石头墙，如果它思考，是否会和贡奈尔、和我们一样，有关于此生和来世的困惑？贡奈尔去世已八十一年，或许他已完全明白了答案，却不会再来写一句诗，透露给我了。

密林深处的石墙

思而肯桥

我想，我应该去看看那座桥。

桥被封锁了，已经封锁了有半个月，还要继续封一个半月，桥在维修，人可以走，不能开车。因为封锁，倒惹得人人开始议论起它来。住在城里的乌拉来电话，开口顾不上寒暄就叫：“你们岛上那桥封了，我看到报上的通知了。”住在乌索特南部的绅士乌尔夫在电话里慢悠悠地：“你猜，今天我遇到了谁，今天我遇见玛吉特了，我跟她说起你，说我准备去拜访你。你猜玛吉特怎么说，她说你被封锁啦。”

我的好朋友乌尔夫如果实在想来找我，其实也还办得到。那就要多开车一个小时，从西南端绕道东北端，再兜到西南，从思而肯岛的另外两座桥上过来。说来也怪，连接思而肯岛的桥有三座，被称为思而肯桥的却只有往东、往乌索特镇的那一座。

思而肯，我在这里的许多日子，一个抬眼，一个转身，在一片山毛榉的叶子后，在一头小鹿的影子后，在山谷百合那白色露珠的香气里，都频繁地看到湖水——夏天温润、冬天清冽的湖水，但我从没有真实地意识到，思而肯是一座岛，只觉得，那是一片地、一片林、一片家园。可思而肯的确是座岛，现在桥封锁了，才提醒我这个事实。

最初，没有桥的时候，自然就是划船。思而肯的孩子，因为要上学，据说六岁就能自己划船。相比之下，冬天似乎还方便些，很久以前的冬天比现在冷得多。湖里的水结成冰，人在冰上走，马车也在冰上走，这成了毫无疑问的事。不过，毫无疑问有时不一定靠得住。

一八五〇年的圣诞节，人们和往年一样去教堂做弥撒，对新教的教徒来说，圣诞的大弥撒总是在凌晨。那时不像现在人这么少，如今八十岁以上的老人，还记得他们小时候，跟随父母上教堂的情景。常常是走着去，如果有马车，沿路也能看到很多的行人，举着火把。点着火把，走上半小时能到镇中心的教堂。那一年，露塔霍特方向的有一家人赶了他们的马车去。

弥撒结束，人们在教堂门口套马的时候，就有赛马的意思，要快。这是一个奇怪的习俗。听完圣诞凌晨的弥撒，大家都尽可能快地往家里赶。谁最早到家，谁就越是有好运气。思而肯路上是快走的人、快马加鞭的人。露塔霍特这家的儿子巴望着比所有的邻居都早一步到家，好率先点上屋里的蜡烛。他是个驾车的好把势，那辆车载了他的父母、妹妹、弟弟，一路狂奔，很快就到了思而肯桥。

那不是现在的水泥桥。思而肯人造过好几次桥，思而肯桥有过木头的、石头的。过去的桥样子更美，现在的桥功能更好。露塔霍特这家人抵达的就是最早的木头桥。桥是这一年夏天刚造好的，松斯莱特的主妇，难得识字，但爱写几句打油诗，有一句这么说：一桥飞架，距离上帝的路就更近了！

这是这座桥的第一个冬天，第一个圣诞节。小伙子可以驾车从桥上过，先向西面，再折向南面。但他显然想抄近路，直接从湖面上斜穿到西南角的露塔霍特。他将马车赶向奥斯南湖，马车走到湖中，冰冻有个把月的湖面突然发出迸裂的响声，马车陷在漆黑的湖水里。在奥斯南湖，这样的事百年难遇。这条线路是小伙子以前驾车走惯了的。岛上的人以为，从前，在同样的天气条件下，那湖面结了厚厚的冰。这一年，新桥在。桥的出现，也许改变了水流的方向和速度。靠近桥的地方，石头多，水流急，不易冰冻。马车又恰恰是走了条紧挨着桥的南面的路线。

露塔霍特的这一家当年就不在了，露塔霍特的其他人如今大多也不在了，只是搬进些夏天才来的候鸟一样的住户。思而肯桥还在，修建了多次。一九三〇年为纪念桥的修造，岛上的人竖了一块碑石，那碑石就在桥的西南岸。碑石上的文字是古式的，石头上长了不少青苔，把字迹已弄模糊了。

沿思而肯路散步到桥边，一路上难得碰到什么人，顶多有辆车，从身边开过，大家抬一抬手，算打了招呼。从思而肯路往桥的方向走，在夏秋，路上遇见最多的会是黑色蜗牛，要注意绕过，不至于踩上。走到半路，中风了的六十岁的玛格雷塔目中无神地面朝大路坐在她家雕花的阳台底下，她似乎一直看着你，可你跟她招手、微笑，她又是什么反应也没有的，跟你绝交了一样。到了桥上，可能会有几个游客在桥洞里蹲着钓鱼，也可能是几只野鸭子在桥洞边约会。

现在仍保留着的另一座思而肯桥

桥在，不觉得有什么特别，何况水泥桥，不够漂亮，人不大要注意它。桥被封了，到底让人品尝到不便，尼森老头搬家到老人公寓的事就变得棘手了。尼森是个退休教师，七十六岁，搬家是因为他已不能料理自己住的两层楼房了。他在镇上公寓的生活按预订半个月前就应该开始了。他自己却没联系搬家的事，只郁闷地躺在沙发上喝酒，天塌了也不管。搬家当然不是小事，租卡车不便宜，打包、装箱，都是活儿。尼森在一个二层的楼房独自住了靠十年，要理的东西不少。女儿、女婿拖走了他们借尼森的屋子存放的图书，尼森自己搬家的事，并不想管，因为尼森酗酒，这些年，他们和他闹过不愉快。

按说，尼森该自个儿给搬家公司打电话，但酗酒的人下不了决心立刻做一件事。我到尼森那里，当他的面给搬家公司打电话，好多公司都说没空。继续拨下去：

“要搬家呢。”

“好啊，谢谢。”

“星期五，行啊，星期五刚好有时间。”

“什么，住在思而肯，思而肯桥可是封了。”

“可还有两座别的桥呀。”

“要绕道的。”

“连打包带搬家，要多少钱吧？”

“不好说啊，两层的楼房，一百多平方米。我们要派两个男的，一个司机，一个帮着装运，东西还没打包，那么外加两个来打包。一万五千块。”

尼森一直巴巴地听着我跟人说话。放下话筒，我又跟他说明价码，他“哈”了一下，又“哼”了一声，瘫坐在沙发上。这沙发，他在思而肯用了约十年，说是不准备带着去老人公寓，也没让狮子俱乐部的二手店免费拿走，人家嫌旧，不要。沙发破了，面子、底子都破了。据我所知，尼森一般是从早晨就开始躺在这沙发上，喝口酒，抽口雪茄，偶尔瞥一眼电视，做几条填字游戏。

自打他的猫死了，就连起身给猫备食的事也不用做，沙发就是他的窝。

尼森指着电话簿，对我说："打另一个。"是个小公司，看名字，是一个阿拉伯移民开的。"是的，我是移民，可瑞典人在给我打工。思而肯，没问题。价格，不好说啊，要看干多久了。少说也要一万块。"

我回头跟尼森一嘀咕，他基本同意了，毕竟比前一个公司便宜了五千块呢。阿拉伯移民听见，喊起来："不是你本人啊，老年人我们要收现金的。""我有退休金一万五千块，下个月十五号拿到。"尼森说。对方死活要现金。

尼森搬家的事情暂且搁下，但至少定了个方针，找外头公司是不行了，决定找自己人，租车自己搬。

等我从尼森的屋子出来，散步到思而肯桥的路上，暮色已沉。桥的那一头有几个女人、男人，这一头也有。是在乌索特或更远的城里工作的人，把车停在桥东，自己走过桥，上了自家男人或女人的车，一起开回去。或者是用自行车，男人驮着坐在后座的女人，一起骑回家。骑自行车回家的两对中，那年轻的一对，女人搂着男人的腰，一路快活地说话，静静的风就把他们的话音传开去，从桥边，一直到思而肯路上。在这秋天的暮霭里，思而肯路又活了起来。

肖子

原来住在思而肯的老妇人乌拉已经搬到了乌索特的公寓里。她碰见一个年轻人，是来帮她修电线的。

乌拉用视力不足的眼睛打量这个年轻人，他报出姓名，乌拉立刻来了神，她想起了一些事。是的，如今的事，乌拉记不牢了，但从前的左邻右舍，表兄表妹，这家那户的姓名、关系，在她的脑子里倒是越来越清楚，推都推不掉。

乌拉说："你是露塔霍特农庄出来的吗？"

"对呀。"

"你爸可是叫乌罗夫，你妈叫玛格雷塔？"

"没错。"

这么说，乌拉是认得年轻人的父母的，这么说，年轻人是娃娃的时候，乌拉还没少抱过他。后来很多年少了联系。到现在，乌拉九十岁，乌拉叫他年轻人，他也快六十了。他的父母和乌拉的老伴一样，早几年都已到了乌索特教堂的墓园里集合啦。

乌拉的视力一年不如一年了，她有白内障，开刀都开不了，医生说，就只有这么过一天算一天了。就算她的视力一如既往，这面前的"娃娃"还是叫她难以辨认。那张脸，不好和年幼的娃娃比照，乌拉就往记忆中的中年乌罗夫或玛格雷塔的影子里去找，她看得累，终于颓然坐在沙发里，喃喃地吐出一句：

思而肯的风物

思而肯苹果园的苹果树是自然生长的

思而肯的标志物是个圆圆的大苹果

冬天窗边的蓝冠山雀

思而肯夏天的木码头

野外的石墙

“唉，你到底长得像你爸还是你妈呢？”

他愣了：“我是，大约从前面看像我妈，从后面看像我爸。”

嘿嘿嘿，他自己笑起来。人都说，他擅长开玩笑。他又一次得意自己果然是擅长的。老太太并没有笑，他的笑尴尬着，有些苦味，一丝感伤掠过心头，因为他下意识地摸了摸自己秃了的头顶，正愁这段心情没有出路可逃，倒有一点满足的情绪漾出来，像他爱喝的黑咖啡里加了一点白兰地。他万没料到，在一个程式化的工作日，在他毫无期待的时候，一个更老的、完全不让人对之投入期待的人，这人的嘴巴里提到乌罗夫和玛格雷塔，提到另一些时空——那一刻，不仅是他俩在说话，也不仅在那里、当时。他和乌拉都沉默着，呼吸这个突然出现的时空。

画框里的早晨

早晨。没太多意识的，他俩总这么围绕着厨房的桌子坐下。他喜欢面朝着南边，他夸口说，他有的是最好的位置，看得见崭新的宜家厨房设备。她说，哪里的话，她的位置才最好。

她专挑朝东的椅子。她喜欢这样的视野。窗灯外，窗外，是石子路，路那边就是草地。草地在一月的冬天，冻着，但透着一点绿。草地后三个红色的带窗户的小木房依次散开。早年是养鸡，现在放着杂物。小木房的背后，立的是橡树。她看见橡树的褐色枝干。在有薄雾的早晨，坐在窗前，地板是暖暖的。咖啡壶上冒出水汽，咖啡的香气弥漫。在有薄雾缭绕的褐色枝干上，升起了一个圆圆的红太阳。

所以，她提醒他这扇窗有多美。他走过来，也挤到她的椅子里，搂着她。说：是的。确实美。我生在这儿，长在这儿。但我从来没像现在，在心里，这么深，这么严肃地感觉过。

窗内与窗外

她很高兴他有了这感觉。她微微侧过头来，就看得见他的眼睛，清澈的北国空气一样的眼睛。他俩把头靠在一起，默默看着窗外。这是她和他，在他们的家里，一个冬天的早晨的开始。

新年第一课

零下的温度已有两周，三周。用脚拨开浮雪，新年头一天从早晨起落下几小时的雪。雪下边露出了冰。一片冰里的奥斯南湖。

谁也没准备去滑冰。只在新年的第一天，在迎新的宴会结束，离开奥斯南湖之前，有人提议去散散步，吸吸新鲜空气。为什么不呢，于是就散步到了五分钟之外的湖边。

几个男人先踩上去。一起用皮靴蹬两脚，冰面也还是实实在在。

弗莱西亚才两岁，坚决要在冰上走，她还知道滑着走。她一面滑走，一面发出叽叽的尖叫。光听音，听不出那是高兴、兴奋还是惊恐。要看她的脸，她的小脸儿笑着，弗莱西亚，她是喜欢着呢。

走一遍，又走一遍。

她滑倒了一次。又倒了一次。

“一点没事。”她说，自己爬起来了。

走一圈，又走一圈。

弗莱西亚越走越离开人群，离开湖边。

“弗莱西亚，别跑太远了。”

话音刚落，一个钝响。弗莱西亚仰面倒在冰上。听见了她的头碰在冰上的声响，是前几次滑倒所没有的，然后听见了放声大哭。

她的爸爸奔过去，把她搂抱在怀里，哦，可怜的弗莱西亚，他亲她的小脸，不顶用。他又忙不迭地把大衣解开，让小弗莱西亚贴着怀："这样能觉得好受点吗。哦，弗莱西亚，你知道，事情往往是这样，往往是这样，这样的活动往往就是以这样的方式才得以结束。"

弗莱西亚不再哭出声来，也不说话，眼里还是有泪在淌。

第十三日的脚印

雪连续下了一周，堆了一尺多厚。走过花园到篱笆外取信。

穿了羊毛袜子和威灵顿胶鞋，走在这样的雪里，真惬意，没有比这更好的地毯了，夏天堆积了层层树叶的山毛榉林子里的地，踩上去也有自然的松和软，到底还没这么厚。

行走时除非特意回头，看见的脚印不过两只，抬起左脚，才看到刚踩下的左边脚印，也只有抬右脚往前跨步时，右边才现出个脚坑来。回到房里，看橘黄色灯光映衬下的窗外，才见雪地里的脚印连成了长串，一左一右的脚印，几乎等宽等距。干软又有弹性的雪，安稳地让一个女人的小脚，踩出大印迹来，雪衬托出立体的宽度和深度。每个脚印是一个雪雕，一笔一画，不臃肿多余，也不瘦削单薄。在窗内看到这样的雪雕，一阵欣喜，心里说：嘿，我还真能！

雪地上的脚印

隔个一时半会儿，再看外头的雪地，纷飞的雪是毋庸置疑的，脚印边的雪是肯定的。那脚印到底是谁踩下的，却模糊起来。真是我自己吗？真是我的脚印？是我走过的吗，还是雪走给我看了看？

我在疑惑中睡了。

雪夜结束，一轮太阳在冰天后，偶尔用力一眨眼，在窗玻璃上、早餐桌上投下霞光。在这样的光线里，收音机里传出第十三日显现节的祷告：主，我感谢你。

打开房门。紧挨墙角和窗户延伸着一串脚印。小小的，有的方圆，有的细长。也几乎等宽等距。

是谁在雪夜里，跑到我的门口和窗下？

某年也是这时节，麦苔来访，不巧家里没人。麦苔把她烤的面包装在塑料袋里，挂在我的门把手上，就离开了小岛回哥本哈根去了。

两天后我在大雪里回到家。袋子冰凉，里头的卡片也冰凉。面包很香、很硬，塑料袋的底破着，没有爽快的大洞，是破得琐琐碎碎的。雪地里残存着一串细长的印迹一直到台阶。不是麦苔的大脚。是有什么不速之客走到了门边，嗅着面包香，隔着塑料袋，从袋底咬起来。我想过很久，那家伙到底会是谁呢？

今天白天，这雪地里，几只山鸟在我之先走了一趟，我走了一趟，一对鹿也走了一趟，后来走过那只前天出没过的红狐狸。从雪地里的印迹看，平心说，我们走得大同小异，我们都有脚。这是雪在走，特别在这第十三日。

幻觉

没有像这年冬天一样见那么多积雪。现在五十多岁的人说，是他们十来岁时，才有过这样的天气。请来环卫处的除雪车清除了几次，即便如此，因为雪下了一个冬天，到终于停止，满坡满园的，还是有半人高的积雪。园子原先的模样像数年不见的情人，

积雪

其面目以为烂熟于心的，不料真要描摹，却似是而非起来。

对这堆积的雪开始无望、极不耐烦、以为没完没了的时候，到三月中，突然一日一日地，在欢唱的鸟鸣声里，二楼阳台的雪化成水，顺着水管淙淙流到石子地面里。草地上的雪悄然无声，以潮水的姿态默默而退。和潮水不同的是，它们不是朝着某个方向在平面推进，而是，在平面推进到一定程度，忽而发生了似乎是垂直的变化。总之，在平面上，我是看不到它们了。我的人生经验中此前没有将雪作为一个庞大的存在而记忆。一般，雪的形象是飘然的，更让人记住流动出的氛围而非静止的形状。

雪退，车终于可以无遮拦地开入，人可以平稳地走，这是盼望了数月的事。但看见满坡满园的雪，就这么几日之间，从多到少，然后，一夜过后，退到无。简直不像是真的，说没有就又没有了吗？人生不过是如此吧，一切都是暂时的，如果有时觉得苦，要知道，这苦都是会过去的。

阳光一停，风就开始动。风在林子里摇摆，和摩托车、汽车在思而肯路上远远奔来的声音极其相似。如果是车，声音会渐渐增大，车在远处时，在这人迹罕至的地方，要竖起耳朵仔细辨别，也还是会混淆不清。觉得，有车也好，有风也好。

除了风声，这一天也传来飞机的声音。出门去看，不是勘测森林的直升机，是军用小飞机，发出战争片里才有的轰鸣。军用机不过是低低地飞过，是它的声音有俯冲的效果，要往房顶上、我头顶上压过来的声音。这和平的国度，和平的岛，在这冰雪消融的日子，有这样的声音，也可能只是我的幻觉。

春天的野草地上

外边在我们的草地上，
在那里生长着蓝色的莓
　　来吧，“心的欢乐”
如果你有点想要我
让我们在那里
　　相会吧
　来吧
——百合，梦幻草，玫瑰，鼠尾草
来吧，甜美的薄荷；来吧，“心的欢乐”！

那些可人的小花
它们邀你起舞
你想不想跳
你如果想
我就做一个花的环
　来吧
——百合，梦幻草，玫瑰，鼠尾草
来吧，甜美的薄荷；来吧，“心的欢乐”！

然后，
我把那花环
放在你的发上
太阳在下落，
希望却上升
……
外边我们的草地
在那里
有无数的花和莓
在所有所有的一切之中，
你——是我的最亲最爱！
……

我第一次听到这段旋律是我到瑞典的第一天，一个四月三十一日，一个迎接五月和春天的日子。隆德男子合唱团在隆德大学有着四个斯芬克斯的主楼建筑前演唱春天的歌，其中就有这首在瑞典人人皆知的、古老的哥特兰岛民歌。说它古老，因为没人知道作者是谁，究竟作成于什么年代。据说在十七世纪已广为流传，迟至十九世纪才有此歌的文字记录。

出去，到外边，这在北国瑞典是个具有重要意义的行动。在长冬之后，终于可以舒展地走出屋外。屋外，到草地上，到离宅子有些距离的林子里的草地上。那里也许有木头围栏，也许有石头垒起的矮墙，也许有牛羊吃草。对，就是那样的野草地，那里，蓝色的莓在生长，生长着的更有呼之欲出的“心里的快乐”。蓝色的莓不是蓝莓，有人猜那是种让人产生性兴奋的药草，只是猜度而已。“心的快乐”，是一种叫香蜂花的植物。

一连串的“来吧”，“来吧”，听上去不是命令，更像是召唤和愿望。一连串的“来吧”，描摹出一个富于动感的春。草地上，在春天一日日增加的温度中，一日日越冒越多的草儿、花儿。是希望中的，是就要来了的，是进行时的。对这进行中状况的重视和捕捉，吻合着寒冬消退后，北国大地上，愿意投入地感受春天每个细节的人们的心。在春天的地上，已看见花草们的腿脚踢打开了，在春天的风里，已经可以嗅到芳草的味道。男子说，如果我有些什么是让你觉得想要的，那就让我们见面吧。男女相会的希望在这样万千花草的生长中也生长着。

开在三月中旬的花，名叫雪滴

那些可人的花草，百合、梦幻草、玫瑰、鼠尾草。百合和玫瑰，如今都是婚礼上常用的鲜花，自然和情爱相关。白色的百合花往往象征女子的纯洁。《圣经》的雅歌里就有一对相爱的男女，女子自称“我是沙仑的玫瑰花，是谷中的百合花”。

梦幻草有去淤、止血、镇痛功能。用于下死胎，治子宫出血。鼠尾草有滋补性，治痛经和不育，同时对子宫有刺激作用，可用于助产。玫瑰不仅仅是漂亮，对痛经、月经不调也有功效。被称为“心的快乐”的香蜂花，有柠檬般的清香，人们相信，它能赶走悲伤，行气止痛，还能补肾壮阳。

在瑞典人人会唱这首歌，但没有许多人留意这首歌里的“心的快乐”，指的是一种花草，多数人会直白地以为就是指内心的愉悦。也许，它是可以有两层意思的，联系整首歌曲里出现的其他花草，理解为这是花草名不难，但“心的快乐”又不仅仅在花草的名字里存在；春的到来，和异性的相会——这一切，叫人如何不快乐！

男女，春天，百花，千草。简单的相会，无邪的快乐。单纯而自由跳动的欢乐的心脏。简单的句子如气息一样被呵出来。轻轻的，又是深深的，然后，由低到高，由缓到急，缓急交错，但根本上还是和缓的。是草地上的，舒缓的春风的低吟，它既内敛也奔放，柔和又强烈，是伸展和自然的。歌声渐行渐止，余音袅袅，纯粹和遥远，它的气息穿透时空，直抵人心。

太阳落山，四周格外寂静，夜会来临，“希望”在增长，歌中没说“欲望”。欲望也可以是自然而美丽的，“希望”就更纯粹。外边春的草地，在那里，有无数的花和莓，在所有所有的一切之中，“你是我的最亲最爱”。这是鸟儿筑巢的春天，小鹿产仔的春天，万花竞相开放，当然也应是男欢女爱的春天。

柴与火

对单身的老头英格玛来说，每天最重要的事情是劈柴。“你知道我为什么劈柴？”七十岁的他通常等不及别人猜想和回答，就忍不住呵呵笑着说：“因为，我做别的事，一天一天，别人看不见，我自己也看不见，可是木头，砍下来，一节一节垒在一起，我看得见！”

夏天是乡下人劈柴的季节。城里或国外的游客总诧异，斯莫兰省的乡下人把上好的白桦、橡树就那么砍下来，再劈成小段，光是烧了火！都是比碗口粗三四倍的好木头呢。

乡下人说，森林里的树太密了倒不好，总有些自己冒出来的树！要跟拔草似的，选些歪脖子瘦腿的树，砍了，好让那更健美的有足够的空间茁壮成长。

秋冬总归要给苹果树剪枝，那么苹果枝呢，就不能拿那个来烧火吗？

不行，乡下人摇摇头，劲不够大。柴火的道道多，比如讲吧，乡下人对外乡人简单介绍说，木柴派用场前是要晒的，要收水分。比如白桦缩水就快，橡树缩水则慢。到派用场的时候，白桦着火快，但很快就会烧完，橡树着火慢，燃烧的时间却更长，劲道更大。

斯莫兰小说里很著名的移民三部曲，主人公也少不得劈柴。年轻的农民卡尔·奥斯卡在一八六〇年遭遇大旱，颗粒无收，然后他幼小的女儿在饥饿中，偷偷多吃了点，胀坏了肚子死了。卡尔·奥斯卡的女人伤心落泪。卡尔·奥斯卡没有哭，他走到仓房里举起了斧头。连续几天，即便在夜里也能听到劈柴的声音。没人敢走近他，没人敢劝阻他。

卡尔·奥斯卡的斧头，即便是今天，在斯莫兰的农庄里也还都能找到那么几把。一八六〇年的卡尔·奥斯卡用斧头、肌腱来劈柴。如今，男人也劈柴，却鸟枪换炮——用上了电锯子。锯子吱吱呀呀歌唱，在林地里如此，在农庄的空地上居然也是。唱上一时半会儿，就要吃要喝，吃喝的往往是汽油。如果问罗兰德老头他今儿个劈柴要多久，罗兰德通常这么答：到锯子里的油用光为止。

锯子将长木头切割成小段，至于那一段段切下的木柴，沃夫冈得用卡尔·奥斯卡的斧头来劈。罗兰德已用一种机器，半自动化，一揿按钮，一把铡刀将木头一劈为二。这架威力无比的机器，特别沉，一头有轮子，一头有铁脚，若要移动它，需两个青年汉子一起来推。机器漆着蓝黄两色，呼应了农庄前场旗杆上呼啦啦飘动的国旗，那国旗上飘的也是蓝和黄。

房客尼森一见场地里堆了木头就喜，就哈着腰走过来，绕着木头的小山兜圈圈。他这个冬天的暖气完全有保障了。

柴在壁炉里烧，那是城里人冬天生活的一个点缀。乡下烧柴火，是要供应所有房子的取暖和热水。所以，总有一个单独的炉火房。有一个十立方米大的炉膛烧火。一天要烧几回。十二岁的马库斯在二月的一个冬天觉得冷，他的爸爸不以为然，说，冷吗，柴火都在那儿堆着，怕冷就去加两块。马库斯无话可说，自己穿上外套，到炉火房里去加柴火。而且，炉火房，那才是农庄里最暖和的房间呢。

烧柴要用报纸引火。单报纸还不够，要用些木头片子。柴火若烧得好，瞬间就看见报纸红了，报上女人的大头照亮了，木头片发红，开始吱吱地响，整个炉膛红彤彤，喜洋洋。若没烧好，一肚子黑烟气呼呼地喷出来，喷得人满眼、满脸、满身。满头满身都是柴火味。松斯莱特的男主人，喜欢从背后搂住他的女人，亲她的长发，有时，他心领神会地一笑：你去过炉火房了。头发上的柴火味不臭，对女人来说，却还是不够美。她听他笑了，就急着挣脱开，要去洗头。她并不爱烧火，但偶尔也耐不住去看柴火烧旺的样子。

女人觉得炉火好看。而且烧柴火，真要经验。若性子急，不等几根木头完全燃烧，就一股脑儿塞满一炉膛的木头，炉膛不因为请它多吃就买账，连先前的木头都黑下来，全部黑给人看。要一点一点加木柴，烧上半个时辰才全部加满。再不怕熄火。悄悄打开炉门，能见到满肚子的火光，明晃晃，像普天同庆。

走出炉火房，在屋外，看烟囱，也好看。没点好时，烟，灰

木柴

黑色，无序而急躁地挤出来。若点对了头，烟泛蓝色，慢条斯理，稳稳当当地飞到屋顶上、蓝天里。飞呀飞，不一会儿，竟把那一片蓝色也飞跑了。炉膛还工作着吗？只需朝烟囱口定睛一瞧，那里仿佛是水面有一点隐秘的波澜。那就是最好的烟了。烟囱口四周都在幸福地颤动。

男人喜欢的多是木柴一块块齐整地垒在一起的样子，说，那根本就是艺术。松斯莱特的女人，她喜欢的是炉膛的火红，还有远远看见的屋顶上烟囱口颤动的幸福。

和她在一起

先是雨，继而起了雾。

如果不需要到门口取信，如果雨没有下成暴雨以至有断电的危险，即便是雨水也让她喜欢。

雨有时是突然就来，斜斜地打在窗玻璃上，又一条一条，拉开队列，从窗玻璃拉到茉莉花灌木丛那儿，走到红色的偏屋，渐行渐远，一直走到篱笆外头，才若有若无。

是千条线，万条线。千条线、万条线推了她一把。把她推在里头，把世界分成里和外。

草更青，即便是在冬日。外屋的红色木板红得格外沉淀。

雾比雨还好。雾来时，是没来由的。遮断一星半点的有，笼罩一片的也有。照说，有了雾，该看不清那些绿和红。绿和红竟都还在，是水中的色彩，是蘸了水的朱砂和石绿，点在整张的夹宣上。

她的男人，在回家路上给她电话："你，一个人在林子里，不怕？"

今天，她一个人，在林中木屋，听炉火噼啪作响，不必担心有人来。

"不怕。不是有雨和雾嘛，不是还有炉火。"

那些雨、雾和火，悦耳、朦胧、温暖。不比人差，又少掉和一些人相处时无谓的纠葛。近来，她已厌烦和某些人打交道。有些人不比鹿更好；有些人和野猪，和狼，也不一定好比。这林子里的野猪和狼不肆意伤人，反在嗅到人群时，在人看见它们之前早早地土遁。

一个人在林子里还能怕什么呢?

野猪

走过松斯莱特一号，史地高格家门口，他家本来黄色的主屋，不知何时被漆成红色。门口的信箱也新刷过，蓝色的底上漆了两朵红色的小花，写着尼尔森，这一家的姓，记得他的女友曾告诉我，她喜欢油漆。她叫莫纳，一定是她勾出了几朵花，让这单身汉的农庄在门口就透出点女人的气息。

院子里没人，蓝黄两色的国旗兀自飘动，不宽，是细长条的，在收尾处尤其翻卷出夏天燕子的羽翅般宽瘦适宜、尖圆合度的效果——唯美，却又不张扬的。农场主屋建在高处，屋子左面透出奥斯南湖白晃晃的水波，斜对面，这林间的路一脚一脚低下去的地方，是铺开的一大片草地。如今欧盟提供经济补贴给农民，不种菜，种草也可以。在夏天里刚割掉一茬的草地，看得人要跟着长长地呼上几口气，呼吸的节奏下意识模仿了草地在清风中的缓缓起伏。宽广、柔曼的草，也只有那不远处在波阳土生土长的倔老头子文森特才可以割得这么好。文森特租了尼尔森家的地养草。

这么平稳地呼吸着看草，并顺着惯性，沿草的边沿走上几步，毫无准备的，惊觉远处有一番无声的动静。那是什么？！因为远，因为路的坡度，那东西是挂在天边一般，硕大的脚印，在天边的田野里。只两三个健步，有谁就跨越了宽阔田野，消失于天际吧。我紧走慢赶地走到田间去，近看，三个说不上方形，也说不上是圆形的深深的泥坑。草全不见，露出深处黑色的土壤——野猪来过！

思而肯岛有野兽，是猎人打猎的好地方，比如麋鹿、小鹿，也总有些獾、松鼠、兔子、狐狸。初听害怕，当地人说基本没危险，这里不像真正的北方，没有熊和狼。在思而肯还从没听说过野兽伤人的事。只要野兽不带仔，人不惹它们，它们通常不来惹人。

话虽这么说，在六月的光天白日下看见野猪脚印，还是让我无心散步，逃也似的奔回自己的家。感觉野猪的一对对小眼睛，也许就在路边林子里埋伏着，盯着我看呢。我可不想遇见野猪。因为就连莉莉安对它们也怕。

莉莉安是我的邻居，有一只三岁的拉布拉多狗叫薇拉。莉莉安从小在乡间生活，她平时总喜欢说："有什么可怕的。"

去年初秋的早晨，她开始惦记自己的蘑菇康特莱拉，就拎了篮子往林子的西面去了。薇拉时而跟在后头，时而冲在前边带路。它爱谄媚人，更爱卖弄，已学会用爪子扒拉一下林中黄色的叶子，看下边会不会透出金黄的康特莱拉，就像它的妈妈莉莉安做的那样。康特莱拉是这样一种奇特的蘑菇，如果你发现了它们，刹那间脚底下松软枯黄的叶片就开成了金色的蘑菇，只有熟悉林子的人，才能捕捉到这样魔术的瞬间。

莉莉安埋头看地，看地上的黄叶。能听见远处，在林子的东头，油锯发出男人的吟唱。她仰起头，笑了，是她的男人在工作了呢。过了大约十分钟，她挎着篮子朝路上走去，准备转移到另一个她记得有康特莱拉的地方。小路的弯曲处，出现了些步履的动静，莉莉安想打个招呼，是呀，一定是其他采蘑菇的，在思而肯，无论是常住人口还是夏季的德国旅行客，哪有她莉莉安不认识的。但她愣住了，是一头黑色的母猪领着三头褐色的背部有条纹的小猪，正慌张地急促奔来。

薇拉！莉莉安大叫一声，掉头就跑。"我是一个劲地跑，根本不敢回头。"后来她这么对我描述，跑出约一刻钟左右，斗胆掉头看，野猪消失了。莉莉安还是在林子里，林子的一切静悄悄，就像刚才那一幕并不是真的。

“我还真是怕了，估计那野猪是从我男人的方向过来的，油锯把它们惊走了。”在那一天里，野猪躲开了这家的男人，然后又和他家的女人狭路相逢。可惜那半篮子康特莱拉，抖得只剩了一小把。莉莉安回想那次奇遇，说，野猪看见了她，它们也是很受惊很害怕的。

七月初，林业干部拉斯·诺北来我家北面的林子里勘察，到中午休息时间，又荡回来，打算下午再勘察南边的林子。于是就来我家的阳台上吃饭，喝杯咖啡。

“碰见野猪了。”他打开自己的饭盒，咬了一口三明治，满足地说。

“哪里？”

“就在北面林地里，走到大约一半，离那棵老菩提树的地方不远。”林子里确实有棵三百多年的老菩提树。

“你和野猪距离多远？”

“就隔了两棵白桦树和一丛覆盆子。”

“那你怎么办的？”

“它看看我，我看看它，我们都没出声，我没动，是它先跑了。”

拉斯·诺北在林地里观察树木，不是走在平实的路上，在斯莫兰，地下布满石头，是在石头、树木和灌木中走。他体格高大而肥胖，近来腿有些跛。也只有野猪先跑，否则，拉斯·诺北他就是想跑也不像莉莉安那么容易。

野猪不仅仅是在林子里了。今年的夏天，我在我家院子的外围和树林的交界处，甚至路边，也发现了野猪的印迹。那当然不是脚印，是一个个的坑。大夏天，有那么多浆果可以吃，连老鼠都跑到屋外、不用挖洞的时候，野猪却还是喜欢用嘴巴拱地三尺，找一些树根来吃。

我们以为是我家距离邻居的屋子远，才被野猪欺负了的。不久就知道，附近房屋和人口相对稠密的牛奶棚宿营地，好好的草坪上也出现了高高低低的坑。野猪还冲到公路上，差点撞上开车夜归的玛替尔斯。

大家有些担心起来，去问猎人的领队卡六安。卡六安说，近年，野猪繁殖过快，全部的南部瑞典都有这问题。等秋天一来，思而肯的狩猎队伍要安排打野猪才是。

春天里动物繁殖，不是狩猎时节，夏天基本也不是，灌木高、叶子深，人群活动多，狩猎危险。加之日天长，不易伏击。和野猪的较量，要等来年秋天。卡六安的老婆擅长灌肉肠，到那时，卡六安没准会拎了野猪肉肠来松斯莱特。

岛上的狩猎

每年九月初开始打猎。在允许狩猎的秋冬季节里，往往是周末，猎人们在清晨聚集在一起喝了热腾腾的咖啡，吃点面包，说笑一阵后，就挎着来复枪，列队上路了。白雪飘落后的清冷的早晨，在他们看来是天赐良机。雪地上的爪印，会透露各种动物的行踪，寒冷也会迫使动物出来觅食。

在乡下的那些秋冬的早晨，我坐在厨房里，透过冒热气的茶杯、窗前橘黄的灯光，多次看见一群穿军绿色衣服的男人列队远远地穿过草坪东头的小路，走向树林的深处。他们一边走，一边偏过头来，朝有灯光的我这一头看过来。他们挥手，我也挥手。一两小时过后，平静的湖面上，划过一阵枪响，然后，能听见一阵快乐的狗吠。这里的空间是那么大，几百公里内除了森林湖泊，只有数十口人，时间也因为静谧而格外悠长。几个秋冬过去，我始终没能学会确定猎人的方向。但我知道，他们就在某个地方。当这样的枪声响起的时候，我听见了，会停下手上的事情，笑一笑，想一想。我猜，岛上总该还有人和我一样。当我们偶尔在镇上的超市相遇时，会谈起，某天岛上打猎了。我们都会有些激动，在一片平静下，有那么一种激昂的故事发生着，像更古老的日子里有过的那样。

迄今为止，我只跟着猎手出行过一次，那是个秋天的午后。

我跟着尤金，尤金的老婆，以及尤金老婆的狗一起到林子里找猎物。他们每走一段，尤金的老婆就让猎狗站着，定神嗅嗅，感受一下哪里有目标。尤金自己也有只猎狗，那天牵着的是他老婆的狗，所以由他老婆负责和狗交流，狗负责发现猎物，尤金负责乘机开枪，我就负责自己跟着。这是一片云杉林，混杂了一些灌木。林子里布满树杈，树与树之间的地上立着高高低低的石头，走起来真不容易。但所有的荆棘、岩石，在猎人眼睛里好像不存在。他们只是跟着猎狗的鼻子走。猎狗无论是在哪里，一个飞跃就过去了，荆棘有时也划拉一下它的皮毛，它却浑然不觉。尤金提着枪，一个健步也过去了。他是一米九的大个头，十二岁就跟着父亲打猎，又是做森林工作的，在林子里走跟走平地没什么两样。尤金的老婆走得也飞快。我却觉得他们走的并不是路，因为我不是松针钩住了衣服，就是树枝挡住了去路，只能紧赶慢赶。尤金提枪射击时，背后树底下午睡的鸟儿从草地和叶片底下扑腾腾地飞出来，一只六神无主的兔子突然慌乱地跑进了射程，但尤金的目标不是兔子，是鹿。他左突右进的，偶尔小声关照我，低下身子才最安全。尤金举枪时，最害怕的很可能不是兔子，而是我，怕子弹不长眼睛，飞到我这儿来，枪到底是离我太近了。那天，尤金打得不那么好，打得太狠，鹿的一只眼珠子都被打了出来。

我们那次就是随意在林子里转了不到一小时，是尤金知道我好奇，领我见识见识。猎人如果集体打猎，一般就有计划。比如打野猪，有时是在全岛范围内围堵。在松斯莱特、波阳和牛奶棚几个可能的地方都布下了卡哨，说好分工。同时，都有汽车、对讲机彼此联络。有时，打下了一个大动物，能看见猎人的车在岛上开来开去。

森林里当然是立了打猎用的高高的木头架子，那也是一个个的岗哨。假如，一只动物某天成功地跳跃上去，用两只前爪拿起一根木头棍子，模仿举枪的动作，对准一个猎人——按说不该是特别难，比如猴子就不难。可惜，思而肯没有猴子。

画家Bruno Li Jefors的画作《等候狐狸通过》

森林风暴之后，林子受到重创，猎人们就计划，这些年不打麋鹿。去年南瑞典的野猪繁殖过多，岛上到处能看见猪嘴巴拱出的坑坑洼洼，它们挖树根吃。去年秋天，野猪就是最主要的狩猎对象。思而肯的猎人很少打鸟，虽然我们这儿鸟也不少。他们主要是打鹿、野猪、麋鹿、兔子、狐狸。猎人是各有擅长的。有的更擅长打鹿，有的擅长打野鹅。

现在因为岛上人少，田少，森林多，麋鹿也出没得多，从前岛上的麋鹿并没有几头，这从思而肯的猎人笔记上就看出点眉目：一九四六年，罗兰德的爸爸，住在托莎托普的克努特打下了第一头森林之王。一九六四年，也是住在托莎托普的埃瑞克打下了第二头，当年十月的《斯莫兰邮报》上还登了图片报道。现在麋鹿比从前多了，但能看见麋鹿也是桩不常见的、被看做有福的事。一个深秋的早晨，我们的车开过牛奶棚，我起先还以为路边是林子里倒着的灰黑的大树根。家人把车又慢慢地退着开回去一点，让我看清楚，路边是三头麋鹿，隔着一块岩石，坦然地朝我们注视。我也曾在黄昏的林子里看见一只麋鹿，庞大的身躯在石头和丛林间激情跳跃，这很让我感动。我以为跳跃是小鹿的事，不是庞大沉重的麋鹿的事，但麋鹿也跳跃，我觉得它的跳跃更荡气回肠。一次和木匠阿克塞一起进城，是冬天的早晨，从牛奶棚往北部思而肯的路上白雾朦胧，就要出岛了。阿克塞开得很慢的车突然格外地放慢车速。“怎么了？”我问。“麋鹿。”他说。路的前方确实有个黑影，我们因为又要“有福”了，都有些兴奋。等车挪到近处，才看见，是个慢吞吞过马路的老婆婆。阿克塞把车开那么慢是有道理的，听说有人在路上开车，突然奔出一只麋鹿，把车的副驾驶座撞扁了。

再说猎物打下来，常常是卡六安的老婆负责给打猎的人家以及林子的主人家分肉。分摊给你的肉，她会把你的名字清楚地写上。比如一条鹿腿肉的透明塑料包里头有张条子，写了人名、肉

麋鹿

名、肉的部位、包装年月。如果猎物是在你家林子里打到的，那么你就多分到些肉，胳膊上的，大腿上的，总之，各个部位的都分一点，外加一根很占冰箱位置的肉骨头。骨头没有肉吃，卡六安的老婆也特别写张条，吩咐那是熬肉汤用的，可以凝结成调味的作料。

岛上几个打猎的人家，都是父子猎手，父亲狩猎，儿子也跟着学了，但不是所有的儿子。罗兰德爱打猎，弟弟马格纽斯就碰也不碰枪。土塞打猎，弟弟汉斯怕见血。甚至卡六安，猎人队长，他弟弟史地高格是个连鱼也不敢剖的人。住在波阳的文森特只有一个儿子，二十三岁了，是目前思而肯最年轻的猎手，据说枪法很不错。去年，就是他在我家林子里打下了一头野猪。

猎人家里挂满了鹿头的标本，奖牌一般的。木头牌子上写着地点、时间、狩猎人的名字，可能还有猎狗的名字。土塞家里的门厅里就悬了两个带角的鹿头。他的工作间悬挂了六只鹿角，比鹿头小了几号。起先看着这些头和角会觉得突兀，看久了，觉得倒也和土塞的老婆在厨房里放的装调味品的几排花瓷瓶一样，出现在农庄里，是自然不过的。

土塞总喜欢说，猎人是爱动物的，至少他摸着胸口能说他爱动物。至于打猎，打猎是为了林子好，他们猎人从来不打做母亲的动物，也不打幼小的动物，但动物是必须打几只的，猎人要帮助维持森林的平衡。土塞他越是费劲地解释，越让人觉得，他对打猎的目的、作用，不是那么确信无疑。

不过依我的想象，能在秋冬，在野外，用铁架子，吊个铁炉子，烧烤，过几小时维京人的原始的日子，在林子里披荆斩棘地奔走，这都是生气勃勃的。以男人为主，少很多婆婆妈妈，有军营的架势，又没有战争的危险和危害。最好的是，在那些静悄悄的凌晨，走在密林里，能听见那么多静谧中的声音，看到那么多黑暗里细密的色彩，是和大自然、和生命接近的好方式。

渔钩在我嘴里

夏天不能打猎，但可以垂钓。

挖了蚯蚓，在湖边把线尽量远抛，抛到鱼儿出没的水流处。更好的办法是划条小船到湖心去。

芦苇中的鸭子和白桦树上的鸟儿每见我举相机就全飞了，那意思是，但凡举起的都是枪；地窖里的老鼠即便被追捕上一个冬天，也仅一只两只会去偷一口带毒的奶酪。照此类推，谁说鱼儿就不知道，从水面上垂下的弯钩就意味了危险本身呢。

上钩的不是所有的鱼，也总有上钩的。人说这和耐心有关，和技术有关。但我更倾向于以为这只是某个日子的决定，比如某个夏天的日子。做决定的不是湖水，不是鱼钩、钓竿，不是鱼，特别不是我。在这样的决定下，在某个时辰，有条鱼不能自已地，对粘了蚯蚓的渔钩多了份好奇。

我是条鱼/钩子在我嘴里，外加没有把我钩住。——有句瑞典诗这么写。

我在湖边举起钓竿，每见水中出现稍大的波纹，我都睁大眼睛：我没准正和一条能含起钩子的鱼儿相对。而我视线的余波，看到的，是自己在水中隐约的投影。

一生为狐

一团线球突然掉在眼面前，掉得不爽气，拉拉扯扯，是蜘蛛网的局部从某处房顶上似重还轻地下来。有吱吱的声音，是飞。若是夏天，老早要举苍蝇拍去打。现在因为四周无人，索性任它飞，也算灯下有伴。仔细听声音，不是一只蝇。它们盘旋一阵后，停在墙上，终于让人看清，一左一右，是一对，还硕大无比。到第二夜，打开屋灯，前夜的那对苍蝇，它们不在墙上，地面上连一节肢体也不见。

那应该是濒死的苍蝇。因为这已落初雪的季节，因为它们飞动的迟缓。生物濒死，表现也不同。据说猫是喜欢出走的，一头老猫若是不见了，多半就是去了。

这是在沃特湖。邻居们说，最近老看见一只狐狸在房屋周围逡巡。早晨，尤金在仓房外看见了这只流言中的狐狸，跳到屋内，拿了枪再冲出去，砰砰两声，把厨房里就餐的一屋子男人震得兴奋，女人震得颤抖。濒死的狐狸得趁早打死，否则会传播病菌。等着枪子儿的狐狸候着了猎人尤金。枪响后，狐狸却跑了，往湖的方向跑了，这让男人们笑话尤金的枪法。女人们则嘀咕说，这狐狸也怪，既是快死了才对人无所顾忌，特意靠近屋子来的，又何必撒腿飞跑呢？

某年秋晨，日本京都哲学小道法然院边“汤豆腐喜起店”的一面榻榻米上落满知了。扫除的人用笤帚去拨弄它，看来已枯死的知了的躯壳突然发出愤怒轰鸣，螺旋桨比通常更大力地开动，甚而笨头笨脑地飞起来，一头撞破糊了“和纸”的木窗格，再重重地摔在不远处的榻榻米上，这回真是不再动弹，拿笤帚怎么碰都不动了。前后不过半分钟光景，知了既已将死又何必再飞？

是残存的知觉里关于此生的最精华的记忆吗？——关于一生为己。飞跑是狐狸的记忆，飞翔是知了的甚至是苍蝇的记忆。即便是猫，喜欢自己行事的猫，出走，是它最重要的记忆。

秋日和

这天的气温有二十一度。北国空气干燥，二十一度在瑞典就是够暖和的，何况日历已经翻到十月六日，在秋天里，却简直是有夏天又回来了的感觉呢。

邻居尼森老头儿难得坐在门口的阳台上透空气。不像平时，大白天也躺在客厅沙发上，沙发几上顺次放了威士忌、葡萄酒、啤酒、雪茄、烟斗。尼森喝得太多的日子里，谁都能一眼瞧明白他喝出了岔子，那时路边写了尼森的大名的邮箱塞满了没人拆的账单，把邮箱的盖子都挤爆了口。

“Indian summer！”尼森被人看做酒鬼前，是退休英文教师，所以他一跟我寒暄，就开始掉书袋子。

Indian summer这词，年年这时节，尼森都会说，我都听腻了。

“瑞典也叫碧姬塔summer。”尼森又说。这词儿我可是头回听到。

“因为这几天总挨着碧姬塔的命名日。”

哦，我学习了。

“我的wife就叫碧姬塔，结婚那年，我二十一岁，她十九岁。我们在一起总共七年。你知道，七年之痒。”

“唔，知道，知道，玛莉莲·梦露。”

“不过我最后一个女友，我们在一起十二年，是我所有的女友中关系最好、最长的。本来还可以更长，她得乳腺癌死了。然后我才搬到你们这里。”

“哦，这太可惜了！”

“是可惜。她会说：尼森，你要再喝一口，我马上走。”尼森顿了顿，对着阳光微微点头：“她不在了，所以，我每月给癌症基金会汇上几百，所以我又喝了。”

“Indian summer”在中文里该叫“小阳春”。另一种也是汉字的表达在日文里，叫“秋日和”。

私会康特莱拉

秋天是采蘑菇的季节。在北欧，最有人气的蘑菇还数康特莱拉，中文叫鸡油菌。

某个秋天的午后，一对度假的哥本哈根人跑进森林边我家的院子，问，哪里采得到康特莱拉。前一天，他们在森林里一朵也没找到，太太不甘心，开车到超市买了一把，简直想把它们种回林子去，再采下来呢。

我很想帮忙，但采康特莱拉的事，说不清。它们藏在林子里，在有些泛潮的白桦或山毛榉的落叶底下。到底在哪里，要自己找。找呵找，也许突然在最疏忽的脚底下，一片不起眼的落叶堆里就会透出一丝嫩黄。扒开树叶，烂树叶子突然变成金灿灿的一片黄蘑菇。很多人爱采康特莱拉，好吃当然是一大诱因，但我猜，那发现的狂喜太抓人——简直像中头彩，是蓦然回首，是点叶成金呢。

很多人都有自己的康特莱拉林子。在瑞典，非森林所有者，也都可以在别人的林地里放心采蘑菇。某年在某处偶然遇见自己的那片康特莱拉，就用心留意方位和标记，一年年再去。而哪里有自己的康特莱拉——这是绝密。

艾玛早就在斯德哥尔摩成家立业，基本没有再回乡间老家采蘑菇的可能。她的表哥求她把儿时在外婆家找到的康特莱拉位置说出来，反正她自己用不上嘛，央求了几次，艾玛怎么都不肯。

去年初秋我到斯莫兰省北部的一个小城去，当地熟人提出采蘑菇，说能带我到一处长满康特莱拉的林地。诧异他倒大方。果然，那不是他自己的那片林地，而是，他扑哧笑了，是多年前见邻居老太挎了篮子往森林里走，跟踪过去，偷看到的地盘。老太如今是真老了，九十出了头，不大见她出门，他猜，用用她的地盘问题不大。他自己的康特莱拉，那怎么好透露呢！

有人以为“不说”是乡下人的小气，又说也许是习俗。我猜，金黄的康特莱拉是金色的运气，而用浪漫的心去想，既是蓦然回首，年年赴约，那还是私下再见的好了。

初秋

没有人。心上没有，面前也没有。

五六只蘑菇长到了西面的园子里。前天，俩波兰农民打那儿经过，一扭头就定住了：你有蘑菇！能做菜的！

“不是毒蘑菇吗？”她怕万一沾了毒。

“绝不是，在波兰，我们都摘了吃的。”他们中的一个上前扒拉下一只，瞅一瞅，又嗅一嗅：好菇，要趁新鲜摘了才最香，这一个可惜就有些老了。

是种棕色蘑菇，散散落落，是躺在绿草地里的一株蘑菇树上的花朵。有几朵开始泛黑，又有淡黄的骨朵儿钻出来。

今天，她打草地走过，看它们一眼，抬手要摘，又停住了：还是任那淡黄长个够吧！

它从眼前晃过。瘦小，细长。第一次从眼前晃过时，她以为是只狐狸。它的毛色不白，不灰，以黑为主，只在尾巴和肚子洒一点白和金，让她又以为是只猫，像不少无家想归的、思而肯路上幽幽行走的猫。它跑到一棵白桦树下停下来，左爪抬起握住青草，嘴巴抿着，小腮帮子迅速地微微地颤动。它吃草的姿态比它的细长耳朵更让她确信——当然，它当然是只兔子。这兔子吃草约有十来分钟，开始倚在背后的树干上，埋在半高的草里，打盹。她再难看清哪里是嘴，哪里是脸。忍不住稍稍走近，行走间掀起风吹草动，就有一只耳朵猛然伸出草尖。这是一头她记得的兔子，这头兔子记得她，当这年秋天的第一个周六，在下午茶的时间，它在，她也在。

有那么一缕两缕树叶丛中挂下的黄色。看近处的白桦是如此了，看远处的半空中也如此。她知道，若开车在思而肯路上，这种感觉一定更为明显，在路的尽头，在天和路交界的地方，绿了一个夏天的浓影里，突然，就有一两缕掺上了淡黄。她却始终不能捕捉那变化的第一天。就像春天，当山毛榉初初吐芽，是在蜿蜒的林间道上，一路开车，一路诧异：新叶不经意间就透出来了。

捕捉得到的大约是大雁南飞。大雁总提前传出声来，叫她开门抬头。通常是有一大群，几十只。声音骄傲。南飞的雁群从北部湖区来，越过北面的森林，越过仓房顶，越过正屋，飞向南部的苹果地，再朝南部的湖区飞去。它们飞行的路线年年相同，南飞是这条，北回还是这条。但今天，她听到清爽却不夸张的啼叫。打开后门，倚门而望，大雁，东面三只，西面四只，左右盘旋，然后，聚拢起来，往天的更高处飞，再飞到稍低处。在这样高高低低的飞行里，它们细密地变换着队形，却迟迟不往南。如此在她眼前，反复五次，才终于排成队列，一个比通常的雁阵要小的队列——这一次，它们是真的不得不走。她倚在门上，是第一次，她朝一群大雁挥手，像跟几个最亲的人，挥手。

雁阵

仰首望飞鸿

一

“这是个好地方，就在湖边。”乌罗夫说。索菲左瞧右看，看这块墓地最近的邻居。从名字和出生地看，那边是个德国女人。“好，好，好，没准，他们还能说说德语呢。莱纳德一向助人为乐，一个德国女人孤零零在这儿，也要有个人陪着说说话。”索菲喋喋不休。莎拉不高兴。她不可能高兴。莱纳德死了，就给了她一个重大的理由。“你是背着沉重的悲哀的。”人们握着她的手时，都这么说。因为这所谓沉重的悲哀，照理，她该对细节失去感觉和注意，该全部放弃，不在乎，只留下笼罩全身心的悲哀。这会儿莎拉的心头却为具体的细节漾出不快，这让她自己也吃惊，怎还有心思和气力在乎这具体的字眼儿——德国女人，莱纳德过去的同居女友就是个德国女人。

莎拉心里那团嫉妒的火苗不分时间、场合又扬起来。这些日子里，听索菲提德语是第二次。第一次，索菲跟她丈夫乌罗夫说：“莱纳德死前那晚说了法语、瑞典语和德语，可怜的莱纳德，临死，脑子里还要转几种语言。”用德语，莱纳德究竟说了什么，那一刻，乌罗夫跟护士在外间说话，只莎拉和索菲在里屋，索菲不懂，莎拉也不懂，单分辨得出，那是德语。莎拉脑子里有个问号，莱纳德说了三种语言，几小时后失去知觉，在最后时刻，他思绪中牵挂的人到底是谁。如果那是个女人，会是他的母亲、莎拉还是其他的什么人吗？

也就是他去世前三天的一个午后，在病室里，莱纳德在昏睡中突然睁开眼，而莎拉一直在盯着他。他温和地笑了："可怜的你。只有你。将来，你清理屋子，如果在阁楼上发现些旧书信，那些旧的老了的信，"莱纳德摆摆手，说："千万别在意。我知道你爱吃醋，你得明白，那些是不重要的。永远，永远，不要怀疑我对你的爱。"

莎拉的眼泪自个儿淌下来，已经很难张口说什么。人生没有捷径，她以为她找到了爱，就因此找到了幸福的捷径，但那不过是昙花一现。现在，这幸福的花就要谢了。

所谓旧书信，莎拉心里有数，夏天整理阁楼时无意碰到过。阁楼上堆了些常年不用、又没扔的东西。两三个纸板箱胡乱塞了些书信和照片。在莎拉的经历里，她自己也被别的男人搂过腰，但突然看到莱纳德搂着别的女人立在照片里，到底刺眼。是她的幻想受不了，这幻想可能本不该成立，让它成立是莎拉自己的错。一个她熟悉的姿态和笑，以为是她独创，只属于她。不是所有人都说，从没见莱纳德像遇到莎拉后那样舒心地笑过吗？那些所有的人，朋友、亲戚，尤其莱纳德自己，他们不过说些漂亮的空话吗？

在莎拉来到斯莫兰省的第一个五月，中旬，土地终于解冻，莎拉想种些蔬菜。莱纳德大步跨到后院，在一棵白桦树后头，在樱桃树前头，他立住了，把铁铲用力插进那里的泥土。说："就这里了，我知道，这里土质最好。"然后，不过半小时，莱纳德整好了莎拉的蔬菜地。莎拉问："你怎么知道这里最好。"莱纳德说，这里从前做过菜地。莎拉想当然地以为是莱纳德的母亲种过。几个月后，在阁楼里，莎拉看见了那德国女人站在黑白照里，虽说陈旧，却很清楚，德国女人就站在那片又整理出的菜地上。

那些欢呼，在开垦了土地，施了肥，撒下种子以来，每天早晨开门去看种子一点点发芽的欢呼。巴黎出生的莎拉是第一次看菜种在地里发芽。而莱纳德，他究竟以怎样的心情看了和听了这一切呢？

莱纳德多次带莎拉到最西边那片湖边丛林，说那是他最喜欢的一片林子。多少年了，他一个人在那里看书、午睡，一直希望能带一个他最喜欢的女人来，分享一切。那里有块巨大的岩石，莎拉和莱纳德一起躺在岩石上，看湖上的白帆飘过。也是在阁楼上，莎拉在一张黑白照上认出了那块巨大的岩石。

一片新开辟的蔬菜地，一块休息的岩石，本以为他只为她做的。以至她跑到莱纳德面前将照片拿给他看："原来你是多年前都做过了。"

"你是希望这四十多年，我从没有过一个女人才好吗？"莱纳德问。莎拉无言以对，当然不是，不是那样，但也不该是这样。何况那女人的风姿和莎拉的迥然不同。莱纳德如果喜欢过那样的女人，又如何懂得欣赏莎拉呢。

发现这些都已太迟。找到直接答案不可能，也无意义。说太迟，不是说莱纳德和莎拉已结婚，也不是说，莱纳德突然病倒，而是，莎拉早对莱纳德入了神，开始了解这男人，被这男人入神和了解。牛奶倒在面粉里，就算还没和匀，不能再拿出来，复原成牛奶和面粉了。莎拉不想说这是爱，虽然在心里，她知道，这当然是爱，至少不比一般人所说的更少、更差。

而现在，是已无法再和莱纳德探究他们之间的情和爱了。莱纳德已完全缺席于莎拉的诘问，他似乎逃到了墓园里。每次去墓园，莎拉除了看看莱纳德的墓地和墓碑，浇浇花，清除杂草，总还看看左右的墓，特别是莱纳德最近的邻居，那碑石背靠背的一个。怪了，既是德国人，夏天里有人来休假，顺便来看墓地好理解，秋天已经来了，每一周，每次莎拉来这里，都能看见那碑石边摆着鲜花，以玫瑰居多，隔三差五，会有花篮。莎拉在莱纳德的碑前放上苹果，放上南瓜。那边倒也学着放上平常人不太会放在墓地里的苹果和南瓜。谁在照顾那墓碑呢。索菲偶尔来，也夸那边的花卉好。花栽得好，就有感情深厚的意思。莎拉下意识地竞赛了一阵，后来罢了手。

莎拉起初去墓地很勤，因为想被牵连的需要。想抓住那个人，那个人，那个人似乎众人以为是在那里的，他们说他安息在那里。此后，她开始否定这思维。莱纳德在那儿吗？明明是不在。在病房的最后一日，她明明看到有一种东西飞出他的躯壳，在他长时间昏迷，突然发出两声意义不明的哀鸣后，她去亲他，而他唇的反应是一摊口液，如蚌壳里滚出白色晶体。莎拉不知那究竟是珍宝还是污秽，抑或珍宝和污秽本来是在一起。莱纳德紧闭的眼睛突然打开，却也不是睁着，眼里滴出了什么。莎拉说："那是泪，他在伤心。"护士奔过来："不是泪，是视网膜脱落。"护士用科学知识打消莎拉的浪漫悲情。

只很短的一瞬，那躯体就不再是他，那躯体也不是几周后更加腐烂的尸体。葬礼前的一天，殡仪馆的人把尸体运到教堂北面的停尸房。在那里，莎拉以为可以再见一见莱纳德。棺木打开后，她就在一声惨叫后晕了过去。人们把莎拉扶到外头墓园里，莎拉醒过来，问牧师，那到底是不是莱纳德，那不是他，绝对不是。牧师惊惧地看看莎拉，什么也没回答。莎拉为这问题，后来追问过维克萧教堂的主教，主教说，确实，尸体就不是故去的那个人了，完全两码事。但坟墓里埋葬的就是这样的尸体。如果经过坟墓就能走向天堂，又何必到墓园来接近一个腐败的尸体呢，这该多么傻。可惜不傻的做法，主教并没有指点给莎拉，主教实实在在地说，他也茫然不知。

但莱纳德的名字，他的名字刻在那碑石上。莎拉去抚摸那些字母，缓缓的，一个接一个的，像第一次抚摸他的脸。可有时她在无限温柔的情绪中突然转成愤怒。不，莱纳德，你不应该是在这里以这样的方式让我抚摸你，我不愿意！你是一定成了天使了吧，一个善良的人如你，你是可以找到更好的去处了吧。现在，你为什么要让我以这样的方式亲近你呢！

悲伤和愤怒是兼而有之的。如果仔细辨别，悲伤更多的是在得知莱纳德患了肝癌，没得救；愤怒则更多开始于莱纳德果真死了。“如果你真死了，我一定对着你的脸抽几个耳光，你这笨蛋，命运的失败者，怎么可以就这样死了！”——医生通知莎拉，最后时刻就可能在一日之内时，莎拉浑身颤抖，心里这么决定。当莱纳德果真走了，那具尸体在护士们摆放的烛光中瞬时蜡一般抽象，莎拉意外地冷静，没抽那张脸，抽打是无意义的，她觉得滑稽，莱纳德躺在那里的样子滑稽而古怪，和两分钟前都不一样。两分钟前是个虚弱不堪的病人，但不怪。现在，嘴巴似张非张，眼睛似睁非睁。脸部发出紫色光芒。这可能是莎拉的错觉。可能古怪是有颜色的，在莎拉眼里，这会儿呈现出的是紫色。索菲的泪刷刷地流着，几小时前，她还跟有些不耐烦的护士嘀咕：“莱纳德是年轻人，肝是不行了，心脏好，所以拖了两天都还没死。”护士在等莱纳德死了，好安排新病人进来，医院的床位紧张着呢。这会儿索菲哭得凶，护士也抹两滴眼泪。莎拉很奇怪哭泣的怎么是她们。她处在旋涡的中心，最伤心的人是她，她的心知道这些，即使她对莱纳德毫无爱情可言，她自己毕竟在瞬时中成了个年轻寡妇，即使为了这，也该好好哭两声才对。但她除了坐着，看眼前的一切发生，什么也做不了，什么话也说不出，连哭竟也不会，她的一切都被剥夺了。

自打莱纳德被通知患了绝症，几个月来，莎拉和莱纳德一直以为，毕竟没有一个医生能断言他将在哪天死去，说莱纳德的时间短则几周，长可几年。就在前一天，他还能看电视，就在最后一天早晨，他还能听收音机。而最终的死亡结果，让莎拉觉得，过去几个月里，他们的抗争微弱无力，没有意义。那些检查和手术，在不同病区的迁移，救护车在四省市医院间的旅行，那最后一次，救护车从南方的隆德医院开回斯莫兰的维克萧医院，莱纳德从躺着的担架上让莎拉扶他直起身来，他总算看到了窗外，他说，这条路，他自己曾经开过多少次车呵。他那时已知道，他的日子是不多了，但还是没想到，会这么短。早知如此，应该去看最美的风景。或者莎拉不该鼓励莱纳德和疾病争斗，而该帮助他放弃努力活下去的念头，平静安稳地回忆过去，接受死亡。但努力寻求拯救手段也是人的本能。对死亡，人大多是后知后觉吧。安稳接受死亡，一个正当壮年的人，怎做得到？莱纳德显然不接受，他不是说过："莎拉，假如真到最后一刻，你一定要抱紧我，把我拉回来！"莎拉这么做了，她紧紧抱住了他，他一米八七的身体在她怀中挣扎出最后一股力量，像一股浪头，几乎把莎拉冲出去。莎拉还在，冲出去的，是莱纳德自己的灵魂吧。

有一天，莎拉正蹲在墓园除草，空旷而拥挤的墓园，拥挤的是墓碑和花草，但一眼望去，并没有别的扫墓人。莎拉却突然听到背后一阵脚步声一点点走近，难道莱纳德从地下爬出来了吗？莎拉惊愕地抬起头。

二

弗朗兹从不怀疑自己对妻子、妻子对自己的爱。大约他的信仰和人品也不许他有片刻怀疑。何况他们相遇得那么早，那么完美，还是在巴黎。

夏天的巴黎，也不过两星期。十九岁的弗朗兹，十六岁的玛瑞娅。一个来自柏林，一个来自科隆。在德国，他们无缘相见，偏在这两星期里都到巴黎参加法语学习班。两周后，信，每天一封，有时两封，直到他们结合。

弗朗兹在二十二岁时跟父母说，他要结婚，很少有男生像他那么早想结婚。他怕玛瑞娅被别的小伙子拐了，她太危险了，那么美，那么善。父母同意了，条件是他得拿下博士学位。弗朗兹答应了，他选择了科隆的大学，因为玛瑞娅在那里。等弗朗兹拿到博士学位，他和玛瑞娅已有了两个女儿。四十岁时，在柏林的拜尔医药公司做中层主管的弗朗兹买下一幢带花园的二层楼房，有了个完美的中产阶级的家。

工作是忙碌的。妻子是家庭主妇，所以弗朗兹对家事毫不担心。玛瑞娅有一点让弗朗兹特别满意，他火气大，每次因工作的纠葛怒气难消地回到家，妻子总说，先不忙生气，你先吃一点，喝一点。等他吃完妻子烤的饼干，喝上杯加蜂蜜的红茶，果然心定许多。玛瑞娅可从不大声说话。

但回想起来，他工作后对玛瑞娅的注意是少得多了，全不像结婚前那种全心全意。他要男人的前程，这也是作为男人的本能吧。到他五十开外，对他的上司产生极度厌倦。女儿们都大了。他突然觉得外头是那么没意思，他意识到他愿意把剩下的日子留给自己和妻子，他提前拿了退休金。

弗朗兹刚退休，大女儿遭了变故。弗朗兹对现在的男人很不满，在他看来，现在可没几个有责任心的男人了。他不理解有了三个可爱的孩子的大女婿，狠得下心，扔下刚生孩子的妻子，逃到更年轻的情人那里去。弗朗兹心疼女儿，她在离婚后得了抑郁症，短短半年吃成了个胖子。弗朗兹把自己的楼卖了，换了两套偏远些的房子，一套给大女儿和外孙女们住，还给她们请了帮忙的女工。另一套给小女儿。小女儿也不让他省心，被一个有妇之夫纠缠了一阵，好容易脱身。有了男友，没结婚打算，男友是个不错的穆斯林小伙子，老家在约旦，父母不乐意他有德国女友，成天叫他回国娶媳妇，而他不能违抗父亲。照弗朗兹的意思，女儿总是找个能正经结婚过日子的人好，但女儿们都成人了，弗朗兹和太太不能替她们生活，除了帮些物质上的忙，没法找个好丈夫给她们邮递过去。他们带着余下的钱到了斯莫兰，准备在森林和湖水间度过晚年。那一年，他也不过五十八岁。选择瑞典，因为他们夫妻都是皮皮长袜子的书迷，他喜欢那些童话。斯莫兰农村，有着最典型的湖水边森林里的红房子。他们在这里找到了属于自己的红房子。他俩要学瑞典语时，镇上还没这样的课程，有人介绍了个退休老教师，他俩仿佛回到了在巴黎法语班的日子。

谁料，第二年，玛瑞娅得了乳腺癌。一年后就死了。他告诉女儿们，打算把玛瑞娅葬在乌索特。女儿们没反对，只说，乌索特从此就是我们的家了。这回答让他备感安慰。

在柏林，弗朗兹是有些亲戚、朋友的。他还有个哥哥，一个妹妹，许多老同事、老朋友。他们都觉得他疯了，是过度悲伤后做出的荒唐决定。怎么想得出一个人住在森林里呢。还有他的两个女儿，不管了吗？但他无法再待在柏林。女儿们有自己的生活，虽然不如意。他和女儿们彼此关心，但已在不同的生活轨道上。即便和那些同龄的老友，也是轨道不同了。他们邀他去他们的宴会。同样的场所，几乎同样的人，如今只有他的玛瑞娅不在了。

在乌索特的林子里，就不会有多少人看得见他的悲哀，他甚至还可以活在假想的世界里，弗朗兹已无师自通地学会了这个。五月底苹果花开的时候，他能看见玛瑞娅在那里，不是她最后的样子，而是他们相遇时的十六岁。十六岁的少女，穿着白色的裙子，披着亚麻色的头发，站在苹果花下，那是他记忆最深的玛瑞娅。他也常开车去和玛瑞娅一起待过的卡尔桑姆海边饭店。是从柏林开往乌索特途中，他们停留过多次的饭店。那里的鱼出名，看得见海岛和蜿蜒的海岸。他会在那里待上几小时，再默默地开车回家。家里，客厅里的钢琴，是玛瑞娅的。两个女儿都不会弹，外孙女也没兴趣。琴盖上放了一瓶又一瓶玫瑰花。他每次给墓园买一捧，就会给钢琴买一捧。他坐在起居室，点上蜡烛，朝着钢琴的方向，有时，手边有杯威士忌。是的，他迷上威士忌——每天，都要这么坐上一会儿。

他有时因为外孙女的生日不得不回柏林，但总是一等派对结束，在第二天就走。弗朗兹已无法忍受柏林的社交谈话，英文所说“small talk”。礼貌周全，显示自身教养又丝毫不交本心，举着葡萄酒在衣香鬓影间蜻蜓点水，这样的谈话他曾很在行，在行了大半辈子，在柏林、纽约、东京、哥本哈根。他最后的一次工作旅行，不过十多年前，下榻东京新宿希尔顿宾馆，他住在摩天大楼的高层，透过落地窗，满怀兴奋地看窗外他脚下的万丈高楼和无边灯火。那时，他喜欢都市，喜欢都市的霓虹灯。看着新宿灯火的那个弗朗兹的脑际无论如何不曾滑过一丝这样的想象，透过新宿的霓虹灯看穿在二十一世纪初，在冬天，他，弗朗兹博士，会一个人住在斯莫兰乡下的密林深处。

在冬天，密林深处格外的宁静，只柴火在壁炉里小心地发出轻微的声响。当这声响不再频繁，而弗朗兹博士感觉有些凉意，他就从书桌边直起身，给壁炉再加一把柴。

他的屋子造在高处，透过窗户，不见人影，不见车影，连路也是不清晰的，被盖在雪里。有两匹马在窗外的草地上，仿佛无主的野马，因为它们从天亮到天黑一直在那里。草地边就是连绵的森林了，却说不清这林子通向城镇还是通向一样茂密的另一片森林。

紧挨着窗户底下的门口，摆着堆草秸。是弗朗兹特意从镇上买来，铺好，专门为了招待飞鸟。从门口一直到马儿蹒跚的草地，雪地上有一行脚印是弗朗兹自己踩下。天在冬至后已开始拉长，八点，即使没太阳，天已透亮。正午时分，太阳在冰冷的天幕后，努力喷射几下光芒，却始终无力穿透天的冰幕。斯莫兰的太阳像斯莫兰农民，忠于职守，坚持到可以停工的一刻，也就是说两三个小时之后，就名正言顺地落山去了。冰冷的天幕上，若没有金色的阳光，也没有白色的飘散的雪花，那就几乎静止。有几只并没有迁徙的野鹅，赶在日落前，从冰封的湖上飞回它们睡觉的芦苇荡，把冷寂的天空打过一片动静与声响。弗朗兹在这二月天的同一时辰，总看见几只野鹅飞过。其实，与其说他是看见，不如说他是听见的。野鹅事先将声音传送过来。高声地大方而热切地叫着："我来了，我来了，我来了！"弗朗兹也就对着它们说："是的，我听见了，我听见了，我听见了！"然后，举起咖啡杯，朝窗外致意。虽说，每天黄昏，都在这扇阴冷冷、灰蒙蒙的窗下和它们寒暄，弗朗兹并不明白，它们究竟在哪里安了家。是北部的奥斯南湖还是南部的眠恩湖呢，抑或是湖区茂密的水网中的某条水汊。曾经住在这湖区不远处的林奈，自以为是地作过假设，认为鸟儿是在湖底里睡觉过夜的呢。弗朗兹一想起这伟人的聪明假设就嘿嘿地在这所旧房子里笑出声来。那是这房子里除细碎的柴火燃烧声外唯一的声响。在这里，肆意地笑和喊叫，都完全能实行。假如这旧屋的双层玻璃实在不结实，而笑声早已传出窗外，那些腹部有着黄色绒毛的蓝冠山雀，颠一颠屁股，头只抬了一半就继续低下啄食，那几匹风中的马把嘴巴凑合着亲来亲去，它们早熟悉了老弗朗兹的笑声而无惊无诧。这仍是地球上的一片土，但和纽约、东京、柏林，即便和一百多英里外的哥本哈根比，也不能不说是天地两重了。

弗朗兹并不光在屋内，也不光在屋前屋后，他也开蓝色的大众车出门，去镇上的图书馆借两本书，到“乌索特生活”买一点油盐。他去得更多的莫过于墓园，至少每周一次。若逢特殊的日子，这样的日子是很多的，妻子的生日、结婚纪念日、母亲节、仲夏节，等等，弗朗兹当然也去放上花环。有时弗朗兹自己没计划要去，没思考的余地，车轮自己朝教堂的那个尖顶方向滚动过去了。因为常去墓园，他对本地的习俗倒越来越了解。

弗朗兹乐于仔细阅读墓碑上的字：房屋拥有者埃瑞克·克努特森，熟悉森林的人莫腾·贝恩兹，务农者拉塞·诺贝里，士兵奥托·皮特森。

墓园里的花草，一年四季理得齐整，这是个保守的教区。但即使在这保守教区，忙于工作的现代人多还是委托教堂管理家族墓园。以致墓园里开的通常是同一种花，热烈而寂寞。每次弗朗兹来墓园，通常就是一个人面对成千的无语的碑石。

每次去给妻子的墓地除除杂草，放上鲜花。一蹲下身，那些墓地前栽种的花草漫坡漫野地朝他压过来，然后，那些大大小小的碑石突然间淡化了它们在形态、大小和质地上的差异，只一味地从前后四面一起朝他推过来，几乎要把他埋葬。即使是在鲜花盛开、阳光热烈的夏季墓园，弗朗兹也无时无刻不在感受热闹的寂寞，静止的威力。成千的花盛开又死亡着，成千的碑石死亡又奔跑着。作为一个天生的天主教徒，又在结婚后因妻子信仰别的教派，而脱离天主教会的人，弗朗兹对鬼神、对宗教有着复杂的思绪。但有一点在他的脑中是肯定的，他，并不否定上帝，他也并不畏惧死亡，每当他想到通过死亡，就可抵达妻子已抵达的另一世界，他就少了畏惧，甚至可以说心存向往。但他还是从墓地的花草丛中直起身来，终于能看见西边的湖水，湖堤上长跑的男女，看见东边大路上偶尔驰过的车，他觉得他还和现有的这世界保持着联系。因为死亡，多少人不得不聚集在墓园，但说到底，也并没有多少人，简单地倒在碑石间完成死亡这一最后的人生工作呢。也许因为此，弗朗兹才下意识地赶快从墓石间直起身来吧。

如此频繁地来这墓园，一路上都和一些碑石相逢。他习惯了去辨认那些名字，那些生卒的年月。还好有他弗朗兹能这么仔细去看，才不枉离世的人和他们的家属当初选择这些字眼的深意：那座被拥有的房子呢，那片被熟悉的森林呢，那块被开垦的田地呢，还有那些打过的仗、保卫过的地方呢，碑石处心积虑要记录和保存的。这让弗朗兹悲从中来。伙计们，你们都在哪儿呢？弗朗兹是相信存在了另一世界的，就像瑞典童话外婆林格伦写的《狮心兄弟》里说的——南极亚拉，或佛教说的轮回。总该有另外的世界，这另外的世界到底有几层，妻子如今到底在哪里，这又不是他能解答的。

又是一年，日子已到深秋，和往常一样，弗朗兹来到墓园。他看见妻子墓地的背面，那一会儿摆上花楸树的绿叶红果，一会儿摆上两个红苹果的新墓边，一个年轻姑娘在除草。他加快了脚步走去，然后，他看见了一张惊恐而瘦弱的脸。他踌躇了一会儿，忍不住问："对不起，我可不可以问，你怎么来这里，你和这人是什么关系？"

姑娘马上就哭了，她说这人是她故去的丈夫。弗朗兹吃了一惊。太年轻了，死去的和活着的。他觉得自己失去妻子太早，自己六十也没到。但这姑娘看来顶多三十。他又说："你读过《狮心兄弟》吗？你知道，那里头描写了另一个世界，牵挂的人是可以在另一个世界相会的！"

弗朗兹和莎拉在墓园里说话，湛蓝的天上是飘浮的云朵，阳光灿烂，让人头晕，莎拉有些慌张。她想，索菲说，莱纳德可以陪德国女人说话，这到底会不会发生，我看不见。但现在，那德国女人的丈夫倒在陪我说话呢。也许莱纳德和那德国女人就在云朵里看着。她抬头看看天，但是天上有好多大团大团的白云，他们在哪一团云里呢？

三

打那之后，弗朗兹开始经常注意到莎拉。在镇上的集会里，市场里，在某人的生日宴会里。他听人说，莎拉来自巴黎，又听人说莎拉来自布鲁塞尔。最后他忍不住问莎拉，这才搞清楚，莎拉是巴黎人，来乡下前，在布鲁塞尔工作。他注意到她是个温顺的讨人喜欢的姑娘。但有一次，弗朗兹却听见莎拉对一个小伙子很严肃地说："行了，你可以闭嘴了。"那是个丹麦男人，在宴会上絮絮叨叨地跟在莎拉后头，甚至用手拍了拍她的肩。弗朗兹先是吃了一惊，原来莎拉也会这么凶。但随即弗朗兹就暗自笑了，这倒让他放了心，这是必需的，她一个人，不能光是柔弱。弗朗兹有时也给莎拉打个电话，比如来了风暴，落了大雪，但他打电话的时间绝不超过晚上八点，从来也都是片言只语，他说："很抱歉我打电话来打搅你，我只想问一声，是否一切都好。"或者他说："如果你需要什么帮助，比如灯坏了，机器不转了，记住，我是可以帮点小忙的。"他以前沉浸在自己的悲哀里，现在，他认识了莎拉，他的生活中添了新内容。他发现，当他担心着莎拉的那些时刻，几乎感觉不到自己的悲痛。毕竟他是一个人住在森林里，不想些别的，他的世界相当闭塞，虽然，他喜欢也依赖着这样的隔绝。

每次去柏林，即便待上三四天，他也会厌烦起柏林的空气。“我得回家。”他说。他想念那些飞到草秸上的蓝冠山雀，他愿意看见马儿静止的挪动。以往的不同年份里晒干的玫瑰五颜六色，却都以枯萎的姿态洒满不必再掀开的钢琴盖。这围绕着他却并不聒噪的一切让他宁静。这围绕他的一切，比柏林房子里的少了很多：没有本特教授、画家弗雷德里克、银行家阿克塞的来访。没有就餐喝茶时的银器，没有丰富的闪烁着荧光的电视画面以及不时鸣响的电话铃。

这里仅有的几样风景和生物，却占据了他的生活。比如木柴，这几乎填满弗朗兹整个的夏天。柴和斧头，不用语言，却一直和他说话。蓝冠山雀，每一个冬天当初雪飘洒就准时到来，然后每天都来，也一直和他说话。

那些从前一起过新年的柏林的朋友，如今，连圣诞贺卡也越寄越少了，无论是本特教授、画家弗雷德里克还是银行家阿克塞。倒是每个新年的第一天，弗朗兹去给妻子点上支蜡烛，于是也顺路和附近墓地里的房屋拥有者埃瑞克·克努特森、森林熟悉者莫腾·贝恩兹、务农者拉塞·诺贝里、士兵奥托·皮特森打上个招呼。加上他大脑中回想的一切，弗朗兹成功构筑了个新的生活世界。这既不同于柏林的世界，和镇上人的世界，或在林子里一个壮年农民家庭的世界也全不同。弗朗兹觉得，那是介于这一世界和他即将抵达的另一世界间一个恰好的停留站。在这里，他让内心平静，蓄积所有的回想和爱，准备那至关重要的重新的起程。

有很多的思绪回旋在他脑中，说不清是回忆还是幻想。他不想记录这些琐碎，也不刻意去分辨那到底是回忆还是幻想。小女儿劝他写下来，她愿意了解离她日渐遥远的父亲，也怕父亲一个人，万一得痴呆症。他听着女儿的叮嘱，含笑不语。所有的思绪和妻子相关，和爱相关，那么妻子一定会说不如不记。在他们生了大女儿后，妻子就提议将他俩的情书烧掉，她不愿第三个人读到。

刚听到妻子烧信的提议，弗朗兹很不舍。何况妻子一直把那些信拿紫色的蕾丝系着，放在六个粉色的缎面盒里。她比他更宝贝那些信哪。当所有的信成为灰烬，那些字句并未如他担心的那样完全消逝。信纸的颜色、质地，通过火光，鲜明地留在他的印象里。那些字句在他脑中烧成一个记忆的痂。自打十九岁上和玛瑞娅在巴黎相遇的那两周后，两人天天书信，等于一起捏了个陶器，火焰后，这陶瓷现出永不褪去的色泽，只成立在他俩的心房。许多事，当时不容易判定对错，比如烧信这事，如今已中年的女儿很惋惜过。弗朗兹当时不知对错，妻子自己其实也说不准吧，她跟的是她的感觉，弗朗兹随的是妻子的意思。如今，弗朗兹肯定地觉得，妻子做得对。只要是她做的事，很少不对，包括，买下斯莫兰的这幢黄房子。

弗朗兹喜欢这房子，这牵涉到他和玛瑞娅的一个计划。在拜耳医药公司提前退休后，他才意识到自己很久没看文艺书了，对太太也早不是初婚时那种小心的呵护了。他们找到了这里，要一起装修房子，整理花园，按他俩的意思过他俩的日子。这计划刚想展开，玛瑞娅就病了。现在，弗朗兹在园子里收拾时，会自言自语。他是和玛瑞娅说话，问她，你看这里，这么弄行吗？就在这样的自言自语中，经过一个春夏，弗朗兹在草地里造了个凉亭。他在凉亭里放了张八角桌子，铺上玛瑞娅喜欢的蕾丝桌布，把玛瑞娅的一个相框放在桌上，还有瓶玫瑰花。每天，他会从住处，走上约二百米，到凉亭，和玛瑞娅坐在桌子两边，一起吹风，说话。那凉亭，除了他和风，很少有别人去。

四

莎拉和莱纳德之间写过不少信，前后有三年，每天一封，或许多封。莱纳德喜欢那些信，总说："当我们有一天老了，就每天抽一封，高声朗读，读给你和我听，就我们俩。再读那样的信，该多么有意思啊。"

莱纳德并没有机会变老，虽然在那最后的日子里，莎拉看见他的脸迅速衰老，从某些角度，看来倒有六十岁。虽然他本人才四十二岁。回想起来，他有过回光返照的时刻，当深夜，索菲和乌罗夫突然出现在病房里，递给莱纳德一束郁金香时，莎拉帮莱纳德托着花，递在他的眼前，莱纳德伸出颤抖的手，"自己拿，"他说。他颤抖着把花捧到鼻子底下。莎拉从没见过莱纳德喜欢花。相反他总笑："女人，怎么就那么喜欢花呢。"但那一刻，他贪婪地嗅着那束粉红的初开的郁金香，把脸放在花蕾上，说："真美。"莎拉看见他的脸又成了二十五岁，一个羞涩的大男孩，一个莎拉此前从没在白天里见过，只在他们做爱时，在夜色里看到过的那个脸庞。她对他说过："我，在夜里，能和你的过去相遇。"莱纳德不懂那到底是指什么。他不信，这真的可能吗？莎拉也就不多说，不想提醒莱纳德，他开始有点秃顶。她自己能看见就够了，她认出来了，因为她见过，黑白照片上二十多岁的和别的女人搂在一起欢笑的他。在夜色里遇见年轻的莱纳德，这让她宽慰，又让她心痛。

莎拉和莱纳德有书信往来时，莎拉还在比利时的法国使馆做秘书，她的上司负责森林问题。瑞典南方经历了一场百年难遇的风暴，森林公司的工程师莱纳德来做关于森林的一项调查，莎拉负责接待，他们一起工作了一星期。这是种奇怪的感觉，仿佛有共事多年的默契。莱纳德有种能力，让她以最自然放松的姿态对应。后来她发现，在莱纳德的相机里，她显得那么飘逸和优美，而她以前是最不喜欢别人给她拍照的。

此后，莱纳德每到布鲁塞尔，就给她电话，约她吃饭。莱纳德每天都给她邮件。长长的，琐碎的，他说的是湖水的颜色，白桦的颜色，天空的颜色。让莎拉读来却不厌倦。后来无论莱纳德写什么，几乎都只是同样一句没写出的话：他想她，和她交流，是他生活的一部分。

再到布鲁塞尔，莱纳德就不再住宾馆，而挤进了莎拉的小公寓里，他俩不想在晚间彼此送来送去。这是种奇怪的生活，像他们做夫妻做了几十年似的。在小小的公寓里，他们没迎合彼此，没设法将最好的一面给对方看，而是放松地过每一分钟，而幸福的时光总是走得格外的快。

三年后，莎拉决定离开布鲁塞尔，搬到斯莫兰乡下。这让同僚们吃惊，莎拉并没有太多犹豫。莱纳德有种奇怪的力量，他让她放心，他是那么有趣，仿佛有他就有最有趣的生活。

他们有时开车在路上，莱纳德突然找到路边停车处，莎拉以为他要查地图，莱纳德停了车，对着副驾驶座上的莎拉亲一小口，就一小口，然后心满意足地继续上路。平时，他会细细地问她许多问题，愿意听关于她的一切。他对所有细小的部分都那么饶有兴味。莎拉不觉得他是个瑞典人，斯莫兰人，他就是莎拉的莱纳德，好像一直都在什么地方的，是到如今才聚头。她提出离职报告时，跟她私交不错的女上司说，我看你还是斟酌斟酌，列个表吧，优点，缺点，看哪边更多，你不能为了个男人丢了一切。莎拉在纸上起了个头，又停止了。“我不想错过这男人，”她对自己说，“我不是为了他丢了一切，是为我自己，想得到一切。”从没有人像莱纳德这样给她家的感觉。后来，当她终于到了斯莫兰，躺在莱纳德准备的床上，很久以来第一次，很放松地睡了一觉。像小时候那样，像还不懂得忧虑时，她是多么多么地相信他啊。

他们计划住在斯莫兰的乡下后，莱纳德等不及莎拉搬过来，就先装修起了房子。他总和莎拉商量，用什么样的新门窗，房屋油漆成黄色，到底用哪一种黄。莱纳德在那段时间多了个癖好，每每开车路过一些黄色住宅，可能会停下来，咔嚓拍张照。他要比较不同的黄，把照片发给莎拉，叫她做最后的决定。莱纳德做了许多活儿，但有一点，他手足无措，就是窗帘，要等莎拉来配，他觉得一个男人走进女人的天堂——窗帘店，是很被女店员看不起的。莎拉到了斯莫兰，也干了不少活儿。比如选墙纸和窗帘，给阳台的栏杆上油漆。最后一件装修活儿，是冬天做的，莎拉给暖气汀刷了新油漆，莱纳德给洗衣房换了新墙纸。那时疾病让他坐立不安，他不知是病，以为运动运动就会精神些。他把洗衣房弄好后，说："看，这是我给你的圣诞礼物之一。"

他们也请些朋友来。比如莱纳德最好的朋友乌罗夫和索菲。莎拉以为莱纳德开始帮她整理客厅时，莱纳德的人影却不见了。不一会儿，割草机突突的马达声传来。一个男人带着红色的帽子坐在机器上。莎拉就笑了。莱纳德喜欢用各种机器。他说有客人来，草坪也是脸面，要收拾。莎拉搬来后，他已把院子东面的一片荒草地也割成了庭院里的草坪。他说，莎拉给他灵感，莎拉是他的上帝。莎拉赶紧捂他的嘴："这你可不能说，上帝生气了可不得了。"莱纳德说："不怕，我就要说，莎拉才是我的上帝！"

后来莱纳德得了重病，莎拉想起关于上帝的话，上帝，真生气了吗？这不过是个譬喻，是某种孩子气的情绪，况且莎拉捂住过莱纳德的嘴，上帝不可以原谅他们吗？

至于信，在莱纳德死后的第四年，莎拉终于开始整理些旧物。她看到了莱纳德和自己的通信，但也看到了别的。有瑞典文，有德文，她都看不大懂，特别是德文信。但显然是情书，来自恋爱中女子的信纸，信纸上总涂抹了些花花草草，或粘贴了些植物标本。这成了莎拉的一个难题，别人的情书，她已故丈夫旧女友的信，该怎么处理呢？莎拉把信分门别类，装在不同的文件夹里，文件夹很快就厚实起来。

莎拉坐在地板上整理这些书信，越理越多，她在地板上坐了三天后，她发现，另一个——另几个也叫莱纳德的男人是存在的。这男人借用的是同一个外壳，也许也借用了同一个头脑。莎拉开始觉得，她了解和拥有过的莱纳德确实只是很小一部分，像一些外人议论的那样——他们认识有四年，在一起不足一年。数据虽无聊，但接近科学，情感貌似有趣，又无法衡量。情感也许像宗教，信则有，要无条件地信。莎拉觉得，一度，她无条件相信过。如果莱纳德的宗教是莎拉，莎拉的宗教就是爱情。但现在，她觉得，那些历史，也是莱纳德生命的一部分，一个不可否定的部分。莱纳德说，那些都不重要，他一生如此平淡，只这最后四年才是幸福。莎拉坐在地板上叹口气：莱纳德，谢谢你，但是，你不一定有权仲裁你自己的人生。这些信纸虽束之高阁，却还在。莱纳德，你的爱，不仅仅是我，你应该看到全部。莎拉坐在地板上，抚平那些女人的信，那些她原以为会一把扔进壁炉或垃圾桶的东西。她发现她的嫉妒烟消云散。她并不生气，但她非常悲哀。嫉妒走了，似乎同时也带走了很多她对她的莱纳德的爱。她不想和别人分享他，即便他已经死了，但她发现，她是不可能把那些不同时期的过去的莱纳德捏紧在一起的，更不可能把他们在捏紧后，吹口气，叫他以莱纳德的名义活过来。她把这些别人的却落到她手里的旧情书放在莱纳德喜欢用的小皮箱里，上了锁。然后，她走到森林里，将它沉入了湖水。

曾经，莱纳德的母亲站在莱纳德的新坟边对莎拉说："莱纳德如今完全是你的了，你一个人的。"从湖边往回走的路上，莎拉想起这句话，她恼怒地踢着脚下的落叶。莱纳德也许曾是她的，但他从来就不全是她的，现在就更不可能。他已归于尘土，他和她已是熟悉过的陌生人。一度，她有过他这样的一个亲人，但她和他到底是两个人，就像和所有的亲人，父母、姊妹、儿女，人都无法合二为一，永远拥有。莱纳德，你是自由的，除了在上帝和爱神的手里。我们为什么曾如此接近，这理由只有上帝知道。而在爱神的掌控下，我们也无能为力。当你以为你爱，爱的神力使你做许多意识和能力之外的事，你做了，只能如此。爱一个人，是甜蜜的，爱一个人，往往也无比危险。莎拉并不后悔，也不否认对莱纳德的爱，遇见他的感觉是个奇迹。但她觉得，继续爱莱纳德，像他还活着那样爱他，变得越来越难，越来越不可能。爱一个活着的现实中的人，莎拉有这样的本能：说话，凝视，写信，抚摸和亲吻。在莱纳德死后的这些年里，她对着他的相片说话，凝视，书写，抚摸和亲吻。但她的话没有回应，她的信没有答复，他并没有凝视她的眼睛，更没有给莎拉来自他的抚摸和亲吻，甚至在梦里，看着她，莱纳德也从不张口。如何才能继续去爱一个死去的爱人，爱神并没有赋予莎拉这样的本能。三十二岁的莎拉做不到继续爱，还因为她终究是愤怒的，除了怨恨命运的无常，还因为，病与死，不但带走一个人，带走他俩的生活，它还是个魔掌，在屋子里左撕右扯。爱，就像莎拉自己挑选的最美的黄玫瑰的墙纸，完美地贴着的，被这魔掌一扯，就永远地破了，不但无法粘贴，还告诉莎拉，墙纸，再美，再附着墙面，不过是纸，是脆弱的。

莱纳德在医院的日子，短短三个月，每一天，能睁开眼都是一个奋斗。他们珍惜着在一起的时间，把每一天当每一年。莱纳德的葬礼上，莎拉选用了这样一首歌，它是那样拨动她的心弦，歌这么唱："终于，天在你苍白的肩膀边开始透亮。通过结霜的玻璃窗，太阳看来像森林女妖。你的发瀑布般洒满枕头。假如你是醒着，我将给你一切我不曾给予你的。但是我给你我的早晨，我的白天。/在阳光荡漾的地方，窗帘闪动着微微的波澜。远远的，在你的双眼之后，走过夜的梦。你梦到了什么美好的，我看见你笑。假如你是醒着，我将给你一切我不曾给予你的。但是我给你我的早晨，我的白天。/在玻璃窗外，我们听到大地的歌，像一个放肆尖叫的孩子，当春天到来，听这大地的吟唱。假如你醒着，我将给你一切我不曾给予你的。但是我给你我的早晨，我的白天。/像蜻蜓脆弱的羽翼，阳光在你的发间融化，我想我们可以直接飞向太阳。如果你醒着，我将给你一切我不曾给予你的。但是我给你我的早晨，我的白天。"

五

弗朗兹并没有太多的愤怒，他更多是觉得病和死是人生的一部分。他看到过很多病和死，外婆，父母。外婆是经历过“二战”的人，父母也是。外婆其实是饿死的。有一次，外婆在外头拾到一包肉，烧给早饿坏了的家人吃。很多年之后，妈妈还说，但愿那不是什么人肉。弗朗兹自己不记得吃肉的事，但他至少听说过外婆这辈子的苦难，也经历了和最爱的母亲的分离。玛瑞娅病了，他很悲伤，但没有愤怒，妻子也没有。玛瑞娅还是平静的，她起初对来看望的女儿、外孙女搂呵，抱呵，一起哭泣。但最后，她不怎么再拥抱她们了。她只微笑，摆手，渐渐流露出一副对这个世界丧失关注的神气，好像她有更重要的事要准备，有其他的人和事要想。最终，只是弗朗兹坐在床边握着玛瑞娅的手，彼此都没有话。这也让弗朗兹觉得，是存在着另一个世界的。

每年圣诞夜，弗朗兹是在乌索特度过。他在圣诞日这天才开车去柏林，去给外孙女们送圣诞礼物。然后，在新年前夜，他又回到乌索特。这些世人同庆的时刻，他都必须和玛瑞娅在一起。莎拉曾经问：“弗朗兹，既然你总说有另一个世界，既然你相信天堂，也就是说，玛瑞娅是在另一个世界里，那你固执地在这样的日子留在乌索特，到底为什么呢？”“问得好。”弗朗兹说，他也搞不清，到底为什么。“你知道，我自己营造着一个世界。比如说玛瑞娅的钢琴，总在那里立着，钢琴上的花总在那里开着。我能和钢琴和花说话。”

就是说，弗朗兹营造的世界是通往另一个世界的一个走道，莎拉很高兴弗朗兹能处于这样的境界，她也曾试图这么做，试图和莱纳德说话。当她注视着仓房前的空地，空地上的木柴，阳光下，能透析出莱纳德的影子，她能看见莱纳德在仓房前的空地上开油锯，穿的是蓝色工作服，戴了顶红色的帽盔。但她并不能如弗朗兹说的那样，获得宁静和安慰。恰恰相反，她觉得无法忍受的痛苦，何况阳光只要稍稍闪烁，莱纳德的影子就不见了。索菲说得对，最要不得的是那些衣服，那些还带着莱纳德气息的衣服。莎拉曾把头埋在那些衣服里，就像埋在莱纳德宽大温暖的怀抱里。

但这些气息和那些稍纵即逝的身影一样，带给她的是撕心裂肺。可能她和弗朗兹有一个最大的区别，他相信有另一个世界，莎拉希望是有另一个世界。

莱纳德的母亲在葬礼后问过莎拉：“你真相信会有重逢吗？”她这么问，无非因为棺木上覆盖的花环拖了条缎带，绣的是一行字“我们将再次相聚”。莎拉是在工作人员给她的众多选择中挑了这一句罢了。那时她根本不能思维，她也不能挑别的，比如说“感谢你给我的一切”，比如说“从此再见”。她说不出再见，许多人在莱纳德临死前就跟他道了别，她和莱纳德一直没道别，他们一直以为，还没到最后时刻。并且，他们想得最多的是如何在一起，他们一直没舍得告别。

当躯体和躯体已背道而驰，心灵和情感还不能割舍，她并没看清，他的生命过去就不属于她，此刻不是，将来也不是。她盲目地以为，他是她的，因为爱，他们就是一体的。但事实告诉她，他不是她的。后来她隐约感到，所谓他们彼此属于，不过是一时的幻象，是爱的温柔也残暴的欲望。他甚至不是他自己的，他只属于上帝。虽然莎拉也并不能确认有一个上帝存在，维克萧的主教也不能，主教也不过是说，他希望是有一个上帝存在。主教还说，痛苦是一朵枯萎的花，你将它一层一层地剥开，发现剥开了外头枯黄的花朵，里头是一个金色的花芯，总有什么是温柔和灿烂的。莎拉也是这样剥呀，剥呀，却始终抓不住金色的花芯。枯黄的花瓣是剥不尽的，将这花抓在手上，这本身就让她受不了。“我不能再看这样的花了。我并不想否定，也许是有什么金色的内核在最深处，但不管它在还是不在，”莎拉说，“我不想再接着剥下去了。”但是噩梦却始终在无准备的时刻到来，像那些衰败的花瓣。

葬礼后有很长一段时间，大约半年，莎拉几乎不能在夜里入睡，葬礼最后的旋律，总喜欢在临睡前，在她耳畔响起。她还有种无法摆脱的倾向：固执地默默地唱这歌。这是没有结束的旋律，拉长了的旋律，完全配合葬礼中的人数，要等所有的人跟着棺木，走到墓穴边，琴师才停止弹奏。也许是这样的原因吧，它没完没了，拉过来又倒过去。琴师弹的曲子叫《慰藉的音调》。原本是首动听的曲子，葬礼上的曲子多半动听，但却能让人感觉到，这种动听也是可以属于葬礼的。

葬礼结束的这一晚，莎拉被人劝说着吞下两颗安眠药片。昏沉沉地，她感觉有一个影子对着她，她在梦里睁开眼，看见一个透明的身影侧坐在她的床头，看她，默默地，一动不动地。影子没有脸庞，是个透明的形状。她惊叫着坐起来，惊动了房里其他陪伴的人，你们看见了吗，看见什么了吗？有人开了灯，说："没有呵，什么也没有呵。"她指着那边，叫大家看，那透明的薄膜里包裹着的人形，在灯亮之间，转移到了窗台上，但他们什么也看不见。这时，人形跳到了玻璃上，然后倏忽就消失了。她确信，那是莱纳德。

后来，她也做一些平常的梦，有一次是梦见莱纳德穿了件水洗布的衬衣和牛仔裤，背着黑色的双肩包，就和他第一次来布鲁塞尔时一样。莱纳德看了看她，深深地，但什么也没说。然后，急匆匆地，他站到了一个巴士站牌下，他急于要走。莎拉高兴极了，大声地说，她觉得她是在对索菲大声说话，索菲的人影却看不见。莎拉说："你看，莱纳德原来并没有死，他其实没死，我早说吧，那医生太年轻，什么都不懂的。"然而这时，莱纳德露出了一种表情，像是不愿莎拉告诉别人。汽车站突然就消失了。莎拉惊醒过来，眼前什么也没有，泪水已经在眼角流淌。

这还是相当甜美的梦。虽然她也奇怪，怎么莱纳德从不和她说话，哪怕是一个"嗨"，哪怕笑一笑。他在梦里从来没有笑，不是毫无表情，就是看来相当焦虑，他从没有笑。而他在得病前，当他和莎拉在一起时，是合不拢嘴的。他得病后，莎拉日夜陪伴。起初一周，莎拉并不是睡在病房里，而是在医院的家属宾馆。但莱纳德根本无法入睡，莎拉也不能。她总是第一个等在病房大门外，门一开，就冲进去。后来护士推进另一张病床，莎拉和莱纳德就把他俩的家安在了病室。他们有时竟然也笑，绝症的病房里不是完全没有笑。是些小事，比如莱纳德的被子动了，莎拉发现，他在悄悄锻炼，就是把脚趾努力地伸展。或者莱纳德能成功地排泄大、小便，这都是可以让他俩高兴的事。莱纳德不喜欢打搅护士，特别是在夜里。连护士们都说，莎拉是个好护士。

是的，莎拉没有梦见莱纳德的笑。相反，莱纳德吊在一棵白桦树上。她惊愕地仰头看，挂着的莱纳德突然坠落下来，朝她的身体坠落下来。她还梦见邻居在田里干活儿，等她走近，才看清楚邻居是在挖一个坟墓。邻居甚至自己跳下去，饶有兴致地试验墓穴够不够深，一边挖，一边面无表情地呷一口白兰地。而这个坟墓，出于某种不清楚的原因，莎拉知道，这坟墓并不是邻居自己的，到底是谁的，莎拉倒又不知道了。有一次，是有人敲门。索菲开了门，索菲露出惊愕的表情，但没叫出声来。她对莎拉说，客人，找你的！莎拉躺在梦里，不能动弹。她看见两个人慢慢移动过来。看不清身体。最明显的是他们的头，都用白纱细细密密地裹着。索菲在一边说，他们来，是要跟莎拉借一点皮肤，就一点点。然后，白纱裹着的头很礼貌地点了点，离莎拉越来越近。莎拉尖叫着试图坐起来。

莎拉每每做了这样的梦，在夜里，在梦中无非是惊惧。到了白天，也就罢了。莱纳德走了居然已经七年。莎拉以为最难熬的是他死亡的那一刻，那是天塌的时刻。还有什么事会比死亡更可怕呢。但事实上，那一刻不过是一个可怕时段的序曲。她将以怎样的方式将莱纳德的死背负她的一生，也许梦是这方式的一部分？为什么，那些甜美的往事，从不到梦中。

弗朗兹不常做梦，他不是个真正有幻想的人，虽然他喜欢在白天构筑自己幻想的世界。他是个化学博士，他不喜欢现在的人说男女的喜爱是化学反应。他说：我恨这个字眼，这不是“化学”，这怎么能是“化学”呢。他喜欢的字眼是“爱”。

妻子死后，他曾做过一次梦，美好的梦。他梦见玛瑞娅来看他，对他说：你怎么抛下了我，但是现在我又到你这里来了。他想去抓住玛瑞娅，却扑了个空，醒过来，无话可说，只坐在床上，流下眼泪。

不，他很少做梦，偶尔会梦见很久很久之前的事情，女儿们才七八岁的时候，一家人到法国南部去度假，去海边。他们去那里有许多次。但那不是什么不寻常的梦，不过是往事的片断而已。

六

某年深秋的一天夜里，弗朗兹打了急救电话。救护车在森林里盘桓了二十分钟后才找到他的屋子。当夜，他就被送到斯莫兰的心脏专门医院，他还能说话，护士问了他女儿的电话号码，手术就施行了。他是平静的。当然，他没放弃救护，他是给救护站打了电话的。出院后，他被叮嘱要定期复查。镇上人很快都知道他的心脏挨了刀。一个人住在林子里，万一出个什么事，想想真是后怕。弗朗兹说，他不怕死，真不怕。

他自己的墓碑不早已选好了嘛，只等将自己的名字刻在妻子的后头就行。他挺满意那墓地，靠着湖水。但他活着从手术台上下来了，证明上帝还没到召他的时候，他得把自己的人生好好走完。他尽量过得正常，唯一有些困扰他的是龙头里的水，水，从自家的井里出来，在咖啡杯底积淀出红褐色，他用化学博士的眼睛看出来，那是铁。白衬衣洗不白。当然，他已不需要在早晨梳洗整齐，穿白衬衣、扎领带出门。不过，按几十年的生活习惯，尤其妻子的习惯，白衬衣总该洗白了才对。

当弗朗兹回顾历史，他在心里承认，其实，他和玛瑞娅的感情也不是完美无缺。总体说来，两头最好，开始和结束。十九岁和十六岁，然后是退休后的与子偕老。中间，他也有过因别的女性动心的时候。他想，男人是这样的。但他喜欢别的女人是放在心里，不说出来，不该说出来。他甚至还记得，在他五十岁左右，他喜欢午饭后在单位大楼外的路上散会儿步。有一天，迎面走来个二十四五岁的姑娘，很漂亮。奇怪的是，她朝他笑，他不由得朝她多看了几眼。就在这时，他被撞了个趔趄，两个小伙子擦肩而过：老东西，看什么看呢。那一次，他感觉到自己的衰老，感觉到自己对爱情的渴望。他记得那姑娘的笑，他的心里是甜的。在弗朗兹看来，这样的和一个笑容的相遇，让他回味了许多年，这是他的小恋爱。就是这样，他其实也偷偷有过几段朦胧的向往，但仅此而已。现在，遇见莎拉，总让他想起那在路上对他微笑了的姑娘。

莎拉在乡下住了些年，始终没找到最合适的工作。她在中学兼些法语课，但她不喜欢做老师。"我如果是你，我会乘最早一班火车去哥本哈根。你可以干许多事，别耽误时间了，一把火把这里的一切都烧了，回布鲁塞尔或巴黎。你可以去世界任何一个地方，反正不能留在这里。"莎拉的女上司在一个夏天来看她，这样说。莎拉其实也不是完全不想走，这样至少就可能摆脱那些沉重的东西了：暖气汀的声响、噩梦，摆脱一个人在餐桌边的食之无味。但说不清为什么，虽然害怕，虽然每次回巴黎，回布鲁塞尔，或者不过进城探访熟人，留宿一晚，都让她感觉到，那里才是有生活的，而她的住处人气稀薄、一片死寂，但总有什么拖住她，她走不了。人们将这解释为她对莱纳德的爱，莎拉每听见这些，不免冷笑。爱，是别人可评断的吗？莎拉是否爱莱纳德，她的爱有多少，上帝和莱纳德心里有数，莎拉自己无话可说，别人更该住嘴才是。总之，她留在那儿是件和情感交错的事，又不单是情感本身。情感、回忆、伤逝，交织成一个黑色泥潭，她身陷其中，走不出，也看不见——这是一段长长的深深的黑色。直到有一天，她无意中碰到一只手，一把就抓住了，她把自己的手伸给保罗的手时，她只触摸到手，根本没多想，是那想爬出黑潭的本能自己做了决定，它只要有这只手就够了，它不需要，也没精力弄清，保罗，他到底是谁，他到底需要什么。

莎拉有了小伙子的消息，很快就在乡下炸了锅。镇上超市的小老板看到过保罗和莎拉在一起。然后，有人还斗胆在镇上的加油站和莎拉寒暄，当然就和她的小伙子也握了手。于是又有新消息传布开来，莎拉的小伙子是布鲁塞尔的一名经济师。莎拉在镇上的女友打探出来，莎拉和她的小伙子是在过去女上司的派对上认识的。乡里人开始不再叫他莎拉的小伙子，而叫他的名字保罗。

保罗看来友善、健谈，这让乡里人喜欢他，但他们一眼就看出来，保罗不像个能在乡下扎根的男人。白面书生，城里人，经济师。要想住在乡下，在这个人工费很贵的地方，很多事可得自己做，至少得会开拖拉机，会用油锯才成。乡里人又嘀咕说，也许他可以在镇上银行工作呢，乡下需要年轻人。乡下人聚在一起，谈到莎拉和保罗，也有人插话：咦，倒并没有人说莎拉不该有男友。就有人答，谁敢呢，敢这么想，也不好这么说呀，要这么说，那可不就不是人了。

但莎拉感觉到他们态度的微妙改变。乡里人觉得她是莱纳德的女人，同情过她，接纳过她。现在，因为保罗的出现，她就不完全是莱纳德的女人了，这至少表明，莎拉不再愿意一心一意做莱纳德的女人。那些过去的对这女人的同情多少有受到欺骗的感觉。而一些过去的女友，年轻人，不一定在意女人的贞洁，也不怎么来找莎拉，好像她们知道她是要离开的，她们自己却飞不了，至少，她们就不想在她身上投资友谊和时间了。

弗朗兹还和从前一样。他甚至表现得很高兴。“莎拉，你笑了，我发现你会笑，这太好了。”他们通常都像老朋友那样拥抱，但当着保罗的面，弗朗兹伸出手握了握。因为莎拉摆出拥抱的架势，他才略微尴尬地也拥抱了莎拉。

保罗看来对一切视而不见，对乡下的过去也没太多芥蒂。他开车送莎拉去教堂墓园，但他从不跟着去莱纳德的墓地。保罗只在墓园外散步，或到教堂里坐一坐。他说，我不认识莱纳德，也许你更愿意自己待一会儿。

莎拉并不想在保罗面前过多提及莱纳德，但保罗有时突如其来就把莱纳德挂在嘴边。他喜欢翻翻架子上莱纳德留下的音乐、图书，说莱纳德看来是个有趣的人。莎拉想，莱纳德和保罗，假如以前他们俩认识，是会彼此喜欢的。

保罗来乡下的第一天，在夜里，莎拉又做了梦，又惊醒过来。保罗抱着她说，不怕，不怕，到底是怎么了。莎拉光说是噩梦，到底是什么，不记得了。其实她记得很清楚，她是梦见了莱纳德，他没有死，莎拉非常高兴，他俩还没来得及说话，莱纳德看见了保罗，问：怎么回事？莎拉说：我还以为你是死了，他们都说你死了。莱纳德说，我不是和你说过的吗，我会一直和你在一起！

这只是个梦。后来莎拉扪心自问，她当然愿意莱纳德再活过来，一千个愿意，一万个愿意。不管以什么样的方式，不管他选择去爱什么样的女人，不管他变成树林里的白桦还是麋鹿——只要他能活着。但再活过来的莱纳德是否和她还有牵连，有多深的牵连，在莎拉有了保罗之后，变得不那么断然了。莎拉舍不得莱纳德，但也开始有些舍不得保罗，至少，她不能伤害保罗。她醒过来之后，有些庆幸在现实中她不需要做这样艰难的抉择，但在她的心里，看来，是和莱纳德拉开了距离。她想起弗朗兹老头儿，想起他对墓园每天的造访，她比不过他。她开始喜欢另一个人，她无法同时同等地爱两个男人。虽然，她并不能断言，这两种是否是爱，但在主观上，她多少是曾经、现在，走在将爱、想爱的旅途上。

莱纳德确实说过，他会一直和她在一起。在病房里最后的日子里，他说：将来，你坐在花园里的时候，我会在天上，在云朵里，看着你。这使得莎拉特别注意看云，如果有停留在她头顶的云，她总仔细端详，但云是让人摸不着头脑的。她想，云，太难辨认，莱纳德就不会以别的方式出现吗？

有一天，她看见书桌上飞来一个七星瓢虫，就在她的手边，默默地看她。她很奇怪，它是怎么飞来的。并且，怎么赶都还不走。

它有好看的橘红色的身子，黑色的小点。莎拉给乌罗夫打电话。

“出什么事了？”乌罗夫说，他从莎拉的语速中听出了慌张。

“来了只七星瓢虫。”

“哦，我还以为是怎么的了。这在乡下是常有的。”

“门窗可都关着呢。”

“呵，也许有其他的缝隙。”

“碰它也不走，就待在我手边，怎么都不走。”

“是吗？”

“不会是莱纳德变的吧？”

“那绝对不会，绝对不会，莎拉。”乌罗夫居然在电话那头笑出声来。

莎拉打完电话，瓢虫却飞了起来，不见了。是莱纳德生气了吗？也许他不愿在这样的时刻被乌罗夫的笑声打扰。或者，莱纳德因为莎拉的疑惑不定而伤心了吗？

但是莎拉和莱纳德到底也并没有这样的约定。关于托一个梦，关于变成什么。

她和保罗却有，和爱情无关，他们谈上帝的有无。保罗说，假如真是有另一个世界，将来，无论谁先离世，一定变成什么，至少托个梦，来告诉另一个人。他们商定，要变个比较特别的，才好识别。保罗变成孔雀，因为莎拉总叫他孔雀。保罗喜欢叫莎拉蜜蜂、野玫瑰。但蜜蜂太常见，野玫瑰在花园和海滩到处都是。保罗还喜欢叫莎拉小马。每每看见草地上的骏马，保罗就说，草地上有好几个莎拉。保罗愿意她变成一匹马，白色的，特别漂亮的，不能太小，要是真正的骏马。莎拉姑且答应了，心里不太自信，谁知到时候，自己有没有本事变成一匹白色的骏马呢？

莎拉和保罗之间有这样的约定，但她和保罗没写过什么信，保罗总跟数字打交道，不喜欢文字，几乎从不写信，他喜欢电话，喜欢见面。他也不光是喜欢他俩独处，保罗和莎拉常常是和朋友们一起，谈天、散步、看电影。不像莱纳德，是把莎拉的脚用自己的脚夹住，在小小的公寓里看她，怎么也读不够的。保罗和莱纳德不一样，莎拉知道，做这样的比较对保罗不公平，对她自己也不公平，但她不自觉地时刻比较。

莎拉觉得和保罗在一起，比一个人好，但她对保罗并没有对莱纳德那样完全的信任。她和莱纳德，他们计划的是永远，但结果，不过是大半年。和保罗，他们从来不谈永远，什么也没计划，人是无法计划生活的。也可能，在这种无计划中，倒反而有永远呢，这就要看上帝的意思了。

七

乡下人担心了半年之后，终于发现，他们是空欢喜了一场。保罗这城里人，是驯化不了的。莎拉这城里人，也是驯化不了的。保罗到底还是把莎拉也拐跑了！他们听说，莎拉就要搬回布鲁塞尔。再遇见莎拉和保罗时，有人不客气地说：你们不喜欢我们乡下，我们觉得这里是全瑞典最美的地方。

莎拉觉得，她搬回布鲁塞尔，其实真是和保罗无关，和是否喜欢乡下无关。当初她搬来，不是因为喜欢这地方，只因为有莱纳德，这地方才成了她的家。而现在，没有莱纳德，她的家空了。

她在旧上司的帮助下，申请到一个新工作，参与一项欧盟的项目，虽不是固定职业，到底可以先做两年。她也愿意住得离保罗近些，她喜欢保罗。保罗已帮她联系好布鲁塞尔的一间小公寓。

莎拉把乡下的房子卖了。邻居问莎拉，你不想留一点儿和这里的联系吗？莎拉觉得，这房子，留下已经没了意义。莱纳德去世后第一年，她竭力种花种草，要让屋子看来像先前一样，就装做莱纳德还在。莱纳德的工作台、电脑、衣服、鞋子，全照原来的样子在原处摆放，权当他只是到林子里去了。但，这是不一样的。在深秋到早春的日子里，房里听得见暖气汀的响动，一种她以前不曾注意到的声音，此外，别无人声。房子还在，生活永远地走了，她和莱纳德的生活。然后，现在，她既然和保罗走到一起，她就不再是从前的莱纳德的女人，过去的一切被她亲手翻过，她何必留下房子。至于联系，岁月告诉她，这联系想断也断不了，因为至少还有梦。七年来一直有的梦，不会突然停止，关于莱纳德的记忆，想抹也不可能抹掉，它在那儿，不需要谁提醒，永远都在，莎拉知道它在，它应该是仅仅属于她的。

在这最后的夏天里，整理乡下的东西成了莎拉最后的任务。

弗朗兹有一天开车途经莎拉的屋前，特意进来，看看情况。然后，他忧心忡忡地说，事情看来还挺多，保罗离得远，莎拉你一个人是忙不过来的。弗朗兹提出可以帮她做些活儿，至少，能运送大型垃圾。这让莎拉非常开心。弗朗兹真是天上掉下来的。她觉得她倒不一定叫弗朗兹帮她运垃圾，多一个人可以做些商量，这很需要。弗朗兹拿出他的德国派头，说，莎拉，我们列个表，把所有必须清理的项目全写上去。否则，你是不能按期忙完的。

莎拉和弗朗兹合作得很好，搬家的事进展顺利。在一个周五，弗朗兹对莎拉说，你总待在家里整理，人是要傻掉的。这样吧，明天，我带你出去转转。

莎拉虽觉得有些突然，但怎能拒绝好心的弗朗兹呢？第二天，弗朗兹开车带莎拉到一个儿童科技乐园，在那里玩各种电子游戏。午饭时间，弗朗兹把车开到一个海边餐厅，那是他和玛瑞娅以前常去的地方。他坐在那里，看看海水，看看莎拉。莎拉感觉到弗朗兹的眼神，这使她想起莱纳德，也是喜欢出神地看她。不同的是，莱纳德并不怕莎拉知道，弗朗兹则躲躲闪闪，有时，他把眼光转向大海，或者，从桌边窗玻璃的反光看她。但是莎拉察觉到了，她想起莱纳德，莱纳德不但无所顾忌地看她，而且是，他把他的一双大脚也伸过来，牢牢地箍住莎拉的脚，像从后背抱住一个人那样，他俩在一起时，总是那样吃饭。

弗朗兹和莎拉这次一同出来玩，并不是神不知鬼不觉。常常是一个人的他，偏偏在周末得到了一个邻居的邀请电话。弗朗兹说，他没时间。对方说："你怎么没时间呢？""我要到海边去。"对方没再询问。弗朗兹也没再说。他有些心慌。这当然不是幽会，但他觉得总有些什么是不想公开的，他不想让人知道他是和莎拉在一起，在周六，在海边。

这一日天气并不好，海边风浪大，没有阳光。弗朗兹点的是份烤土豆加虾仁。莎拉点了碗鱼汤。两个人再喝点咖啡，出了饭店，实在也没法多逛。还有一段路要往回开。等弗朗兹把莎拉送到家，深秋的天，已经完全暗下来，还飘起了雨。弗朗兹在路边离大门还有一小段就停了车，不像别人是直接停在门口。莎拉下了车，不得不在黑暗中走了一小段。弗朗兹没立即离开，相反，他坐在车里，把车灯打到最亮，给莎拉照着路，看她点亮了屋里的灯，这才掉转车头。莎拉想，这老头儿，真怪。莎拉突然意识到，大约弗朗兹觉得，他是个男人，莎拉是个女人，在夜色中，他该对一个女性的住处保持距离。这使莎拉有些吃惊，她可从来没把弗朗兹看成男人，而是当做长辈。

但这并不是莎拉一个人的感觉，连保罗也看出弗朗兹对莎拉过于关心。有一次，保罗开玩笑说，弗朗兹收你做了养女吗？又有一次，弗朗兹送莎拉去火车站，莎拉要去布鲁塞尔见保罗。弗朗兹把她送上站台，递过来一个纸袋，装了吃的、喝的、路上阅读的。后来保罗看见这袋子，沉思片刻，他问：如果弗朗兹年轻几十岁，你会觉得跟他在一起更好吧？他那么会体贴人。莎拉说：当然不会。她不由得又说，她一直以为弗朗兹是个善良的长者，不过，也许还是该拉开点距离。保罗说：弗朗兹也没说什么不好的话，做不好的事，他是个绅士。他显然非常喜欢你，喜欢一个人，并不是他的错。

保罗再次来斯莫兰，一天下午，莎拉和保罗开车路过一处林子，离弗朗兹的住处很近，决定去看看弗朗兹。他们在林子里七转八绕，终于看到了弗朗兹的黄房子。可惜他并不在家。保罗和莎拉把一盆半路上买来的花搁在台阶上，自己在院子里走走看看。

他们看见，在数百米外草地的一个角落，有一个六角的亭子，很新。一条小路，是人踩出来的，从正屋的台阶，正好指向小木亭，莎拉和保罗好奇地朝木亭走去。

亭子周围是荒草。亭子顶端有一圈黑色，下面是原木色，不如一般的凉亭选用浪漫的秋香绿或鹅蛋黄。莎拉走到小木亭边，突然入目的，是桌上一张放了黑白照片的小镜框，一个短发的女子二十多岁的肖像。莎拉倒退一步，风在凉亭吹过，把桌上一把枯萎的花束吹落到地上。从后头赶来的保罗也愣住了。莎拉说：我想，我们还是快走吧。保罗说：我想也是。

这时的弗朗兹其实有一个女人已追求了他好几年。弗朗兹特意请过一个家庭护士，照看玛瑞娅到最后的时刻。弗朗兹一个人住在斯莫兰后，护士找来过两次。平时，她给他写信，长篇累牍的。她甚至在玛瑞娅的忌日前，特意从柏林寄来花卉，托弗朗兹送到玛瑞娅的墓碑前。她找种种理由，生怕和弗朗兹脱了联系。弗朗兹跟她说得很明白，这是不可能的。他对她没那样的感觉。护士将这理解为他有丧妻的悲伤，时间一久，自然愿意有个女人陪陪他。但转眼，八年过去了。弗朗兹不喜欢护士要闯入他的生活，他招架不住，他想他其实一直怕这样的女人。在十九岁遇见玛瑞娅的那个巴黎的法语集训地，有天晚上，玛瑞娅的室友，一个剪了短发的女孩，把弗朗兹拉到花园里，请他抽口烟，她还示范着把烟吸了吐在他脸上，还要抱着他亲吻。这可把弗朗兹吓坏了，他喜欢恬静的女孩。后来，是那吸烟的姑娘对玛瑞娅说：他看上的是你！

现在，他也有对女人动心的欲望，但他不敢，怕新的尝试不如期望的好，同时，又因这尝试会毁了他和玛瑞娅有过的一切。他很高兴自己遇到莎拉。他愿意想起她，有时听听她的声音，和她说说话，仅此而已，有些细微的感情，他自己也不敢面对。

弗朗兹得知莎拉来过，特意来接她，请她到自己的住处喝茶。这时，保罗又回布鲁塞尔了。莎拉这时其实并不愿单独见弗朗兹，莎拉有些不愿看见他的目光。即使还有许多别的人，即使她在和大家挥手，弗朗兹的目光会直直地盯着她。他对她说，认识她，这让他高兴，让他的生活有了滋味。他还跟保罗对话，像一个最严肃的父亲，叫保罗好好爱她——这是保罗告诉她的。但她得到弗朗兹的邀请，不好说不，况且，她就要离开这里了。

莎拉有些厌烦弗朗兹成天把“爱”这字眼挂在嘴上，有时她觉得弗朗兹话说得太多。弗朗兹请她看洒满玫瑰的钢琴，她并不理解他为什么要把枯黄的玫瑰堆满自己的屋子。弗朗兹说：“别人不理解，我以为你能，你也失去过亲人。”莎拉很想理解他，但真不能。一架钢琴，盖子总合着。上面全是花，玫瑰，干枯的。自打这次在弗朗兹那里看到钢琴上干枯的玫瑰，莎拉对晒干花就失去了兴趣。花，若干了，就不是原来那朵花了，告诉人伤逝，远多过告诉人美。当时她对弗朗兹直言：“不，我完全不能理解你。我们是那么不一样。你和玛瑞娅是生活了一辈子的，有儿女，有一切。”但下半截话，莎拉没脱口而出，她想说，弗朗兹六十多岁，莎拉不过三十出头，弗朗兹就要走向生命的最后一段旅程，莎拉，她的生命之路还不到半途。

莎拉只好说，她不懂什么是爱。“你说谎，”弗朗兹严肃地摇着头：“你当然是懂得的。”莎拉说：“以前我一直以为我懂，后来我不能确定我是否懂过。现在，就真是什么也不知道了。”弗朗兹说：“你不能怀疑，你是有过爱的，还会有新的爱，你应该有最好的一切。你知道，我有魔术，我保证你会得到。”

搬家的日子都已经定了。电话里莎拉对弗朗兹说：“帮我这么多忙，但愿你的医生帮你检查时，不至于说，你怎么了，累成这样。”弗朗兹没吭声。他在心里对自己说：“假如医生问，老弗朗兹，你的心脏不大好呢，最近到底怎么了。我会告诉他，因为莎拉搬走了。”他对自己的这个回答咀嚼了许久。

仲夏节前保罗来接莎拉回布鲁塞尔，乡下最美的时节就要到了。最后一个晚上，他俩请了些邻居和熟人，特别是弗朗兹。弗朗兹穿一身藏青的西服来。男人们唱酒歌时，保罗说，他会唱一首德语歌。曲调婉转，一唱三叹。弗朗兹认真地拍手，说，这歌其实是该专门唱给莎拉听的，是首爱的赞歌。

第二天，弗朗兹特意再来送别。在最后一天的早晨，莎拉并没有如想象的那样要流泪。大家合影留念，弗朗兹又非要莎拉一个人站在茉莉花下，茉莉其实已经有些败了。而茉莉花，弗朗兹不知道，保罗也不知道，那正是莱纳德葬礼后的晚餐上点缀的花呢。弗朗兹说：保罗，往回开的路，要比你来时开得更小心些，知道为什么吗？因为莎拉坐在你车上！保罗点点头，他不太习惯和男人拥抱，但这一次，他伸出双臂，紧紧地抱了抱弗朗兹。

莎拉和保罗开车一路往东，开到镇中心的教堂，然后，保罗停了车，目送着莎拉捧了一瓶插满了的仲夏的鲜花走向湖边莱纳德的坟墓。那里是块天然的石碑，在雨天里，染成水墨画一般。石碑的左边刻的是一丛白桦林，在莱纳德的姓名下，刻了行字："我看见一条小路在森林里，我是平静的。"莎拉看着这行字，这带她回到七年前那最后的晚上，这是莱纳德自己说的话。而在碑石的左侧，刻了对飞鸟，也还有一行几乎多余的字："石头来自我们热爱的家。"

莎拉把花瓶放好，又给莱纳德和玛瑞娅的墓地浇了水。然后，走向保罗的汽车。他们还有一段很长的路要开。

八

布鲁塞尔的日子，和往昔一样年轻。旧朋友又有了来往，莎拉也认识了些新朋友。她有时也怀恋斯莫兰森林里清新的空气，但那对于日常的生活到底不是必需。越是住在布鲁塞尔，莎拉越感觉到，那过去的七年，独自在斯莫兰的日子是那么不可思议，她是怎么走过来的呢？

春末，弗朗兹来了电话："我有个主意，莎拉，今年夏天，也许可以去巴黎。”

“好主意，和你女儿吗？”

“不，你和保罗，你俩一起回巴黎，我跟着，我请客。”

莎拉不好说行，不好说不行，她怕扫了他的兴。但是，他们和弗朗兹一起去巴黎，这算什么呢？她不能替保罗做决定，安排他夏天的休假地，莎拉自己也不大愿意，巴黎是太敏感的地方，是她自己的家乡，还是弗朗兹和玛瑞娅相遇的城市。弗朗兹说：“你们玩儿你们的，你们年轻人，我就是也想去看看巴黎，但我不想一个人去。”

因为这个电话，一直到夏天来临，莎拉没敢和弗朗兹联系，好在弗朗兹没再来电话。

九月初的一天，莎拉从科西嘉岛回到布鲁塞尔的小公寓，看到弗朗兹从斯莫兰乡下寄来的明信片。她拨了他的号码：“我是莎拉。”“莎拉！”对方惊奇地叫道，然后突然情绪低落：

“你在生我的气吗？”

“没有啊。”莎拉想，这是从何说起呢。

“有件事不知该不该问。”

“呵，你不都开了口了，说吧，到底怎么了？”

“你知道，我做了个梦，你们结婚了，我却不知道。”

“什么意思？既然你说我们结婚了，怎么又不知道，啊，你是说，没通知你吗？”

“对呀！”弗朗兹的声音又高起来：“怎么会不通知我呢，到底是不是真的？”

“没有，”莎拉说，“我这辈子，大概不会再结婚了。”

“乱说，你当然会的，你是小姑娘，保罗是小伙子，你们在一起挺配，你会很幸福的。不是早跟你说过嘛，我有魔法。”

莎拉转开话头，问弗朗兹一些乡下的消息，乡下也没发生什么事。弗朗兹最后说：“也许我应该来看看你，但我又不太确定。你原来住的那地方，自从你搬走，我就还没去过。”弗朗兹又说：

“我已准备好了过冬的柴火。”

莎拉忍不住告诉保罗，弗朗兹的梦，弗朗兹弄不懂这不过是梦，还是他们真没通知他。保罗说：“哦，可怜的弗朗兹，我们结婚当然是一定要请他的。”“我们结婚”——这几个字眼儿，保罗说起来，好像并不是遥不可及，就像保罗的父亲，有一次对他俩说：你们结婚，可以在保罗受洗的老教堂，那教堂很美，而且保罗家的根来源于那个教区。保罗特意带莎拉去看那个教堂，小小的教堂里没有人，却有头一天的婚礼留下的玫瑰在每排座位的顶端靠通道的地方。保罗那时也说“当我们结婚”。莎拉走出教堂，不说是，也不说不是。无所谓高兴，也没有感伤。有时她觉得，她的心，没有了，或者心还在，但她已告诉那颗心，如何尽量不去感觉，不去激动，不去难过。她觉得日子很好，艳阳好，细雨好，狂风也有狂风的好。土豆是松软甜润的，通心粉也不错。她为欧洲杯一个踢进的足球欢呼，为一段海顿的旋律陶醉，但在内心深处，她多加了一道门，没有什么人，也没有什么事物，无论是扣人心弦的或是优美的，可以去开最深处的那道门，即使是保罗。她对保罗好，对他亲，但她不得不时刻提醒自己，他是他，不是她自己的一部分。保罗也是可以说走就走的，以他的方式。曾经有一天保罗说，他觉得这一生最幸运的事是遇见莎拉。莎拉生怕保罗问她，对她而言，什么是最幸运的事。那时，她还说不出：最幸运的事是遇见保罗。那时，如果一定要说，她更倾向于说，是遇见莱纳德，但莱纳德的死把一切改成悲剧，即使不说那就是不幸，说成幸运也过于沉重。什么是她一生中最幸运的事呢？不知道。她把这事和布鲁塞尔的女上司在电话里说了，上司说：“你好像不是真爱保罗呢。”莎拉倒也不能同意，到底什么是爱，到底又有谁真爱过我呢？莎拉不说“幸运”和“真爱”那样的字眼儿，到底是一心一意关心保罗的。保罗不过说说而已，就像莱纳德会说，莎拉是他的上帝——都是真心话，但不值得过于在意。这样的话，到关键场合一点帮不了忙。比如莱纳德在得知自己的病情后，对莎拉说的第一句话是气咻咻的：现在，你是不可以离开的！莎拉压根没想过离开。和保罗，他们之间没出现危急的场景。有一个冬日，保罗来看莎拉，屋子突然断电，停了暖气，第二天，保罗就这样把她扔下，走了，他说他要工作。电路停了一天才修好。那一次，莎拉觉得不可以再理保罗。她给乌罗夫打电话，说如果换了莱纳德，绝不会扔下她一走了之。乌罗夫说："莎拉，我跟你保证，很多男人都会一走了之的。据我对莱纳德的了解，他是工作狂，肯定会。"保罗的电话接踵而来，他请她谅解。他喜欢她，甚至可以说爱她，但她不是一切，他还有工作，有自己的雄心。

亲爱的你，她以为那一定会在某处等待着她的人，她一度以为已经等到的人。人生过于短促，但人生总该足够长，可以让她和亲爱的人有足够多的共度的春秋。莱纳德死后，莎拉曾对自己说，绝不再爱任何人，只有不爱，才可避免失去的苦。但爱或不爱，相聚或分别，这都由不得她。那次断电危机后，她和保罗没有分手，相反，他们间的感情越来越深，相处越来越默契。当她不再去计较细节和真相，眼下，布鲁塞尔秋天的阳光确实晴朗无边，野鹅开始南飞；蓝天在大地之上，就像情感远在理性之上——对莎拉来说，事实是如此，也应当是如此。

蜘蛛无处不在

有些事是自动改变的。

比如年轻女人一旦穿上了和服，因为有层层的束缚，自然就摇摆成了碎碎的小步子。

比如还算壮年的男人用手杖，自然而然，每一举步容易将手杖微微上扬，就甩出点绅士派头。

男孩爱喝汽水，那是甜的。做了成年男人，转而爱喝啤酒，那是苦的。

中年后，女人突然迷上了在院里弄花弄草。男人开始爱做周末木匠。

人到中年，看山非山，看水非水，不如耳顺之人平和、明理，但又是将许多事看淡了的。不绝望，也无所谓大希望。不是不信，也无所谓执著相信——那些和人相关的事宜；但说到和花草、木头，那就是另一种更纯粹的交流了。

玫瑰在夏天热闹地开过，如果指望小阳春里再次吐蕾，就要给花儿剪枝。从结了果的地方往下，数到第三片叶子，下剪。一个本该让人觉得单调乏味的简单操作。但叶片是活的，有形有色，没有一片相同。移动枝叶时，玫瑰的枝干摩擦着在它身下的已停止吐蕾的薰衣草，总是能擦出一片芳香。玫瑰有刺，刺看得见，扎了有明确的痛，戴上手套，倒也就应付自如了。

至于男人的木匠活儿，完全看得见成效。榔头敲敲打打，一张老式的瘸了腿的椅子就站稳了。灰头土脸的桌子涂上花青色的油漆，就俊俏了。

只有蜘蛛还是无处不在，在屋檐下，在墙角里，在树枝间，在立在院子里的晾衣架上。它和日子最近。人看它，是从小看到老的。中文里有“喜蛛”一说。在瑞典，也有类似的理解，以至人一见蛛网就扫，但没人敢动蜘蛛。

厨房外的椅子

那些神也不知的细节

有些事蛮蹊跷。

有人将一只杯子或一瓶酒随手放在桌上。是独自一人或高朋满座，是清静或嘈杂这都无关，也无论桌子的大小，这人一定是将杯子或瓶子，不经意间就精确地放在桌子的最边缘。别人看一眼都发慌，说，哎哟，放得多悬。那人说，悬吗？不是好好放着，蛮大一块地方。——几十年，总如此，很少有打翻过。难道说，那人总那么放，也总有提心吊胆的人帮忙挪开？

有人泡咖啡，冲上满满一大杯，喝一半，剩一半，十多年如一日。旁人说，你既然喝不了，不如少倒点呢。那人以为自己喝得了。半杯咖啡在那里，别人要帮着倒了，那人很着急：哎，别倒，别倒，我马上就热了再喝的。但最终还是倒了。那人新泡的咖啡，还是满满的，还是有半杯要剩下。

有人睡觉。鼾声均匀而酣畅。旁边人被鼾声惊醒，看那人跷着二郎腿，心下诧异，好功夫！人多有喜欢跷二郎腿的，一旦入睡，自然腿就平放了。但这人会跷着睡，甚至能将二郎腿调换个边，继续跷，继续呼呼大睡。天亮后，告诉那人，你夜里如此如此。那人很无辜地说，是吧，是有人也这么说过。可惜那人却无法当场知道自己的好身手。

坚信礼[1]

在岛屋，接受坚信礼，是二十年前的夏天。如今，斯万已谈不上坚信。二十年前的那个夏天，在后来的每个圣诞节前却都来看看他，因为一封信，一封自那以后，无论斯万搬家到哪儿，都紧紧跟随的信。

信是绿色的，总是绿色，像那个夏天的颜色，像夏天的伊芙岛的颜色：

> 圣诞快乐，新年快乐！
>
> 流逝的二〇〇九年，我们在伊芙岛夏令营，又给四十名孩子行了坚信礼。野营，欢谈，划船，在清风和篝火间休息，看湖上夜晚的光线。
>
> 一半的孩子是完全健全的，一半有点行为和心理障碍。他们住在一起，近一个月。
>
> 几乎没有一秒钟是空白的。事后，许多孩子说，那是他们所体验过的最好的一段时光。
>
> 没有人孤独。一个健全的孩子始终和另一个有障碍的孩子在一起。四个孩子住在一个房间里。分享一切。

---

1 坚信礼就是 confirmation，在瑞典居于主导地位的新教中，这是出生时受过洗的孩子，在接近成年时对信仰确认的宗教仪式。

队长的名字还是马丁·帕姆。

二十年前斯万遇见马丁牧师时，马丁牧师是如今斯万的年纪。每收到这样的信，虽说也知道，那是来要求捐款的，斯万还是高兴，并且猜测，不是每个牧师都能和他施行过坚信礼的孩子保持终身的联系。

斯万经历的那个夏天，和信上描述的一样。娇生惯养的他，和人分享房间，还要帮助室友汉斯打理生活。

有一天他俩一起去洗澡。斯万帮汉斯放好水，让汉斯沐浴在水莲蓬之下。

“啊唷，啊唷。”不一会儿，汉斯叫了起来。

“怎么了，汉斯。”斯万以为水温太高了。

“哦，斯万，我弄不明白，这小雀儿怎么又变大了。”

汉斯惊恐、无奈，继而烦躁地甩头。

斯万也惊恐，这是平时无论如何不会碰到的问题。他无法跑开，叫大哥或父亲帮他处理困局。也不好出去找队长。洗澡间只有汉斯和他，他斯万是应该帮助汉斯，这是斯万的任务。

斯万羞于谈论这个话题，而且，跟汉斯，怎么说得清呢。

斯万说：“汉斯，这是很正常的事。别管它，我们还是先唱歌吧。”斯万不善言谈，但他会唱。

他开始紧张地唱道：“有谁可以航海没有风，有谁可以划船没有桨，有谁可以和朋友分别，不让泪水流淌。”

航海是男子的梦。也许因为此，这歌广为人知？到唱第二段时，斯万已经不那么紧张了，汉斯跟着斯万唱出声来，汉斯的声音，不像斯万是唱诗班培训的艺术，却唱得雄赳赳的。

坚信礼

断交

一般岛上的居民，说是邻居，其实串一次门也得开车，单程起码也要开上个五分钟。偏偏托莎托普的这两家紧挨着，是抬头不见低头见，因为本来这里曾经是一个农庄。

两家的男人年龄差不多，女人的年纪也不大离儿，当然女人都是农妇，除了在农庄收拾，不干别的。可巧，岛上安装了电话线，距离西头的这家最近，需要女接线员，这可是坐在家里得外快的好差事，西头的这家女人就做了电话接线员。东头的女人一肚子怨气，怨气可大了。原先这农庄全是她男人的，他前妻病死后，这男人以为下半辈子就一个人过了，偌大的农庄已没有完全保留的意义，一时兴起，就把农庄割售出半边，留半边也够自己忙了。没想到，事隔五年，娶进了比他小十五岁的新太太，还生了儿子。新太太什么都好，可就是爱生气，比如这卖农庄的事，不但跟她男人闹，还跟其他邻居叽咕，邻居背地里暗笑，想，这可都是她来之前的故事啊。现在，电话线架进来了，不过几步之隔，凭什么让西边的女人做了接线员呢，她也想干干摩登的事情。西边到底比东边离电话线更近不是，这一说，把当年卖农庄的旧账又翻出来，气不打一处来。

不过通了电话，到底是让人喜欢的事，和娘家人联络更方便了。很快东边的女人发现，她在电话里跟妈妈嘀咕的事很快就成了全岛的秘密。当然，是些家庭的鸡毛蒜皮。想来想去，一定是西边的女人偷听了去。再跟妈妈通电话，东边的女人把话说得短而快，打电报的风格，最后总是说："行了，妈妈，不说了，省得给那女人偷听。"

两家女人慢慢就不再说话。东边的女人起头种下了一排篱笆树丛，西边的女人也种下篱笆树丛。几年后，篱笆终于长高了，可以避免看见相互的面孔，更不用再打招呼。

后来两家的男人都去世了，两家的女人也去世了。两家的儿子都成了老单身汉。

东边的儿子先把篱笆拆了，西边的儿子也开始拆篱笆，这两户人家，猛一看，就跟一个农庄似的。思而肯的人说，思而肯的"柏林墙"倒掉了。

丹尼尔和乌罗夫，两家不怎么好，这两家有土地和森林连着。乌罗夫家觉得丹尼尔家贪，老要在土地上占邻居的便宜。最终，到了乌罗夫和丹尼尔这一辈，闹到彼此不说话的地步。就是他们从来不在岛上的聚会中坐在一张板凳上，尽量也不在一张桌上，彼此从来不交谈。

某年，瑞典南部来了场大风暴。思而肯的云杉林也倒了大半，丹尼尔很伤心，其他的邻居也很伤心，有人在日记本上这样写：我觉得，是突然地在一个早晨，参加了我自己的葬礼。

丹尼尔说，好在人没有死。不是很多人都死了嘛，比如一个男子把车停在家门口，妻子、孩子进了屋，他自己刚要进屋，却被一棵树砸到头部，死了。死是瞬息之间的事情，他想，那死去的男子，完全就可能是他。所幸，他活着。他觉得人要珍惜眼下，要友爱。

他在风暴后的自救活动中很积极。要等政府的救援抵达这偏僻的岛，还要有一阵子，岛上的汉子得自己把路给疏通了。他们带着油锯，把倒在路上的木头锯开，挪开，这就是一个不小的工程。男人们一起工作的间隙，也一起喝点咖啡，丹尼尔主动走到乌罗夫身边，跟他问好，和他并肩坐在一起。这是十多年来的第一次。乌罗夫看丹尼尔过来，虽然意外，也不好回避，俩人到底拉呱了几句。这画面被其他的男人带回各自的农庄，全岛都知道，丹尼尔好样的，他主动跟乌罗夫说了话，他俩坐在一起了。

林子里倒下的树，在一年半的时间里，并没有像他们担心的那样，来不及收拾，烂在林子里，而是陆陆续续，被不同的森林公司砍伐了运送出去。在空出来的大片的林地上，经过一个夏天，长出一片片覆盆子的灌木丛。女人喜欢覆盆子，因为果子是那么红，那么甜。男人说，那顶个屁用，不值钱。还是要请机器进来，把地整理了，好种新树苗。

照丹尼尔的意思，新树苗是迟早都会自己冒出来的，就像森林的小路上，路当中，车轮碾不到的空隙处，不就总是长着一排小小的云杉树苗嘛。人都会自己制造紧张，纷纷跟森林公司预定购买和栽种树苗。花上七八千块钱，森林公司的人说是种好了，自己却什么也看不见。一来林地里荒草呀、灌木呀都在疯长，哪里看得清小云杉苗呢。二是，可能是栽了，但小鹿来把它给吃了。云杉，必须长到一定高度，就再不怕鹿来吃，就是吃一点，也不再能吃死它。但这小树秧子，栽了一轮，全军覆没的也有。也有森林公司栽错了地盘，多栽了两棵到邻居的林地里，林地的边界总有不那么分明的地段，是拿石头大致垒一垒，拿木棒拦一拦，总有看走眼的时候。某人知道自己的树秧子是全军覆没的，结果在林地的边界看见两棵新鲜的生机勃勃的小云杉，明白是另一家公司错栽过来的，可见，这另一家公司选的是更好的树苗，后悔已经晚了。给自己选用的森林公司电话，公司自觉理亏，说再重新栽一次。重栽的也还是看不见，就这样，两年也过去了。栽种的苗和野生的苗，分不太清楚，散落在林子里。而且，不管怎么说，这栽下的苗要成材，现在的主人自己是看不见了。

等树苗的骚乱也平息之后，日子就真的恢复了平静。

乌罗夫还是开他的卡车，也还是看不上新近有了来往的丹尼尔，嫌他婆婆妈妈。照乌罗夫的说法，丹尼尔是不会有什么好事情找你的。来，等于就是跟你要钱。比如，说是为了某人卖什么券，五百块一张，年底抽奖，奖品可能是幅油画，就是逼你奉送五百块。比如像个婆娘似的把邻居请到家来，说是喝咖啡，结果是搞销售，让人买塑料制品。说是不买不要紧，但来都来了，都是邻居，不买怎么好意思。最便宜的一个切煮鸡蛋的工具也要五百块。你说贵，他说，质量不同。总之，不能上他的当。

等林子里的小云杉长到了四岁，林子虽然还远远不是风暴前的样子，但也就只有等林子慢慢地长了。乌罗夫和丹尼尔又不再说话。他们都五十岁出头了，有谁能改变他俩的性格呢，就是再大的风暴也不能。

被迫的生意

一

我们有了辆新吊车，是运输烧火用的木柴的。西芙的丈夫莱纳德来玩儿，一眼相中那台旧的。

“卖给我，我给你们一个好价格！说吧，你们要多少？”他说。

我们本来是准备在一个通常什么都交易的、叫blocket的网上出售，价格该在八千元左右，这样的吊车，农庄里总是有一台好，新品奇贵，二手货就很是紧俏。邻居史达方就刚从blocket网上买到一台类似的。就这么给莱纳德报了价。

“你们那台是旧的。”

当然是旧的，否则就是两倍、三倍的价格。乡下人可都知道。

“你们那台不够大。用了好几年了。”莱纳德絮絮叨叨地对我家的吊车一阵挑剔，就是不肯放电话。

我们说，那就算了，请他自己另外去买。但是莱纳德的电话不断，最近一次，他说，他认识一个人新近从blocket网上买了个类似的，付了六千块。“我对你家那台感兴趣，卖给我，但是我只付四千。”他说。扭不过他，又碍于邻里的面子，只好让他来拉。他来的那天，把吊车左摸右摸，喜滋滋的，说那车身子骨好，正好配他家的活儿。他看那车，跟看自己的孙子差不多。

二

果农埃里克借了我家的地种苹果。帮埃里克干活儿的有两个波兰农民，干了三十年了。一个叫安德里亚斯，一个叫约瑟夫。安德里亚斯会说些瑞典语，很社交。总喜欢跟我行脱帽礼。每每我坐在点了灯盏的厨房里，看见沉默寡言的约瑟夫开着拖拉机，社交的安德里亚斯站在拖拉机上，在暮色中朝我家的屋子挥手。我就胡乱地也挥一下。

有时在晨曦里，我跑到篱笆外头去拿报纸，安德里亚斯突然跑过来，问好，行吻手礼。我有时忍不住笑。他总说，他们波兰是有如此的礼节的。

他们马上要退休了。因为七十五岁的埃里克要彻底地退休，就不会再雇他们干活儿了。

埃里克是卖苹果树的。自打埃里克开始用机器拔掉那些始终没卖掉而早已不是二八年华的老苹果树，准备碾碎当柴烧，安德里亚斯就开始在我家那没有围墙的院子里转来转去。

“有件事我不知当讲不当讲。”

一天午后，他脱了他的小红毡帽，来敲门说。

“讲吧。”

“你知道，我就要退休回家啦，我总得办点东西回去。你家那个拖车，旧的一个，闲置不用的，我想买，我买！”

家里有几辆拖车，他说的是哪辆，我倒也并不清楚。我可没留意过拖车的事。

他领着我走到一块空地里。在木柴堆旁边我看见了那辆车。轮胎很久没打气，瘪着，还是个顶用的硬正货，是能干活儿的把式。

“那么，你打算付多少钱呢？”

“我知道价钱，可是我不能说，这价不该我说，你报个价吧。”

我也不清楚呢。

“价格嘛，其实我知道，是在几百到一千之间。还是等你先生回来，你帮我问问他吧。”

晚饭时，我和外子说了，决定折中，就收五百。

第二天，安德里亚斯来问回信。

“就五百吧。”我说。我想他会高兴。

他看着我，脸涨得通红。

“这车那么破，你家反正也不用，再这么放下去，就是要丢在森林里烂掉的。这样的车，说不定不用花钱。说不定。”

“不是你说你要买，怎么又说要免费呢？五百克朗这在瑞典根本不算钱呀。”

“五百是不算钱，可是，说不定就可以免费，说不定。”

安德里亚斯瑞典文不行，偏喜欢用这个“说不定”。用了很多遍，猛一听，显得朗朗上口，流畅自如。他的意思是，他应该能得到免费的。

“不是你自己说几百到一千嘛，你没必要买，如果你不喜欢。”

我生了气，看他理直气壮的红脸，我特别生气。我好好地坐在自己的家里，压根就没想要把平板车卖给谁呀。即使有一天，这车烂在森林里，也未必不好。跟苹果让鸟儿吃了一样，我愿意。他口口声声说要买，又口口声声说可以免费，倒好像我亏欠了他。

但是，弄得僵僵的也不是个事，我想找些个折中的办法。要免费也可以，或者安德里亚斯可以帮我打扫森林小屋。我想起森林小屋该做过冬准备，要在老鼠活跃之前，把沙发床叠起来，把被子等收好。有两三个小时也足够了。

波兰农民工，在乡下的行情，是七十块一小时。

安德里亚斯说，他要买车，他很愿意另外帮我干活儿。就是说，车要几乎免费，我得另外支付他劳动的工钱。

我不想再啰唆。

安德里亚斯带上那顶红毡帽，说：“我找约瑟夫一起看看那车。”

安德里亚斯走出去，又带着约瑟夫走进来，然后，两人并肩出去。他们的拖拉机在暮色里开走，这一次，安德里亚斯没朝松斯莱特的灯光挥手。

第三天，安德里亚斯突然在篱笆外叫我，说："我找你有重要的事。"

"你找我什么事？"我没好气地问。

"写合同呀！"快六十岁的安德里亚斯几乎是撒娇地笑眯眯地说。

"什么合同？"

"平板车呀！你瞧，我们要写个合同，我向你买车，你给我一个收据。这车我还得拉回波兰，我不想路上被警察拦住，说不清，被人当成小偷。"

我们在一张A4的纸上写上：平板车车号f 2536自某年某月某日起属于安德里亚斯。售价五百瑞典克朗。地点松斯莱特。

他一手揪过纸头，一手从裤子兜里摸出张带着体温的五百克朗纸币。

安德里亚斯走出门，朝外头哗啦了两下A4白纸，约瑟夫就把拖拉机直接开到我家院子里。两人将平板车拉起，次日，能看见地上露出了一块四方的没有青草的地。

此后，安德里亚斯每每路过，又开始脱下他的红色毡帽，朝松斯莱特的灯光挥手。

三

突然接到邻居安娜的电话。她在电话里火烧火燎的。

她丈夫的一个朋友卖了乡下房子，要她丈夫帮忙处理掉那里储存的木柴。安娜的父母、女儿女婿，还有她自己都将分到些。可是，实在太多了。她说她考虑到我家，谁让我们是要好的邻居呢。她想着可以分给我家几个立方，是免费的，她强调说。

我犹豫不决。岛上人背地里都叫安娜是"黑的司机"，而且，这名词据说还是安娜的爸爸发明的。其实开头是安娜自己这么说出去的，意思是，很自豪。谁都怕她。她谁也不怕。我很顾忌和“黑的司机”打过多的交道，就说我没法做主，得等晚上问我家先生。

烧火用的木柴一定是要晒过一两年的。安娜的木柴不知怎么，湿漉漉的，像在雨水里浸过一般。有一天我们外出回来，看见家里的仓库里多了这么一堆湿漉漉的木柴。

才进屋，安娜的电话就来了。

“看见木柴了嘛，不错吧！木柴是纯免费。不过，你看，来了辆大卡车装运，从维肯森开过来的，上路之前先把木柴装到车上，用了一小时，开了半小时，到了你家卸了一小时，开车的是一个人工，帮工是一个，两个人工。这总得意思意思，况且全世界都知道，如今，汽油涨得那么贵。”

“汽油要多少啊？”

“起码五百块。”她说。

开车到更远的隆德是三小时，也用不完五百块。

安娜说：“我们是好邻居、好朋友，我是自己留了木头，想到你，给你家也分点。我自己是一分钱不要的，一个司机、一个装运工的辛苦费加在一起，总要给点。你看，送都送到你门上了。”

“你要多少？”

“三千块。”

那样十立方的木头，即便是风干两年的，包运输，要买，只一千块就完全可以办到。

我说：“安娜，说到底，我可从来没同意过你把这木头运到我家仓房里呀。”

外子拿过电话，说：“安娜，我看你应该将木头运走。”

某一天，我们外出回来，看见那堆湿木头又不见了。

丢船

岛上有不少城里人的别墅。比如在小半岛那里就住了一对汉堡来的三十多岁的夫妻，每年都带了两个孩子来度暑假。某年的夏天，男人还大兴土木，在院子里的空地上又搭了一个小屋，才不过二十平方米的光景。乡里人走过，说，看来是为了让来访的朋友有地方睡觉。他们远远地端详，笑着说，这房子够小，难为他好歹能搭出来。

汉堡人在第二年春天发了广告，要卖他们的别墅，都在镇上房地产公司的橱窗里贴出来了。乡里走东跑西的电工先发了信息，乡里人一个个忍不住去看，这才相信，他们真是给蒙了一把，不但是他们，照说，最起先，批准这家人加盖房子的有关部门也一定被蒙了一把。他们搭建的理由绝对不会写计划出售呀。很快，房产公司找到两个买家，两相竞买，汉堡人得了个好价钱，把乡下人看得愣了。他们也不光是妒忌，也还高兴，心里给自家的宅子估估价，汉堡人卖得好，对本地的地价总是个抬升。也有人说，汉堡这家人蛮会算，多搭的二十平方米，肯定是多了卖点哪。乡里人还说，这家人真沉得住气。和这家住得最近的一户，女主人就不太高兴，他们两家在夏天是有走动的，居然一声没吭。在秋冬帮汉堡人照应房子的托马斯就更是生了气。

这些年，托马斯可没少帮他们看房子。秋天来割几趟草。冬天，怕天突然冷了，要不时去调节室内温度，太高了费电，低了，水管也有冻裂的危险。还要查老鼠是不是造反。下了雪，就要开了拖拉机来除雪。虽然没人住，还是要除雪，万一房子着了火，消防车必须能开得进。所以，活儿不少。托马斯当然是得到报酬的，而且是黑钱，不上税。但托马斯觉得，他是在帮汉堡人，汉堡人需要他，因为他们住得远，跑过来一趟开销更大，他托马斯倒也不一定非要拿这点外快。然而，帮了这些年，就是对他，汉堡人也一点风声都不透呢。

离搬家的日子一天天近了。乡间人有时去看热闹。看看有什么东西是自己可以用的，当然是买。五十四岁的英格玛和四十八岁的汉斯都看中了一条小船，钓鱼船。分头对汉堡人说了类似的话："你白送给新房主有什么意思，不如卖给我。"汉堡人笑而不答。他并没许诺新房主这船，但也不好说卖给邻居。他知道，他们绝不会出什么好价格，他们说是买，无非半买半拿。而且现在，他们是两个人呢，选谁才好呢。

又过了两周，英格玛开车过来，有意无意就提起船。碰巧汉斯下了班，也从路边开车经过，看见英格玛在，也停了车。然后，他们俩说，走，一起去看看船。船是搁置在湖边的岸上的。没到十分钟。他俩跑回来了，问汉堡男人："船呢，你卖给谁了？"汉堡男人说："什么卖给谁？我什么也没做呀。"他们仨一起跑到湖边，真的，湖岸露出一片不长草的地，是船只的形状。英格玛鼻子轻轻哼了一下，说："不会是你答应了什么人吧，然后自己倒忘了？"

汉堡人很生气，倒好像是他说了什么谎，隐瞒了什么事。他这就脸红起来，像跟谁干一架的样子。汉斯说，也可能是被人偷了。汉堡人听汉斯这么说，心里也打起了鼓：谁偷的，波兰人嘛。莫名其妙怀疑人家波兰农民也不好。是英格玛，还是你汉斯贼喊捉贼。难不成是我自己偷了吗！照他的脾气，真想挨家去嚷嚷，好把真相立刻就找出来。但是他老婆走过来，推了推他，对着他悄声说："这事情，不好嚷嚷的。这不是骂人嘛。难为情！只好算了。”汉堡人想，怪事，我丢船的人倒怕难为情，那偷船的倒不用怕。心头真不爽。

过了两天，汉堡人决定出门散步，他在和煦的阳光里走啊，走啊，不知不觉就走到了托马斯家门口。托马斯正好在路边，俩人就寒暄起来。托马斯问，忙得怎么样了？汉堡人闷闷地说："还行，就是湖边的船没有了。"托马斯愣了一下，说："船是被我借了。"汉堡人说："怎么是这样，你借了，怎么就不来说一声呢？汉斯还以为是有人偷了呢？"托马斯马上问："怎么连汉斯也知道了？"

汉堡人急忙走回家，立即告诉他老婆船的下落。他还打电话告诉了英格玛和汉斯。这俩好事者，电话里听听不过瘾，干脆开了车过来了。汉堡人的小别墅门口一下子停满了车。回头看，路上还晃过来长长的一辆。一辆红色的沃尔沃，带了拖车，上头是一条钓鱼船。

托马斯把车停在门口，开了车门出来，和英格玛、汉斯没好气地"嗨"了一声，说："什么偷不偷的。这船，在湖边待了这些年，也没被偷，哪有这时候倒被偷的。是我借了两星期。那会儿我有客人，他们想钓鱼。"

托马斯把船放回湖边，回头对汉堡人说："你这钓鱼船，我愿意买。"托马斯竖起一根手指头："一千，好价钱。"汉堡人支吾着说："已经有人要买呢。"托马斯说："你考虑考虑，愿意就给我电话。"然后，他朝英格玛、汉斯瞪了两眼，开车走了。

汉堡人很高兴，至少，他让英格玛、汉斯看到，不是他暗地里卖给了别人。他也不用怀疑英格玛和汉斯。英格玛和汉斯洗清了自己，还近距离看了托马斯的笑话，所以，他们也都笑了。汉堡人的老婆拿来啤酒，三个男人一起喝了两口，没再啰唆买船、卖船。

汉堡人也没再联系托马斯。他甚至没再到那片湖边看一眼那条船，船该是在湖边卧着吧。至于将来谁会碰它，他可无心再管了——不就是一条钓鱼船嘛。

爱琳

肯特在叫“苹果园”的老人院做过一年护工，那里总是很需要像他这样的小伙子，能帮着干些重活儿。

那是段很累很苦的日子，一个人要照顾五个老人。大学毕业的他在那一年里，一旦有人问他在哪里做事，他就很没信心。辛苦学习了几年却找不到和专业对口的工作，只好回老家来，为了饭钱伺候老人。

老人有什么好玩的呢，然后是些女护士，像一群母鸡，他这样一个二十五岁的时髦小伙子在那样的地方竟然待了一年。不过那过去了的，也有他忘不了的记忆。

爱琳是个九十岁的老人，听苹果园的老护士说，爱琳的脑子有些毛病，但又不是要进精神病院的精神病。爱琳是大块头，有一米八那么高，四肢粗大，脚也大。

老护士关照肯特，不能让爱琳和其他病人合用餐厅。实在不行，也得分桌子，绝对不能让她和别的女人同桌。

肯特很注意，但总有大意的日子。某天把爱琳推到餐厅的一张桌子边，邻桌是两三个七八十岁的老妇人，沉默着，偶尔吃喝两口。

爱琳一到那儿，就拿眼睛瞪她们，狠狠的，恨恨的，她突然咬牙切齿：“一群老太婆！”然后操起桌上的蜡烛台，砸过去。幸好没砸到谁。大家都惊吓不小，尤其是肯特。肯特到底年纪小，受惊的同时又忍不住笑，爱琳自己是比别人都大的，九十岁了，她骂人家老太婆，这叫什么话呢。

每天早上，叫爱琳起床，也是件麻烦事。早晨的老人们都容易委靡不振地缩在床角。有时，肯特故意做出兴高采烈的样子，跑过去，大声说早安，用快活的语调问："爱琳，你今天精神好吗？"肯特是想让她精神起来。躺在床上的爱琳，抬起眼皮，低沉地说："你说这话，听起来你简直是个虐待狂！问我这样的人精神好不好！"

肯特干脆学大猩猩，蹦蹦跳跳，抓抓自己的腋窝，左边一下，右边一下。爱琳扑哧笑了，终于愿意起床。把爱琳弄到轮椅上去，是需要三个护工的。两个负责把爱琳拉到轮椅上，另一个赶紧给她系上带子。爱琳的脑子"有问题"，她会突然跳出轮椅，为这跌倒过，医生才做了这样的决定，当然是为爱琳好。爱琳每天都要为这捆她的带子斗争一番。她看准了另一个护工要动手，就一把拽住带子，一面狠狠地去咬护工的手，不管对方是男是女。

肯特不喜欢给爱琳捆绑的主意，就不去捆，同事们会说肯特，肯特只好抱歉地对爱琳说："爱琳，你看，不是我要绑你，是医生关照的。""叫医生去死！"爱琳低沉地，狠狠地，从牙缝里挤出这样的话。

她明知道结果总还是要被绑，但每天总这么搏斗一下。当她坐定下来，到底也能高兴一会儿，如果，她可以被推出去晒晒太阳。肯特说："爱琳，晒太阳舒服吧。"爱琳说："太舒服了，不过，最终还是要回到那所要死的监狱里。"

爱琳心情好，肯特就跟她多说两句。爱琳的床头搁了幅照片，是幢漂亮的房子。肯特问："爱琳，这是你住过的房子吧。"

"是的。"爱琳居然很腼腆、很自豪地笑了。

"好漂亮的农庄。"

"这哪里是农庄，这根本就是城堡！"爱琳干脆地说。

肯特不知道爱琳到底曾经是怎么样的一个农妇。别的护工说，她是可以像男人一样，开拖拉机，开油锯，在森林里干活儿的，直到她八十二岁。她的丈夫老早死了，留下了森林。儿子体弱，还有严重的糖尿病。林子才由爱琳自己修理。如今，儿子住在城里，偶尔来看她，三天两头和爱琳通一通电话。

那天爱琳对肯特说，儿子有几天没来电话了。肯特帮爱琳拨电话，总是没人接。肯特回家后，无意中跟爸爸说了，肯特的爸爸是医生，可巧还是研究糖尿病的，说："糖尿病人，严重的也会突然死去。肯特，你必须给警察局打电话，让他们破门而入，看到底发生了什么。"

警察去了。然后，给苹果园的爱琳带来了坏消息。

儿子的葬礼那天，护工们一起帮爱琳穿戴好，没有给她绑绳子，但派了两个护工看她。

爱琳回来后，更加沉默寡言。不再对邻桌的老太婆瞪眼、辱骂。偶尔，肯特问："爱琳，想喝点儿什么吗？"她就从齿缝里挤出很苍老，却也很有力的字眼："葡萄酒！"但葡萄酒，除了节日，平时是没有的，肯特也不能变出来给她。

肯特不久就离开了苹果园，去读他向往的研究生，他终于可以离开那个沉重的地方了。那是很累的活儿，一直在忙这忙那。尤其让肯特受不了的是，不得不看到老人们的裸体，那些皱褶、干瘪、衰老，再不能自己换衣服的无能为力的裸体，而每个人都是要走向这条路的。在他照顾过的老人中，爱琳是最促狭的一个，肯特倒还是最喜欢爱琳，可能是因为她比别的老人更生动，她以自己的方式显示了她的活力，虽然这方式不一定正确，有时是被看作脑子有病的。可惜那时肯特要照顾的老人多，没多少时间和爱琳多聊一聊，关于她的一生。

一年后的暑假，在老家的超市碰见苹果园的护工，一个胖胖的中年女人，肯特和她寒暄了两句，紧接着就问："爱琳怎么样？"

胖护工说："爱琳嘛，她儿子的葬礼后三个月，就死了。"

托莎托普的约翰森兄弟

木匠尤斯塔嚼舌头嚼到罗兰德，说，“这方圆几十里的，就数罗兰德对税务局贡献最大。”为什么？大家把眼神打成一个问号，齐刷刷地对准了尤斯塔。“我说给你们听，罗兰德六十三岁了，对不，一辈子从没个女人，对不，当然就没孩子，没享受过纳税人在子女出生、教育上的优惠。他喝酒，周五下午三点，他的红色沃尔沃一准停在城里的酒类专卖店门口，这你们都是看到过的，赚的钱都献给收税最高的老酒啦。这些年，他的脸变形了，手发抖，这都是老酒害的，但他从不需要去医院。纳税人的医疗福利，他也是一点不沾的。”大家一听，默默点头，还真是这么回事，况且，尤斯塔有洪亮的嗓音，这样的嗓音本身也能增加说服力。

罗兰德是马格纽斯的哥哥，他们姓约翰森，住在岛上的托莎托普。如果有辆车从东面的桥开进思而肯岛，一直往岛的西面开，在路的尽头，不得不转弯向北处，那就是叫托莎托普的地方，两棵高高的老橡树下的房子，一幢红色，一幢黄色。红色的属于马格纽斯，黄色的住着罗兰德。我们岛上定期举办的为教堂集资的聚会除了交费、喝咖啡，就是大家嚼舌头，谁要是不在，就注定要被嚼到。罗兰德兄弟从不参加岛上的聚会。为什么呢，我这新来的外人，不由得问。“因为有一次，罗兰德喝多了，醉的不像样子。”邻居们哈哈地笑起来，仿佛说起共享的一个典故。

“可不是吗，马格纽斯就跟我哭过好几回呢，”安娜的老公斯万找到了开口的机会，斯万喜欢显示他是顺风耳。据说，那次酒醉后，约翰森兄弟俩都觉得丢脸。罗兰德嗜酒本来人人皆知，但毕竟谁都要脸，谁也不愿在人前承认自己贪酒，也没有谁敢当面跟人说：嗨，伙计，我可知道你其实是个酒鬼！马格纽斯跟斯万说，想把父母留在他名下的小房子卖了，搬到了几公里之外的一个城市，彻彻底底的。他在那里本来租了个小公寓。“真想一走了之。”马格纽斯是这么说的。他有一米九，胖胖的，五十八岁的人，不管笑还是愁，脸都是嘟嘟地，堆出一对酒窝。他为了老哥喝酒的事跑到斯万面前哭了。“可怜的马格纽斯。”斯万这么说着结束了他的发言。“可怜的马格纽斯，”桌上一个八十多岁的老奶奶也跟着叹息，“你们是不知道，马格纽斯小时候，胖胖的，爱唱歌，他不害羞，站起来开口就唱，可讨人喜欢呢。”

我当然更不可能知道马格纽斯小时候的样子。我认识他不过几年。而且，我在思而肯住了有半年，才终于记住马格纽斯这名字，起初，我一直在背后叫他“那个胖子”。

马格纽斯胖，走几步就喘，走多了，裤子就有些往下滑的样子。胖的人很怕热吧，反正马格纽斯不到万不得已，他是不改变短袖、短裤的穿着。有年深秋，大清早地有人敲门，开门一看，是穿长袖衬衣的马格纽斯，还真看不惯。“哎哟，长袖！今天怕是冷得厉害。”我说。马格纽斯笑了。我再往下看，他的裤子依然是短的。去年，马格纽斯开始抱怨腿痛。“我胖，身体压的。”他说。他哥哥罗兰德却精瘦精瘦，从外表上，还真一点看不出他俩是兄弟。但是罗兰德在穿戴上和弟弟一样不同凡响。

要说罗兰德平时的穿着，让人一时想不起来。那好比一段曝光的胶片，要定一定神才感觉到，胶片底确实是有过些什么的。罗兰德当然穿了点什么，比方说一般人家挂在后门边的工作服，油漆摞着油漆，衣服本来的颜色倒模糊了。罗兰德喜欢半蹲在田里，他有片草莓田，直到前年还雇了几个波兰人帮他种。如今已荒了，虽然他偶尔兴起，会折腾起拖拉机把地翻上一翻，就跟把自家的草坪割齐整点是一样的。偶尔他跑到屋外，蹲在路边抽烟，他喜欢蹲着。此外，据说就是待在房子里喝酒。房里连灯也不开。人去敲门，或打电话给他，这时也是不理会的。

某一天，我在市中心看见了我们岛上的好邻居罗兰德，自然要去热情地跟自家人打个招呼。罗兰德直着腰，穿着件衣服。不知是从哪个箱底翻出的，但到底是件灰色长袖衫，外罩一件墨绿色旧外套，还都看不出太多褶皱。“哦，好漂亮！”我说。我伸出手，罗兰德的手往胳肢窝那里躲着，蹭了一下，才伸出来跟我握一握，他的脸和他的服装一样，有着久不见人的难为情。“今天要去见牙医。”他的眼睛看着地面对我说。我注意到那通常停在酒类专卖店门口的老式红色沃尔沃就在路边。虽说旧，真怪，到底也是每年通过了行车安全检查的。

据说罗兰德很有钱，即使他每天喝酒也还是有喝不光的钱。斯万在我们那嚼舌头会上就帮罗兰德算过一笔账，说罗兰德有岛上最大的一片森林，虽说前年正月里被风暴夺去一半，但还是剩下不少。罗兰德是个好猎手，钓鱼也有两把刷子。冰柜里是满满的鹿肉、野猪肉、梭子鱼。斯万有时蹲在罗兰德身边，一起对着草莓田拉呱两句，然后就谈起钓鱼。罗兰德带斯万去地窖里看冰柜，会给斯万一两条鱼吃。照斯万看，吃的方面罗兰德几乎不用花钱。衣服就不谈了。没子女的开销，斯万说：“他的钱将来怎么办呢？弟兄俩可都是老光棍儿。”

罗兰德在某一年夏天因为借用我家的机器，不愿白借，当然也不想付钱，提出帮我家劈点木柴，就是把大木头锯成壁炉里用的小段木柴。他总是每天来忙乎一会儿，时间长短不一，我问他，大概要多久，他总说：“忙到锯子里的油没有了。”我又问，你不能估算一下吗，大概是半小时还是一小时。他摇头，他不能。因为他在家里做了别的活儿，锯子里的油还剩多少，他也弄不清楚。我问他时间是想估摸点心和咖啡什么时候得备好。“那么，你愿意忙完后来喝点咖啡吗？”“非常愿意！”他很高兴地答应。

锯子声停了有半天了，却没见罗兰德进屋。我只好打开门准备到院子里找他，谁想罗兰德就站在门口，看来已站了有一会儿了。“你看这衣裳，”他指着上面的木头屑子，怯怯地，“我能不能换件衣裳再来。”他回他的家，开车要五分钟。他再回来时，换了件也是油漆盖油漆的衣服，却是干净的。后来，罗兰德跟我不那么见外，不再坚持换了衣服才喝咖啡。不过，他总把一双胶鞋脱在房子外头的台阶上。死活不进客厅，也不进厨房，就坐在门口的内阳台里。他进来，把阳台长椅上的沙发垫子一把掀起来，怕把垫子坐脏了。

即使光是我和罗兰德喝咖啡，即使罗兰德的斯莫兰土话口音重，我们也能聊上几句了，我们能时不时笑出几声。他谈到和哈塞钓鱼，说和哈塞谈起我，他俩是小学的同学呢，而哈塞和我在一个唱诗班里，哈塞是男低音，住在镇上，没有自己的船，喜欢到岛上，借罗兰德的钓鱼证乐呵乐呵。他们在湖上一泡就是几小时。“可惜今年夏天雨水多。”我说。“下雨，下雨是不怕的，下雨天，鱼儿才容易上钩呢。”罗兰德知道有一处水域鱼特别多。“我倒是可以告诉你。”他说，叫我拿来湖区地图，地图刚打开，他就很坚定地用一根指甲里有着黑土的秃秃的手指头在一处水湾点了又点，得意地笑着：“就是这儿！”“别告诉不相干的人。”临走时，他特别关照。

遇上我实在没时间和他喝咖啡，我会把一些点心打包给他，他说声谢谢，抬一抬手，把东西放在他那辆旧车的后座。有时，我回家来，门把上挂了个塑料袋，里头是几只鸭梨。因为木柴又多出来一堆，我知道那是罗兰德家梨树上的。

以前，我觉得罗兰德是让人不好意思在公众场所打招呼的糟老头子。因这段交往，我开始觉得他亲，我跟别人念他的好，城里来的人都不太信。

一个开了五小时车从西部来看我们的女知识分子，在我们这乡下休了一周假，临走想买点新鲜草莓。我们这儿朝东、朝西各有草莓田，她回去的路经罗兰德家最顺。我们就给罗兰德打电话，好好地拜托。罗兰德满口答应：“没问题，来拿好了。”过了两天，女知识分子来了封怒气冲冲的信：“我终于回到了现代文明。希望你们也早点回来，难道当隐居者，和酒鬼做邻居吗？他根本没草莓，我问他时，他醉着，摘草莓的事早就忘啦！”

再说岛上的露塔霍特农庄，来了对哥本哈根的时髦青年，住在父母买下的别墅里。他们来打听岛上都住些什么样的人。说到罗兰德。女人打断我说，“我知道你说的这人，肯定是他，他有你说的那么好？他总在星期天，猫在我们房子附近的林子里，怪吓人的，还弄出枪声来，大清早的叫人睡不踏实。”

我明白她肯定没说错人。露塔霍特就紧挨着罗兰德住的托莎托普。而且罗兰德确实爱打猎，喜欢猫在林子里。有一年的秋天，打猎的季节刚刚开始。早晨，煮咖啡时，透过厨房的窗玻璃我看见绿色的鹅耳枥篱笆外边，有点什么高出来。一顶帽子！再仔细看，有个小伙子，穿军绿色的衣服，戴军绿色帽子，紧挨着篱笆，背对着我们的院子，站在路边呢。我走到院子里，一点点走近这飒爽英姿。背枪的小伙子听见脚步声，侧过头，没说话，笑了，那是罗兰德！他示意我别太大声。他看见一头鹿跑进了路对面的苹果园里，猫在这里，等鹿出来呢。

我很兴奋地走回屋子。不多时，砰的一声。真是枪响。然后，有些骚动，不再有第二枪。

我再奔出去时，已没有了站立的罗兰德，仿佛大麻的药性让一枪给打光了。他蹲在路边，抱着那杆来复枪。“鹿呢？”我问。他指给我看百米外，小鹿从苹果园吃了苹果美美地蹦跶出来，迎头撞上罗兰德的枪，小鹿又多跑几步，才终于倒下。

“这鹿，你怎么处理呀？”我问。“马格纽斯听见了枪声，就一定会开了车来。”罗兰德说。我给罗兰德拍了照，几年后，马格纽斯还跟我提起这事：“罗兰德说，你给他拍过照。”不错，可我没把照片给他们，我对那照片不满意，也怕罗兰德自己失望。那照片是鹿被打下之后，因我的要求摆的姿势，罗兰德是蹲下去过，又勉强站起来的，怎么也不是我看到的精神十足的猎手了。

马格纽斯可以帮哥哥收拾打下的猎物，但他从不打猎，不会，虽说一个爹妈生的，他爹也有意教过他，但马格纽斯不敢打猎，对此也没兴趣。不过，同一个教区里上年纪的女人都认识马格纽斯，教堂墓园的花匠跟他也熟。上了年纪的女人喜欢去教堂和墓园，而马格纽斯每周都去墓园，去看他的妈妈、爸爸、爷爷、奶奶，还有一两个表兄弟。“每周一次。”他说。万圣节前当然是去点蜡烛的，元旦更是一定去。马格纽斯还喜欢花草。曾有个德国女人来岛上，开车经过马格纽斯的院子，问，“谁住这里呢？”“马格纽斯。”“那个单身的胖子？还没见过一个独居男人种这许多花的。”可是为什么不呢。马格纽斯种了不少玫瑰呢。他也知道在每年的不同季节从花房里买来成打的花，放在车后座里，一些种在他自己的院子里，一些种在墓园。这些事情，罗兰德从不插手，唯有万圣节前是个例外。那时，罗兰德就登场了，他会拿起电动锯子，到他拥有的森林里，把云杉的枝叶砍下一堆来。作为次子的马格纽斯只有一间房，没森林，也不会森林的活计。瑞典的习俗：万圣节，白雪将把墓园覆盖前，人们都要装饰家族墓园。最好是在墓碑前的地上先铺上层云杉枝，然后在上面摆上花环。罗兰德总把云杉枝从汽车后箱里捧出来，结结实实抱在怀里。“先给妈妈。”马格纽斯指挥说。罗兰德就先捧给妈妈。马格纽斯没用完所有的云杉枝。那多出来的，换了别人，会扔在墓园垃圾桶里，罗兰德是把那用不完的，一点点拾起来，还是结结实实抱在怀里，走回车子，再放在汽车后座里。

马格纽斯不但没彻底搬家，相反兄弟俩合作得不错。马格纽斯擅长烧菜，兄弟俩也一起吃吃饭。不过我一直好奇，他们怎么从来没有过女人，从不觉得生活中少点什么吗？他们没女人，显然不是穷而娶不到老婆。卡琳娜说，罗兰德酗酒，谁愿嫁给他。

可是，如果他早就有个女人，兴许就不酗酒了呢。谁知道，我们不知道罗兰德几十年前的生活模样。

马格纽斯去过附近的舞会。舞会在夏天的星空下是中老年男女的婚介所。马格纽斯自己广播给大伙说，他去了舞会。人人都以为他有心结识个把女人了。但是，那个夏天结束了，也没看到下文。至于罗兰德，什么也没听说过，从来没有。有时我想，他们哥儿俩如果生在中国就打不了光棍。在中国有好心的大娘来说，你老大不小，得有个女人疼。瑞典没有。有没对象，连亲妈都不太好意思问，是私事。也没什么组织搞联谊活动。马格纽斯和他哥哥没桃色流言，一点儿想象流言的余地都没有，就是嚼舌头也没能嚼出什么来。他们是害羞？太老实？就连尤斯塔那样爱开玩笑，又走家串户的木匠也不敢问约翰森兄弟俩的罗曼史。这谜，大概要让兄弟俩一起带进坟墓里去了。好在哥儿俩看来都有开心的事。

在夏天，马格纽斯几乎都是在思而肯的路上。他的白色的沃尔沃，开来开去的，有时也开进我家。马格纽斯摇下车窗门："你给我打过电话吧，我知道，我现在没空。我明天，明天再来，明天再谈你们家小屋的事。"没空，那你开车进来说什么呢？他真没空。他为方圆几十里，数十幢夏天的屋子当管理人，他的手机响个不停。总有客人来了，正在某处房子门口等他开门。马格纽斯的车总带股机油味，还有草屑、土块。也有女里女气的东西，窗帘、地毯什么的。他是个男人，打扫房间在我看来简直不得要领，他在乎的是割草和清除房顶上沉积的青苔。他的大马力的吸尘器总在车后箱里。除管理房子，他还有份老人院的夜工，大白天里总还是困。他又不缺钱，干吗做这么多呢。"要一份和社会的接触。"他说，管房子，有收入，可总是单干。

马格纽斯帮大家管屋子，把一份份账单列得清清楚楚。每次，他跟我交代完了，不忘问一句："我的算术不错吧。""真不错。""我在隆德大学学过数学呢。""有这回事？"隆德等于中国的复旦。“得了四十个学分呢。”马格纽斯不无得意地说。四十个学分起码要学一个学期的。他是怎么停止学习的呢，我不好在他兴致正好的时候，败他的兴。而且，那反正是很久前的事了。

“马格纽斯，你的梦想是什么呀？”“梦想，啊，退休后，到泰国买个房子，晒太阳，啥也不做了。”他说，嘴巴咧着。“可是现在你也可以享受起来呀。”“还早，人总是要工作。”

至于罗兰德，有一天，他的红色沃尔沃居然开进我家院子的东门，从东面一点一点挪到西面。他这是抽什么风呢。我跑出去一看，车后面有个拖车，上面摆得满满的，绿色一片。罗兰德把车停稳，自己站了出来，也不跟我招呼，酷酷地自个儿点上了支烟抽。他的云杉树的秧子到手啦！等了不少时候的树秧子，他这就要一棵一棵栽到他的被暴风铲平的林地里去。他的林子，他的父亲、爷爷的林子。“你有树苗啦！”我说。罗兰德还是不吭气，那张被酒染成马赛克一样的脸，虽让人难以分辨，但看得出这时充溢了笑意。

只有我为这哥儿俩瞎操心，比如说我想，马格纽斯给那些亲属的墓园栽花时，他从没担心过，将来谁给他栽花吗？还有罗兰德也真是的，辛辛苦苦地种树秧子，他是绝对看不到它们成材的。

我以为思而肯的日子总因静寂而少变化。但是最近，马格纽斯真的从岛上消失了。

上个月，有人开车从托莎托普经过，见那里的黄房子冒着丝丝的细烟。过路人从仓房后找到个醉醺醺的瘦老头儿，说，你家房子冒烟了！老头儿头也没抬，很不高兴：大白天的，说什么丧气话，没有的事！

人家只好开车走了。半小时后，土塞正巧也开车经过，看见烟已不是一丝两丝，从二楼窗户里冒出来，他不跟罗兰德啰唆，给消防所挂了电话。

黄房子是罗兰德的，没错。但马格纽斯觉得，罗兰德没权力任它被火烧，那是父母住过的房子。罗兰德还好人在屋外，也还好，大白天有邻人经过。

人人都知道黄房子失了火。开了车去看，从外头看，倒看不出烧过的痕迹。但据土塞说，里头，望过去，熏得黑黑的。烟从罗兰德的卧室开始。他在大白天里就喝多了，醉醺醺斜靠在床沿上抽烟，不知何故又走出屋子，而留下的点着的半截卷烟，终于造出烟雾。土塞还说，像罗兰德这样，哪怕有钱，怎么主持房屋的重修呢。马格纽斯已不想管了，可罗兰德总不能就在这黑糊糊的房里过到头吧。

事情在思而肯原来也是日日在变，约翰森兄弟的故事还会如何变化，等将来再继续说下去。

拉塞名叫埃瑞克

亲爱的拉塞：

这是周六的夜。安娜带了几个女同学回家，已是深夜两点了，她们还在唱，还在闹。

莫藤不在家，在他朋友的派对里，我并不太担心他，毕竟他是我们的长子，而且十二岁了。只有小乌罗夫，在自己的房间睡了。我想你，在这个周六的夜，突然有些伤感。

泪水也流下来。你一个人在斯德哥尔摩，还好吗？我一直都在想你。

你的英格丽

拉塞爸爸：

你好吗。我们在家里等你回来。哥哥莫藤今天对我比较好，没欺负我。爸爸，你能给我带份礼物回来吗，这次，我想要架飞机，果真能飞的那种。

吻你，拉塞爸爸

乌罗夫

信是用打字机打出来的，包括署名乌罗夫的部分。这和信中女主人英格丽曾经的职业吻合，在“二战”前，在婚前，她是法院的打字员。她的丈夫埃瑞克当时是一名法官。

埃瑞克做过律师，做过法官，后来做了某市市长。在他的一生中，曾被人称呼为律师、法官和市长。如果翻开教堂的登记簿，埃瑞克并没有一个叫拉塞或者拉斯的受洗名字。但他确实是英格丽和乌罗夫信中的那个爸爸。

埃瑞克打小被父母唤做拉塞。埃瑞克五岁时，在集市里走失，被带进了警察所。他并没有哭。警察问："你叫什么名字？"埃瑞克想了一秒，说："拉塞名叫埃瑞克。"

三十年后，埃瑞克的女儿安娜在准备父亲百岁冥寿时，找到了这张发黄发脆的信纸。原来母亲曾经那么孤独。父亲社会工作繁忙，但是父亲是家人的拉塞。父亲总归是要回家的，母亲等他，孩子们等他。

安娜想起的不是中年或老年的爸爸，那她熟悉的模样，而是那个她听说过，却从来不曾遇见的警察所里的埃瑞克，嘴角浮起一丝笑，安娜慢慢地吐出一句话：

拉塞名叫埃瑞克。

《维克萧报》的结婚特刊

在《维克萧报》做主编的龚纳，当年二十四岁，用他妹妹的话说，一份小报，职员总共六个，采编都靠他，忙得像头磨坊里团团转的驴。好在龚纳年轻，不觉得累，他只是觉得妹妹的比方让他哭笑不得，家里可没有磨坊，没有驴，家里是有头牛的，怎么就不说他像头辛苦耕耘的牛呢。还是妈妈更了解龚纳，妈妈说："龚纳成天就希望发生点什么。"龚纳在二十八岁时离开了这份报纸，到德国的慕尼黑大学学习，课余继续给报社寄稿。《维克萧报》的老读者记得龚纳的无数报道，龚纳的朋友本特夫妇却记得龚纳二十四岁时编写的一份外人不大能读到的《维克萧报》。

这张《维克萧报》，是四版面，版面大小和通常的一样，只是少了几版，报头"维克萧报"几个字还是一贯的黑体，在"萧"和"报"字的中间上方打了一条红字"婚礼特刊"，下端印有出版日期"1985年，7月4日"，标明属非卖品。

头版头条的新闻刷红色的标题：年轻的导演之敌和著名的女演员一起致力于一部长达一生的电影工程。正文这么写：

> 在电影界，一个重大的新闻已成事实。年轻的导演之敌本特将致力于一个一生长的电影工程，这是个完全独特、史无前例的计划。他已选中著名的女演员乌拉做女主角。

"英格玛·伯格曼只敢弄了婚姻里的几个场景，我可是要做全部的。"本特说。

男主角由本特自己来演，为了保证质量。"我想没人能比我做得更好。"他说。

电影将在1985年7月4日在东陶索斯教堂开机。……

"他可以选择反导演，怎么反都行，但他不能决定一切。"乌拉对《维克萧报》的记者说。

头版头条的文章还刊登了乌拉和本特七八岁时的照片。乌拉穿着连衣裙、短发，头上戴了发箍，穿了双皮鞋。本特戴了墨镜，站在中间，周围是六个男孩子。文字说明是："那大有前途的导演之敌本特，和他的来自波斯塔陶普的队伍在一起。"波斯塔陶普其实是本特出生的村子。

头版的下方是两条主人公的逸事。是龚纳偷偷地采访了本特和乌拉的父母的结果。

关于本特：

这是要在林子里跑步。本特铆足了劲儿要和同伴们比一比。他们都各就各位了。"预备，砰！"哎哟，瞧他跑的，灌木枝沙沙地响，泥土被踢得飞扬起来。本特使上他浑身的力气。谁知道结果会怎么样呢。冲线时，他最后一点力气也用上了。哎哟，他赢了！本特高兴坏了，感受到老师和女孩子们赞赏的眼神。其他的人跑得怎样？老师说，他们放弃了跑完全程。

关于乌拉：

斯德哥尔摩的小姑娘在斯莫兰待了一夏天，她很喜欢斯莫兰，她笑了，和她遇到的所有的人一起笑过。秋天来了，她必须返校。她感觉所有的人用一种奇怪的眼神看着她。是她的裙子或发型奇怪吗，不，她完全和其他孩子一样。乌拉终于有机会听到别的女孩的议论："乌拉当然是很甜的，但她不再说瑞典话了。"

报纸的二版头条是本特的作文：

当我长大：当我长大，我要住在美国，开飞机，把飞机开到一万二千公里高。我会飞到瑞典，表演拳击，也许是世界冠军。但是，这都是说不定的。

儿童日：我在儿童日那天，在卡尔玛。这很好玩。是一个叫开心帐篷的帐篷。里头有几面镜子。在第一面镜子里，我变得又矮又胖，另一面我变得又高又瘦。我出了帐篷，看见了卖糖果的，我就买了一块。这是理所当然的。然后，我就回家了。

——本特 二年级

标题为"第四次的幸运"的小报道显然是对乌拉做了采访后写成的："乌拉的梦想一直是夏天的婚礼。第一次，是一九七九年。教堂被烧了，那个本特家教区的教堂，他们原本计划好结婚的地方。一九八〇年，这对爱人又筹划婚礼，九月，艾米出生。所以，又没有什么夏天的婚礼了。当然，后来又有一些夏天，但本特有了新工作，而且他们的房子又开始盖了。现在，是所谓第四次的幸运。"

这份婚礼特刊自然没有忘记报道他们的女儿艾米。

至于他俩故事的开始，似乎和一件条纹西服有关。放在第三版的头条。不称报道，而是做成一个小小说栏目：

她刚结束教师职称的培训。她洋溢着开心，精神十足，虽然头天晚上，她其实刚参加过一个派对。我们假定，这是一九七五年。她愿不愿去奥莱欧呢，当然愿意。奥莱欧当然是维克萧的一个消遣的去处，并且，谁知道呢，也许……

那天晚上，她好好地打扮了一下。比平时更细致地检查袜子有没有抽丝。她长长的淡色头发是刚做过的，就是为了奥莱欧。老实说，她对自己相当满意。

他期待着夜晚的到来。他穿上了他的帅气的格子西装，几个大学同学要一起出去玩一玩。他自己也习惯偶尔去奥莱欧，何况，上个周六，他遇见一个很甜的姑娘，他们说好要再见。八点半，在游戏机那儿，她可是这么说的。我真去吗，当然！

她心情愉快地来到奥莱欧。姑娘们分掉半瓶白葡萄酒，兴致就更高了，她们就在紧挨着乐队的一张桌子边坐下。她看见了他，他穿了件格子西装，怎么才能让他请自己跳舞呢。她考虑了一会儿。"我从他旁边走过去，他站的地方，然后，我可以在他的鞋子上踩上一脚。"她这么想了，也这么做了。自然，一切如她想象的那样发生。他，本特，自然立即看见了乌拉，乌拉是他见过的最好的姑娘。从这一刻起，他的眼里只有她，那上周六和他跳过舞的姑娘，被他立刻忘了，因为这时，他眼里只有乌拉。

报纸的第四版是歌曲，婚礼是少不了要唱歌的，大家一起唱的歌，比如就有这么一首："什么是日子？假如女人不存在，就像圣诞，没有蜡烛的光；就像夜晚，没有小星星的亮……"

维末比最后的周末

近年来每次到斯莫兰省的维末比小城，都让斯万想起从前来这里看爷爷奶奶的情形。斯万当然也爱爷爷，但这城市对斯万来说，就几乎只意味着一个人——奶奶。这一次，在周末往维末比的一路上，他的妻子爱玛又听他说起奶奶，问："奶奶想来很善良吧。"斯万说："世上不会有人比她更善良了吧。"爱玛又问："奶奶到底长什么样？"斯万一时语塞，这问题从未在他脑子里闪现过，奶奶就是奶奶。他出生时，奶奶已五十六岁，当然，他见过奶奶年轻时的照片，白净、漂亮，不过，对于斯万，他记得更切实的是奶奶的轻言细语，没有第二个人如此对他。父母那么忙，大哥爱发号施令。外婆是为人谦和，可惜外婆出身贵族，带点说不清的冷淡。只有奶奶，她张开双臂拥抱他，奶奶的臂那么宽大，是他无论如何伸展自己的双臂也难以企及的，奶奶从不责备他。听斯万说到这里，爱玛不觉汗颜，爱玛是指责过斯万的，不止一次。斯万又说起小时候从斯德哥尔摩来维末比，白色的衬衣，蓝色的背带裤，奶奶的邻居，特别是那些女人们，都喜欢来摸他的头，捏他的脸，说："这孩子怎生得这么漂亮！"奶奶很得意，斯万愿意让奶奶高兴，虽说害羞，也就任那些大人围观自己了。

"你妈和奶奶没闹过意见？"爱玛忍不住好奇，斯万说："对那样善良的人，谁能跟她闹意见呢"。当时斯万的父母工作忙，已有两个男孩。奶奶春秋两季都来斯德哥尔摩住上一周。这一周里，从早到晚，擦窗、做饭、带孩子，夜间做手绣。厨房里的烤箱，变着戏法烤的是不同的小糕点，香气四溢，是奶奶的魔术。对这样的人，谁还能有什么不满呢。爱玛想起自己遇到委屈就生气，问："若换了奶奶，一个世间最善良的人，她怎么做呢？""她是，她大约就自己躲在房子里，哭吧。"斯万很有把握地回答。

这是维末比宅子里最后的周末。因为奶奶柏特六年前先走了，爷爷贝提跟着也走了，那些常年一起生活的老夫妻常会如此，会结伴走。房子断断续续租给一些房客，儿孙们各有各的工作，在林雪平、斯德哥尔摩和伦敦。挣扎了八年，终于决定出售房子，下周一，新主人就要搬来了。斯万和爱玛来帮忙搬家。

园子里，李子正挂满枝头。爱玛的婆婆嚷嚷："这么多李子，我得做些果酱才成。还有那么多苹果，哦，对马上入住的小夫妻来说，是多么喜人的收获啊！"贝提和柏特来这里时，也是对小夫妻。这里是他们新盖的房子，那是六十年前。老大本雅明十岁，老二，就是如今蜷缩在沙发一角，看大家忙进忙出的约翰，他才五岁。

大家忙进忙出。博物馆的人来了，穷得叮当响的地方博物馆，来免费领走一个大橱、一个酒柜。博物馆长细心地抚摸着橱面，说："上好的手工木艺。现在的人做不出了。"这馆长在过去的六十年里，零零星星，和本雅明、约翰兄弟俩也还见过。三个老头一起把大橱抬到路边的车厢里。馆长想起了什么："还记得开照相馆的史地格吗，他住进老人公寓了。他老婆玛格雷塔，还记得不？她可还是个醋坛子。史地格那天在廊道上和公寓里一个老太多说了两句，玛格雷塔脸色都变啦。"馆长自己先咧开嘴，三个老头站在路边，都咧开嘴，放声大笑。把家具赠送博物馆是约翰的主意。约翰是个老单身，在北部城市林雪平有个公寓，只两室一厅，他说："一个人，用不着更大的地方。"

要照斯万的弟弟古斯塔夫的主意，古斯塔夫在伦敦做经济师，他更愿把零零碎碎东西卖给地方古董店。古斯塔夫也不勉强，他听父亲本雅明的，也听叔叔约翰的，这房子归根结底是父亲和叔叔他哥儿俩的。那些他们没做决定的，就由古斯塔夫按自己的意思准备出售给古董店。

斯万和爱玛抵达维末比是周五的傍晚。刚进屋，就看见弟弟的女友尼娜在打包。彩色的纸片贴满了屋里的物件："出售"、"丢弃"、"古斯塔夫和尼娜"、"本雅明"。就是说归古斯塔夫和尼娜的、归老爹的。

斯万什么也不想要，他不喜欢家里摆满了物件。到维末比来，纯属完成义务。既然大哥已经说来不了，斯万不好说不来，他也想和这爷爷奶奶的房子告别。他在园子里转了两圈，局外人一般，插不上手。老爹说，有堆瓷器和酒具是给斯万和爱玛的，这成了爱玛的活儿。

每次爱玛开始裹点什么，约翰就颔首点头："这东西不错，不错是吧。"爱玛停手问他："约翰，也许，你愿意留着它们自己用呢。"不是，约翰真的不要，他用不上。那些金边的瓷器、咖啡套具，属于女当家的，他一个单身汉，用不着拿这些待客。但他盯着每一件东西，每一件，在他看来都好，就是一条旧了的蓝花桌布，爱玛刚抖开来，约翰又开口了："好，太好了，你愿意用它，我记得我妈以前用过。"爱玛其实只想拿桌布来裹一个玻璃器皿。桌布的一条边已经有些破了。

一个堂·吉诃德的木雕。老爹已问过两遍斯万和爱玛：你们也许可以用呢。斯万不要，古斯塔夫也不要。爱玛看老人落寞的神情，跟斯万咬耳朵："要就要了吧。""你千万不能要。"斯万说。堂·吉诃德落寞地立在壁炉台上。斯万和古斯塔夫说：我们得趁老爹不注意，把堂·吉诃德这小子扔在壁炉里，否则，老爹一定会想法子强迫我们中的某一个来保存它。说归说，斯万没敢扔，古斯塔夫也还是不敢。

客厅壁炉边的显著位置有一幅油画，没署名，写有年级：四年级。年轻的一辈对着画看，看不懂是谁的作品。“我小学四年级图画课上的作业，父母从中看到了天才，特意配了镜框装饰起来。”本雅明说。

屋子眼看着空出来，儿女们不晓得做什么好。尤其是，不是自己能做主张的，哪些该扔，哪些该搬，都要问本雅明。墙上这幅画贴了本雅明的标签，那么搬到老爹的车里吧。本雅明却说：“再放一放，再在这面墙上放一放。”还有一幅油画是年轻时书房里用功的本雅明，是婆婆画了，送给本雅明父母的。如今，这幅画也贴了本雅明标签，就是说，本雅明要自己保管它了。

爱玛在楼下继续包裹酒具，婆婆从楼上跑下来，递过来一本婆婆写的书：“你喜欢吧，你愿不愿意留着它。”“好呵。”婆婆把书拿回头，在扉页写了两笔。爱玛仔细一看，上头本来有一行字：“送给爷爷。”现在加了一行：“转送给爱玛。”

没有更多的活儿可干。那么把墙上的钉子都撬了吧，就连那麋鹿的角也一并从墙上去掉了。楼梯的墙上钉着副银色的马掌。古斯塔夫刚要下手，被老妈阻止：“留着它，保佑新的一家日子兴旺吧。”

是最后一夜了，分配好的东西都上了各自的车。客厅里除几张椅子，只留下了一张浅绿色的沙发。古董店老板娘一边整理瓷器、灯具，眼睛瞄到这张沙发，说：“这沙发……”老爹本雅明接口说：“哦，这沙发，我们是准备自己留着的。”“就是说嘛，你看这线条，我一看就明白的呀，好形状，好木工。”老板娘说。爱玛不知就里，猛然撞进来：“明早环卫所会把装粗大垃圾的大垃圾箱运走的，别忘记还有这沙发没扔。”老爹低声说：“这沙发，你和斯万是要留着的，好沙发。”爱玛看到沙发面子有些破，家里的沙发，新的旧的，已有三四个，哪有这许多的地方好放。婆婆走来，说斯京有工匠可以给旧沙发换新布套，大约四五千能收拾好。一向不喜欢物件的斯万，这回也平心静气，好像早知道，沙发是要派给他的——他小时候最爱在这沙发上打盹。古董店的老板娘絮絮叨叨，她快七十岁了，说她每天都在考虑老后的问题，她和丈夫老了怎么办，房子，古董店，唉，每天都考虑。爱玛的婆婆回不出话，又不得不社交地搭腔："是吗，每天都考虑，是不容易啊。"一边顺手把一些玻璃器皿装在另一个纸箱里，让老板娘免费拿走。东西清点好，一帮人还坐下来，一起喝了杯咖啡。

下午，全家人去采一种叫康特莱拉的金色蘑菇，是过去和奶奶常去的那片林子。每两个人分了个篮子和小刀。

本雅明约的客人在黄昏时来了。一个清瘦的老头儿、一个清爽的女人，中规中矩地，穿的干净却半新不旧。看见爱玛的亚洲面孔，老头儿吓了一跳，又什么也没说。大家坐下来，爱玛愿意听热闹，也坐下来。古斯塔夫帮着倒茶，斯万在楼上洗去采蘑菇的尘埃。尼娜在楼下浴室梳洗，收拾停当，也来和客人打招呼。老头儿从沙发上立起一半："我搞不懂了，"他说，古斯塔夫说："哦，尼娜和我一起住在伦敦，爱玛是斯万的妻子。"老头这才重新落座。

老头儿叫皮特，是本雅明老爹的表哥。老爹三岁时，皮特十二岁，带过老爹。老爹上中学时，皮特家有车，所以，本雅明说："你记得吧，以前我从家里返校，都是你开车送我的。"老爹中学就去了另一个城市，然后，去隆德读大学，从此成了维末比的过客。他倒确实是维末比的孩子，一个十岁的男孩，手插在口袋里，独自在国王大街上走。瑞典的每一个城市都有条最繁华的国王大街。那天，维末比的这条国王大街上竟没别人，本雅明偶然在这一天的下午，把手插在口袋里，走在行人道上，被人照出了行走的侧影，留在地方志里，留在明信片上。老爹指给爱玛看，说："那就是我。"

一家人今晚去维末比饭店进餐。这周末虽说只有两天，也已在维末比吃了好几顿。男人们搬运家什，女人在厨房转悠，吃了洗碗，洗了又吃，没完没了。第一顿，婆婆在银盘子上摆上涂了鸭肝的小面包，给每人一点保加利亚红酒，人慌事杂的时候，婆婆还是要弄出点前菜来。主菜也一样不少，铺上雪白的亚麻桌布，意大利色拉、牛肉就端出来了，烤箱里烤的是从超市买来的冷冻薯片，虽说不如自家做的，吃来倒也还可口。甜点是冰激凌和草莓，草莓鲜红，不如夏天的甜。有一顿，他们吃通心面，斯万说，奶奶从来吃不惯自己儿媳做的通心面，不习惯意大利菜的外国派头，奶奶也不喜欢红酒，觉得瑞典的白酒，那才是酒味道。今晚决定去维末比饭店，因为离最后的日子一点点近了，因为盘子酒杯都打了包了，因为皮特夫妇也来了。

维末比饭店，皮特上一次去，是十年前。他们如今住在维末比郊外的一个农庄。古斯塔夫得意地说起他工作和生活的城市："没有比伦敦更适合所有的人居住的了。""古斯塔夫，你也该生孩子了。"这话是从皮特的鼻子里哼出来的。古斯塔夫并不生气，说："皮特，你知道吗，如今跟你们那时代不同了。现在成天为工作跑来跑去，怎么要孩子，不现实。四十岁前，我们肯定生孩子，孩子一定会有的。"皮特回头跟斯万说，他自己的大儿子，在维末比的那个，一口气已生了四个。

斯万不喜欢皮特，虽说老爹喜欢，他们是表兄弟，斯万这一代，就淡了。最重要的是，斯万不喜欢皮特说应该做什么。可惜，斯万入座晚了一拍，只有和皮特为邻，有一搭没一搭地谈起来："对了，皮特，你见到过UFO。"皮特的脸现出比知道伦敦更自信的神气。"你确信那不是飞机？"斯万笑着，爱玛看出一种揶揄，皮特看不出，他得意地缓慢而坚定地摇头。爱玛越是起劲地央他说点细节，皮特越是摇头，浅笑，不说话。那笑，微微的，收敛的。他愿意斯万提到UFO，伦敦算得了什么，皮特的眉头上扬，皮特的眉头会说话，这会儿，那说的就是：我在维末比七十年，听过见过的还不比你们多。老爹只顾邀皮特多喝，让服务员多给他斟上。就连从不喝酒的爱玛，也被老爹固执又亲切地安排了一杯满满的红葡萄酒。红葡萄酒配炖得烂熟的鹿肉，好吃极了。

"今天就是我们在维末比的最后一夜了。"古斯塔夫说。

“这绝不是我们在维末比的最后一夜。”是老爹的声音。

古斯塔夫微微一怔：“反正，对于我和尼娜来说，”他嘟囔着，他俩明早就回伦敦。斯万和爱玛明天下午也回家了，周一可都得工作。爱玛的婆婆轻声说：“听爸爸说话。”

“不，这绝对不是我们在维末比的最后一夜。当然，这标志着一个新时期的到来。我们是把维末比的房子卖了，但柏特和贝提给我们的一切，还在，我们一定还会回来。感谢柏特和贝提，为柏特和贝提，干杯！”

从饭店出来，爹妈和皮特夫妇拥抱、告别。斯万和爱玛还有古斯塔夫和尼娜找到家酒吧喝了两杯。从酒吧出来，夜已深。街头，写出了皮皮长袜子的、维末比出生的童话女作家，她的等身大的铜像还在那里，坐在街灯的余光中写字。而再走几步，到了另一个十字路口，两个十七八岁的小伙子，各开了辆摩托车，围着绿化岛不停地兜着圈子。

第二天一早，古斯塔夫和尼娜急急忙忙地就走了，剩下的人去教堂的墓园扫墓。婆婆头一天已买好了两盆花。这是个家族墓园。爱玛问本雅明，很多年、很多年以后，他愿意选择这个墓园吗？本雅明很快地回答，不会。因为他太太父母的墓园也很好，离他们现在的住处也近，他已决定和太太一起选那里的墓园。爱玛也问约翰，很久、很久之后，你还会选择维末比吗，约翰也不犹豫：“不会。我离开维末比都那么久了。再回维末比，不认识几个人了。维末比从前是小工匠的城市，现在就光是皮皮长袜子的小镇，旅游客的小镇。不，不会再回这里住了。”约翰没像本雅明那样明白爱玛的问题，爱玛又不好再问。一行人夸了夸墓园上方那棵有着很大的树冠的菩提树，不是家里的谁种下的，是碰巧长在那里。至于这个家族墓地，是本雅明和约翰的曾祖父买下的，据说花了三十六克朗。如今，已经不兴家族墓园，当然墓地也不用花钱了。

斯德哥尔摩的街道

斯德哥尔摩对我来说，终归是个陌生的城市吧。因为我在那里，没有常住或安家的经历，我总是过客。

多年前在夏天里第一次去斯德哥尔摩，新奇而开心，七月的瑞典的天，爽朗又明媚。我跟着瑞德走，穿了不少街，和不少人擦肩而过，也处处留些影。回头，自己却说不清究竟去过哪里。逛街没记住街名，吃饭也记不住菜名。留在印象里的，有一些个铜像的造型，一份汤的色彩和味道，法国厨师的被白色的高帽子衬得格外红润的脸，女招待的小蛮腰——那个十八九岁的女招待，白色的上衣，黑色的高腰裙摆。她走过时，没有因疲劳而拖沓的步子，她其实不是走，而是滑过去一般，她的头颈微微地昂着。她的脸盘瘦，眉眼俏，在晕黄的灯光和流动的音乐中，跟跳《天鹅湖》一般。女招待和厨师轮番过来，问，菜的味道如何？我记得那家饭店用红色的帷帐，将一个个餐桌稍稍隔开，隔出那么点宫廷味来。这座位于旧城内一条安静小街上的法国餐馆，从此都开张在我记忆的夜晚里。

我喜欢不用操心地跟着走，然后处处是风景在眼前展开。

一个斯德哥尔摩的平常的仲夏的白天。一个瘦削的老人照常立在闹市，嘴里叼着烟。他以这样的姿势立了许多年。这铜像的脚下总留着三两根烟头。在一般很是干净的瑞典，这烟头有些触目。紧挨着铜像的是只躺椅，有路人在那儿坐着，观看其他的路人。据说，此人是瑞典著名的诗人。当时我对瑞典文学还几乎一无所知，瑞德告诉我这诗人的名字，和没告诉是差不多的，我听过了也就忘了。

不久，我在瑞典语的课本里读到一首让我喜欢的爱情诗：

爱情它来，爱情它走
谁也不知它的法则
但是你，我会跟随，在冬和春
在所有我活着的日子

我的心是你的
你的心是我的
我永远也不会将它归还
我的幸福是你的
你的幸福是我的
那眼泪是我的泪当你哭泣

我跟瑞德说起这首诗，瑞德说，你见过诗人的，抽烟的铜像，你不记得吗？哦，原来如此，原来扶林，就是在斯德哥尔摩街头抽烟的老人。是的，我记得。

还有，我还记得附近路边一家电器店，当时瑞德惊呼起来，瑞德发现了一台咖啡机，跟他几年前买的一模一样，价格还那么贵。

我独自去斯德哥尔摩，距离第一次又隔了几年。有许多次，我是有机缘和别人一起去的，却始终没有成行。每个人生命里的某个城市，是独有的还是和某人分享，自己也没有刻意安排，但却被命运代为做主。

那一次，发现扶林的铜像纯属偶然。下午一点，我在市中心有个工作上的约会。此前还有不多一点时间，我参观了附近的民歌手贝尔曼的坐像。然后，往左，扶台阶而下，一个男子拾阶而上，就在我们交错而过的时候，他说："可以一起喝杯咖啡吗？"事后，我在电话里告诉肖龙，肖龙听来有些不快："是个亚洲男人？""不，瑞典人，瑞典人的模样，说一口正宗的瑞典语。""瑞典人通常很害羞的，大白天的，也不会是喝了酒的啊。"当然，我也觉得意外，但这是真的。况且我急于赴会，无从回答，忍不住哈哈大笑。那人也许觉得我无理吧。我没好意思回头看一眼，而是径直向前，就在这时，我看见了扶林的背影。真的是他！原来扶林是站在这条路上的，他身边的躺椅还是被人占着！

我真的很想和扶林多站一会儿，但是，约定的时间已经近了。我有些疲惫于铺天盖地的人流，迟钝地、条件反射地向前迈步，不久，我的眼睛的余光捕捉到那种很贵的咖啡机在我右侧的橱窗里，它仍然在橱窗里。就像数年的岁月并不是真的，也不管季节是否从夏到了冬。瑞德在哪里呢，我只知道，他眼下正在远方，而且很少传来音讯。我一个人走在这可以属于两个人，也可以属于一群人的斯德哥尔摩的街上。

我走在斯德哥尔摩的街上，走出记忆里贡奈尔的诗句，开篇，那如同脚步般的节奏，踢踏踢踏，点出脚步一般的迷茫：

一个简单的姑娘
一条另外的街道
一间别处的屋子
在另一座房里
那儿从没有人住过
是另一个街角
在那儿
　　从没有人
　　等待过
　　什么人

一个简单的姑娘
说另一种语言
用另一种视线
看她唯一的人生

有另一份工作
叫另一个名字
有另一条街道可以走
另一条街道可以想象
想象人们永不能有的
　　别的一些什么

有些地方是适合一个人逗留，有些是适合两个人的。斯德哥尔摩大概两者兼顾。一个可以让人匿名的城市，一个可以叫人出彩的城市，一个可以有浪漫故事的城市，一个可以使人失魂落魄的城市。城市很大，包容了许多的滋味。城市很大，人很多，就有了所有的可能性。在斯德哥尔摩，有两个特别的时节，一是蓝天和阳光的斯德哥尔摩的夏日，美好却也短暂。一是灰暗的冬天，却有诺贝尔奖盛典和即将到来的圣诞节。

几年前的诺贝尔之夜，就有一个灯光专家得到诺贝尔奖，谈及自己研究发明的重要，他说，比如在这灰暗的冬夜的斯德哥尔摩，谁能想象，没有了灯意味着什么呢。

我碰巧也在这样的季节再去斯德哥尔摩。那是诺贝尔奖颁奖典礼后不久的露西亚节。走出火车，车站里的食品店里立即飘散出一片露西亚糕点的味道。在便利店里买两个水果，看见也有露西亚糕。我不太喜欢这种糕点，不过，既然是节日，还是买一个吧。一个姑娘挤到我身边，也拿了一只，就一只。恐怕，她和我一样，今夜也是独自一人在斯德哥尔摩吧。

来到位于市中心的圣约翰路。电梯咣当当地停在五楼。打开门，是一间小小的公寓房子，虽说小，总比宾馆要好，有私人的感觉。打开窗户，清凉的空气扑面而来，圣约翰教堂的轮廓，在橡树的黝黑的枝干上面。越是夜，教堂的黄色钟面更明亮起来。

我在这里，点上窗台上的蜡烛，从书架上抽出一张音乐来放，这是肖龙迁居南方工作前在斯德哥尔摩独自生活过的地方。我看到一些便笺上残留的笔迹，那比肖龙如今的笔迹工整，如今的潦草了，有些疲惫，因而让我不容易辨认。但这两种笔迹确实是同一个人的，笔迹原来也有前世今生。

我在斯德哥尔摩总算可以乘上地铁。那是地广人稀的瑞典唯一有地铁的城市。斯德哥尔摩的地铁让我想起所有大城市的地铁，东京的、巴黎的、伦敦的、上海的。潮水般的人流，人流中不同肤色的脸。斯德哥尔摩的地铁，可能和香港的有些类似，因为有几条线开得特别深，要转到地心里去一般。东京人口差不多是全瑞典的人口，却没有这种挖地万丈的需要。

我记得地铁的出口，出来过一个高挑的姑娘，黑色的短大衣，里面有乳白色的毛衣，她的衣服领子敞着，露出一个棕色小狗的头——随着她的走动，上下一颤一颤的。

连续几天晚上，我都是在皇后大道转地铁。总看见一个装扮成印第安人的矮个子男人。这样的人，在其他城市也见过，听说他们并不真是印第安人，虽然他们有蜡黄的脸。他把一种竹片堆积的乐器放在嘴边，试图吹出一点旋律来。不美，开头几乎是有些刺耳的，但总算凑合出了一首人人皆知的歌——《桑塔露琪亚》。他总站在站台的第三张椅子旁，椅边有一个自动贩卖机，去那里买一杯的人，不由得分给他几个子儿。

最后碰见他的那天晚上，离圣诞节更加近了，“印第安人”无心卖艺，在我的那班地铁还没来之前，就收拾起工具。他的视线所及，是逛过来的另几个和他有类似装束的人。他和他们招呼着，把他自己和他的工具一起拖进了车厢。他有他的伙伴。在渐行渐远的最后一节车厢里，我看见这个流浪者的侧影，不是乞讨的神情，他和他的同伴在一起，很舒展地，勾肩搭背，称兄道弟般的。毕竟是圣诞节快到了。

在斯德哥尔摩的小住，仿佛将我引回到在大阪的单身岁月。起初有一点儿兴奋，我自己仿佛成了被擦拭过锈迹的银器。但这点兴奋的小炮仗只响了一会儿就熄了。我已经不太喜欢大城市了。

有一天，本来要去一家艺术馆，那里有我向往的几幅画。车驶到动物园区海水环抱的岛上，我下得车来，小心地踩着路上的薄冰。艺术馆的门微微地开着，我正要进去，里面却冲出一个男人。艺术馆因圣诞节的临近而停业了。“如果你愿意，可以和看门的老太太谈谈，但是可惜，今天作品是看不到啦。”他是搬运一幅画作来的，他把门给我留着绝尘而去。我没和看门人交谈，却走到海边。那里有一对天鹅，一群鸭子，在薄冰中戏水。它们看见我，摇着身子靠近过来。喧闹的斯德哥尔摩市区就在海的对岸。

人生是没有意义的。我所做的一切也不过就是走在斯德哥尔摩的街上，然后，写下我心里的几行字。

海上白蝴蝶

骑自行车在林子里，沿一条小路向西，一条下坡路，微微地往前冲，有微风在耳际。我在斯莫兰省见惯了杉树林，这里还是斯莫兰，却是个海中大岛，多松树林。林中的小径边铃兰花谢了，铃兰的叶子绿油油的，厥叶也长得旺，其间点缀着那些不显摆的野花，就有蓝铃儿和毛地黄。

一对橙色的蝴蝶和我选了同样的路程，摇摆着，在我身边，或左或右，忽前忽后，有时舒缓，有时迅急。这让我也有了飞的错觉。

松树林比白桦林或山毛榉林挺拔高大，又比杉树林明亮了许多。越是靠近海水，越能看见这样的松树。自行车滑行约十五分钟，就能看见前方，在绿树的后面晃荡着一片深蓝，而蓝天与之相比，就退居为一条淡蓝了。

斯特林堡曾那么喜欢多岛海，像许多斯德哥尔摩人一样。同样是斯德哥尔摩作家的瑟德尔贝里，却不喜欢多岛海。因为他觉得那里一般是光秃秃的，除了些蒺藜和野玫瑰的低矮灌木。海水冲走了绿，给人的是细纱、礁石、拍岸的风浪。

但是这里，我眼前的这片海，几乎能接近瑟德尔贝里的理想呢。能看见海，也有大片的绿，不要杉树林，杉树林晦暗而引人悲伤，但松树可以考虑。然后，是绿茵茵的草坪，有玫瑰的拱门。

而这岛上海边小屋的花园都正盛开着玫瑰，也有着新割的草坪的。

海水边的石块

让自行车的轮子碾过花园半人高的杂草，人就可以跟着穿行。只几步，将车扔在草里，自己就能跳上一块石头，看海水漫过石块，漫过自己的脚。水是凉凉的。在浪的推动下，一次次涌来。石头比水温热，将潮湿的脚放在石头的上部，高过水面的地方，一两分钟，脚也就晾干了。

没有人。有海潮。还有只白色蝴蝶，从草丛里出来，一直朝海面的深处飞，那并没有花的、让我觉得悬浮而摇摆的水上的半空中。因为疑惑它怎么要往那儿飞，我就极力追逐它的路径，但在水光和阳光的猛烈交会处，快速翻动的白色蝴蝶突然就消失了。大约一刻钟后，我又看见一只白蝴蝶，也迎头朝海，沿类似的路径飞，在同样的距离外，也突然就没了影子。

在奇威克海边

他们在海岸的一头，她在另一头。

隔着几块岩石，隔着数百米长的沙滩。他们，都是三两成群，组成一个个群落。他们组合得出奇快，当时没有人走向她，她迎着的人，奔向的是另一群人，就那么自然而然，像合谋好要让她落单的。然后，他们的脚固执地埋在沙地里，面朝大海，相谈甚欢。

那么你，不是也可以过来的嘛。——他们的后臀忍不住笑，宽容地说。

她理不清心头的混乱，一种趋向舒畅的本能使她走向了完全相反的方向。当越走越远，那群人越来越小。因海岸的连续，她只稍稍扭过身子，绕过礁石，就还能看见他们。即便如此，她还是感觉自己的呼吸轻松起来。

那惆怅的酸楚越走越淡，淡到可掩饰的地步。尤其她满足于看到的景致，她在景致之中。没有一片景致排斥她，无论是紫色的白头翁还是红色的野玫瑰，它们都让她自然地走近，走近。似乎很久以来就是懂得她的。她始终在它们的怀抱里。如今，它们又更紧地拥抱她了。

一些不相干的路人未及开口，眼中已有笑意。他们总和她寒暄两句。她想，明明她是容易说话的呀。她奇怪，为什么和他们，这素不相识的人在此刻更易接近?

干燥洁净的海滩

一只白毛狗，在沙滩上一个劲地打滚，它舒服。这让她呆看了许久，让她觉得亲。

一根树干横躺在沙滩上，白色的，几乎和细沙一样白。干燥又洁净。一株黄色的野菊花，依偎着它，黄得灿烂。她坐在这根木头上，在小花的旁边，看海。

“海，比之于湖，开阔。”她的心头冒出一句。这是废话。她对自己说，可也是真话，是此刻从她的心头自己蹦出来的。再宽阔的湖面逊色于一片窄窄的海。湖，四围合罩，海，却总有一面开阔无际，给她走到天边的感觉。天边的自由，也带来天边的孤独。仿佛只要踏进海水，从此，和陆上一切就是天各一方了。

海潮阵阵，就连这样的噪声也好，是可以过滤人声的。那些熟悉的陌生人，他们的声音似有还无，若被潮水带走，若带走也无妨吧。

她看着那片水，站起身，脑中一片空白，待双脚决定行走的方向。一顶咖啡色的草帽在海岸边晃动，草帽下有一对眼睛笑了。那对眼睛的主人索性摘了帽子使劲挥动着，一面踢着细沙，朝她飞跑过来。她还认得，那是，她等待过却曾忽略了她的人。

君王铃兰

她不能说她喜欢这种花。她对它说不上喜欢。她第一次看见它之前，已是成年人，有了成年人惯用的文化工具箱，遇到什么，都从自己的箱子里找出对应工具来修理一番。但铃兰不是她的工具箱可对付的。她的工具习惯于那些耳熟能详的花，比如玫瑰，比如百合。铃兰是什么，她对它起初真没感觉。其实它也是一种百合，山谷里的百合，这就是铃兰的瑞典名字的含义呢。百合多数是形容女人的。她不知道有什么花和男人匹配。在瑞典却有一首歌，叫《君王铃兰》。每年当春风荡漾，万民同庆，四月最后的一天，在薄暮时分，瑞典大地上就会燃烧起一团团冲天的篝火，所有的唱诗班都在领着人们歌唱，他们也必定唱这首《君王铃兰》。在这样的歌声里，多年生的铃兰就真的再一次破土而出了。

当五月的温度越来越高，土壤终于解冻，鸟儿的叫声越来越甜腻、自由，思而肯的山毛榉在一个早晨羞答答地抽了芽，山毛榉的叶芽儿晕染出的嫩绿沁人心脾。她在林子里散步，一辆红色的沃尔沃拖拉机刚巧也在绿色的海波中徜徉。他们彼此抬了抬手算是打了个招呼。突然拖拉机手拉动刹车，他跳下车去了，回头的时候，手里多了几朵花，“看，这是我的花，我妈妈说的。”他天真无邪地笑着，把花递给她，做一个最准确不过的自我介绍。他的生日——五月的二十九日，那时，在思而肯，一种叫做铃兰的花开得最盛。她这才注意到，林子里那无边的绿色，并不只是绿，定睛一看，在距离她最近的地方，路边的草丛里，有白色的小花，才二十厘米高的叶子，翠绿的叶子里抽出珍珠白的花来，六七朵，铃铛一样垂下。若把视线一点点推远，居然能看见越来越多的这样的花朵儿，洒满整个的林地。那是她第一次看见铃兰。

铃兰

那时的她不知道瑞典人对铃兰的爱，她只是诧异，一个一米八八的高个子，一个男子汉，可以用林子里一株不起眼的小花来比拟吗？

“怎么，你好像不喜欢这个花呢？”他还是看出来了。

“哦，也不是，可是你，愿意是这样小的一株平凡的小花吗？”

在她的思维定式里，即便是女人，用花来比拟，大概也愿意被比作玫瑰、牡丹，或者一棵开花的树。而男子，一定自认是挺拔的乔木，可以是松、是云杉，也可以是白桦、橡树、山毛榉呵。这林中的小花，寂寞无主，数量极其可观，可见其轻贱。换了她，才不愿意被比作铃兰。

“不过，我本来就是平凡的呀。”他说。

这一年的年底，拖拉机手突然从他喜爱的拖拉机上消失了，他通常作业的那片林子静悄悄的，没有了油锯时不时的歌唱。那一年的雪特别多，特别大，到了第二年的三月底，也还有厚厚的积雪来不及融化。但是春天还是慢慢地来了，挡也挡不住的。拖拉机手躺在医院的病床上，他病室的一只小玻璃瓶里，不经意间已经插上了一小朵铃兰。他看见了，诧异地说：“什么，今年，铃兰也已经开了吗！”他的眼里，一点点的喜悦瞬间消逝，代之而起的却是绝望。“把它拿走，快拿走，”他说，“没看见这花已开始要败了嘛。”又是铃兰的季节，春天终于是来了。那一年的篝火节，当地的集会地夏拉桑德将有火苗冲天，那一年原本是约定了由拖拉机手发表迎春贺辞的。而他躺在病床上，人消瘦得不成样子，思维却一直是敏捷的。每一天的早晨能够睁开眼看见这个世界，都让他惊叹不已：“呵，我还活着。”五月二十七日，当春天的脚步越来越轻快，他竟然走了。没有多少人的出生日和离世的日子这样靠近。他的葬礼举行的时候，铃兰正疯狂地开着。“这是一个多么美好的日子。”牧师说。牧师不说悲伤，他说得更多的是感人和美丽。那一天，阳光绚烂，蓝天上几乎没有一丝云彩，那是一个走向天堂的好日子。牧师还说，病魔是强大的，拖拉机手表现出的精神比疾病更强大。那时，乌索特教堂座无虚席。许多人在哭，女人哭，这不难见到，可是，男人们，那些北国的壮汉们，也在教堂的长条凳子上，哭得发颤。除了那些对死亡司空见惯的医护人员，他的亲朋，没有人能够懂得，他会是真的去了。他是个壮年的受人尊敬的汉子，几个月前还精神抖擞的呢。

葬礼后的几个月，她在市里，在车站的月台上，看见一个高大的、穿咖啡色皮夹克的后背，挺拔且步履匆匆，她不由得愣住了，那不是拖拉机手吗？这行色匆匆的后背在人丛中一闪，就消失了。她推开人群，追过去，街上是没有，她奔到车站里，四处张望，找不到了。一张明信片，在站内小卖部的书报架子上，招惹着她的眼，一片绿色中的白色小花，真是他，真的是他，那是白色的铃兰哪。

此后的几年里，每当五月来临，春风把山毛榉吹绿，有浓郁的芳香开始在绿色中飘荡，她就开始有些紧张。在那个拖拉机手停留过的林子里，她小心翼翼地再次经过，仿佛是赴约好的一个聚会，路边的林地里，肥润的绿叶上一串串白色的小花热闹又无言。拖拉机的声音仿佛就在耳边，而他驾驶着拖拉机的身影，一凝神，几乎能在太阳光底下透析出来。浓郁的花香，随风阵阵飘过。铃兰似乎比往年更多，越长越多。

油　画

画家Carl larsson的画作《春天》

画家Carl larsson的画作《苹果花》

画家Carl larsson的画作《苹果丰收》

画家Anders Zorn画作《仲夏节的舞蹈》

画家Carl larsson的画作《带圣诞蜡烛的布蕾塔》（画中女孩是画家的女儿）

此后的日子里，她在书刊中、画册中经常能发现铃兰，比如，铃兰就出现在许多童话故事的插图里。她慢慢体会到，铃兰是了不起的花呢。——不是简单直接的表达，是在长久的、黑暗的寒冬之后，终于迎接到春天一般，所有的感情，如同花儿吐蕾，所有的花儿如同感情一般地绽放。这绽放着的，不一定要硕大而鲜艳，却是有个性和付出全身心的。

还是倾听这首北国的诗篇《君王铃兰》吧：

丛林的君王铃兰
君王铃兰雪样的洁白
年轻的君王在为王后伤怀
君王铃兰垂下
他悲伤的头颅，那么沉那么弱
他银色的盔甲发出闪光
在夏日暮色的苍白之下
环绕死亡之床的蛛网
从花粉的熏香
一个神圣的气息慢慢地飘荡
整个的森林里充满了芬芳
从白桦的摇曳的树冠
从滚动的绿房子的风浪
一支悲伤的小调
整个的森林被填满了树叶的低语沙沙
这低语传达了一个讯息到小山谷
关于君王的悲伤，在低语的树叶之间
在森林的宽广世界
从铃兰的首善之都

一棵倒挂的苹果树

上下颠倒是让人惊诧的事。比如看一幅澳大利亚在中心的世界地图，但那也就是让在北半球住惯的人，一时诧异，笑出声来罢了。若早晨醒来，一拉开窗帘，见一棵苹果树倒挂在不远处的土坡上，就多半笑不出。一件性命攸关的事，发生在人浑然不知的某个时刻，苹果树不知叫了没有，结果显然是叫人不知，叫天不应，叫地不灵。

小树五岁大。是被种在斜坡上，站了五年看来没站稳。就这样，却努力结了很多果，秋天还没到，怕是太多的果子重得将它压倒了。倒了，却一点没断，根须都还在地里头。

人只好将一些带苹果的枝干锯掉，减轻承载。然后将树往上举，一点一点，终于推回原先的位置。又在木桩上系上宽麻绳，将绳子一头套住苹果树。

树又头朝上了。

树下有人忐忑：它这就不会再倒下去了吗？

另一人说：不会，那些根，这会儿一定正拼了命去抓泥土呢，它们的求生欲还不是和你我一样。

忐忑的人不除疑，还问："真是这样吗？"

那另一人不耐烦起来，"不然，你以为呢。如果再倒，那只能是这棵树存心要自杀。但这一棵，明明是一心要结那么多果实的。"

苹果园里结满苹果的树

泥臭

我们这儿很多人都爱纯苹果汁，从鲜苹果直接榨出的，比如“乌索特苹果汁”，来自苹果之乡，是远近有名的好牌子。

我也喜欢这种被称为苹果“must”的饮料。打开一瓶，喝一口，甜，清新的甜。可是，到临了，总有股说不清的滋味袭来。

那是什么味?

早饭桌上被我这么一问，家人抿了一口，说，你指的是泥土味吧。

“什么，泥土？泥土跑到了苹果里？”

“沿着枝干吸收上去的呗。”

再喝一口，心理作用吗，泥土味道还真是明显了。

说到底，我们有谁咀嚼过泥土呢。

曾经，日本京都的汉学家小野和子先生问我是否想念中国菜，一些光中国有，日本没的。

我认真回答：“有的，比如说鱼。”

“有我们日本没有的鱼吗？”

“有哦，很多，河里湖里的鱼，几乎从日本的中华料理菜单上绝迹的呢。”

“哦。河里的鱼。我们日本人不爱河鱼，觉得有泥臭。”

“有这种事？我是从小爱吃河鱼的。倒没这感觉。”

“当然，可能我们日本的河流没中国的大，才如此吧。”

后来琢磨先生的话，想，或许她说的是我们中文讲的土腥味？

没吃过泥土，却能心领神会泥土之味道，我们人够聪明。光吃苹果，并不觉得土味突出，鲜苹果汁却把神魂都勾兑了。真是个谜。

跋

王 晔

我并不曾有过要写作、当作家的意识，我曾想当史学家，因为学书法的缘故，又模糊地有过当书画家的念头。

我童年时，市面上读物有限，感谢曾做过书塾先生、后在大学执教的夏寿鹏、夏寿山兄弟给我的古诗文教育。感谢我的书法老师李圣和、王板哉、林散之、费新我、周慰祖等先生在诗文上的熏陶。

初中语文老师唐丽珍、戴润生先生曾毫不吝惜地夸赞我的作文，她们讲读的语文名篇更给我深刻印象。到高中，田如衡先生批评我，写文章不能一心写四六文，要怎么想怎么写，然后稍加润色。是有田先生指导，我才获得华东六省一市作文比赛一等奖。恩师的点拨让我对作文有了平常心态，而这，是个必须的开端。有意思的是，先生毕业于复旦大学，后来总说和我是前后同学。

我进复旦新闻系是因为保送入学，周围人帮我选了这有名、又可能有好职业的专业，像捏了礼品券到珠宝店，说，要挑就挑最贵的。我自己当时最想读英文和历史。在《新华日报》实习时，指导老师朱新华、周世康说我能写散文和报告文学。在那里，写了些特写，遇见不少亦师亦友的记者如郭江陵先生，江苏电台的朱荣康先生。

感谢复旦新闻系张四维、黄亚安等先生的教诲。

因历史原因，我在一九九〇年和新闻工作失之交臂。在那些彷徨的日子，和清华大学老毕业生、退休前在联合国秘书处工作的王秉厚先生频繁通信。王爷爷当时八十八岁了，他最早是在我十岁时见过我。王爷爷特别喜欢读我的信，有时好奇地问，你怎么能洋洋洒洒写那么多？他觉得我该从事写作。直到今天，我才可以用这本书感谢王爷爷的鼓励。王爷爷跟我提写作时，我希望写出好文字，但那时的文字没有深扎内心的感觉，文科生，谁不能摇一摇笔杆子呢。

上世纪九十年代在上海，我给多家报刊写过稿，比如，《解放日报·朝花》副刊，感谢编辑郑菁深老师。当时在《新闻报》的徐炯学长也常叫我去采写。

九十年代末我开始在日本留学，东京华文报《东方时报》的副主编陈梅林成了我最热心的读者。陈女士和我素昧平生，叫我把喝茶的时间挤出来写稿。那时的书写是寂寞日子里的一个慰藉，我常常是伏在床边，在文稿纸上用铅笔誊写，听耳边传来不远处火车经过的声响。

感谢野村国际文化财团(现名野村财团)及财团的氏家纯一、杉江勘治、诸角憲治、小林正洁、後藤康则等先生和笹子明日香女士。

感谢大阪大学大学院学友内海博文、景山佳代子、高樱善信、太田美帆的鼓励。内海先生总叮嘱我，不要浪费写作才华，他在我浑然不觉时，在光阅读日文论文的情况下，毫不怀疑我真可以写点什么。当时我们共同的指导教师厚东洋辅教授给我起了个“文学少女”的绰号，还说我是注定要写的，这话曾让我很是困惑。

日子过得真快，我一直寻找生活，寻找自我，不是光靠自己的力量，是靠上天推动，在这样一个快速也漫长的旅程中遇见不少人，不少事，不少风景。

我在二〇〇五年正式移居瑞典，在这千湖千岛之国的不少地方长居、短住，特别是一个叫思而肯的岛。

二〇〇八年，我又开始写些文字，我写了不少思而肯邻居的故事，他们的父母、祖父母的故事，是我看见或听说的。有些原本一星半点，一句半句，但触动了我，久久不能忘怀，成为笔下文章。我也用不少笔墨写了四季的风景、动物、植物。在那样一个和自然更接近的环境中，风景、动植物和人对等，我和它们交谈，听它们的声音，通过它们反观世情。这一切不是刻意为之，是生活把我和这一切一起拉在它宽大的怀抱里，共同创造和体会那些瞬息又恒久的意韵。

我试图呈现的故事不限于思而肯，也来自西部的哈兰德省，东部的海岛，中部的首都，南部的斯科南省。为风格考虑，这次的瑞典故事主选乡间素材，加以文学创作。

这些书写和我以往的书写有不同意味。文字不再是写出来，而是从心中流淌出的，我的书写并不是写作，而是鸟儿沉默或歌唱，青草发芽或枯黄，太阳在林子后升起，带来一片通红，或降落时，引来一片黯然，是自然和毫无疑问的，是鸟作为鸟，我作为我的一个必然。这是突然就发生的，这大约是从来就如此的，只是到了今天，才让我有这样的自觉。那些触动我心灵的光线、声响、足迹，温度、颜色、气味就这么一一再现，但愿，可以如触动我一般，触动愿意分享的人。我在思而肯的邻居，一个菜农，每年冬天都开上七小时的车，去首都的农业大会挑最好的种子，到夏天，就能收获最青的菜和最甜的草莓，摆在路边的自助式蔬菜屋里。在我的内心深处，我愿意是这样一个菜农。

特别感谢本书的责任编辑吴彬老师。以我的体验来说，吴老师既有特别现代的工作效率，也有传统得在如今让人惊诧的淡泊、严谨和对文本的热诚。和这样一个资深出版人及其背后的三联书店有缘，不知道是谁的巧妙安排。

非常感谢我的复旦同窗李皖，他是这些文字最初的读者和充满激情的特别编辑。他对我文字的喜爱也许超过我自己。李皖也一直叮嘱我，做你自己，把你看到的复现出来就好。很庆幸能有这样一个知音，感谢他给我的毫不犹豫的支持。

复旦挚友汤世芬对书稿出版关心备至。世芬和我情同姐妹，《新华日报》实习期间，也做过一段不算同事的同事。世芬是中文出身、英文研究生毕业、多次采访奥运大赛的体育记者，现主持上海外宣工作。在作文、为人上是我的楷模。

在此也感谢其他复旦学友，特别是周洧、史敬平、戴琪、胡牧、张卫华、薛剑英、吴心海、高兴华、凌荣华、潘真、张树、胡玮莳、张岩冰、马素芳、邵勉力、邵建革、盛琼、王瀛波、吴留芳、陈先发、徐春萱、姜微、倪志新、龚晓洁、屠宁康、刘松江、王岚峰、吴善阳。限于篇幅，惜不能一一列出。

感谢我在上海的老领导：电视人汤渭达，制片人马宝兴、胡志明先生，老同事乐姗姗、杜洁、罗志明、张建国、龚贻平、袁勐，他们都宽厚地相信过我的所谓文笔。

感谢我的编辑：《万象》杂志的王瑞智、程忆南，《文汇报·笔会》的周毅，《新民晚报·夜光杯》的严建平，《外国文艺》杂志的李玉瑶。除和严老师有几面之缘，我与其他几位也和与吴彬老师一样，是尚未谋面的如水之交。

感谢作家程玮女士、作家陈文芬女士、学者魏邦良先生对书稿的关心。

感谢思而肯岛，岛上过去和现在的居民，没有他们的存在，这本书也无法展开。

感谢我的熟人、瑞典著名画家比雍·耶德斯塔姆（Björn Gidstam）先生免费提供精美的插画。

最后，我还是要把感谢给我在中国和瑞典的家人，感谢他们全力的扶持。

当我回顾这本书的产生过程，看见，一直以来，我被这么多良师益友和亲密家人围绕，感谢这一巨大的幸运。

二〇一二年元旦于瑞典